In diesem Roman tragen alle komische Namen, und manche haben auch komische Probleme, aber die lösen sich auf.
Alles beginnt mit zehn Wochen in New York, wovon Sophonisbe, eine wackere Dichterin, sich einen Neubeginn für ihr Schaffen erhofft – in einer Stadt, die in einem fort schreit: »Not for you! Nur für die Reichen!«
So kehrt sie gerne nach Berlin zurück, wo die Einwohner gerne marodierend durch Neukölln zögen, um die Hipster zu vertreiben. Kampflos geben sie die Stadt nicht auf!
Sie mietet sich bei Roxana ein, einer anderen starken Frau jenseits der Jugend, deren Art von Literatur sehr viel mehr Erfolg hat, weswegen Geld keine Rolle spielt.
Männer kommen als Nebenfiguren vor. Der Rest wird nicht verraten.

»Bei der Lektüre von Iris Hanikas Roman ›Echos Kammern‹ kommt man zum Denken und Schauen, kann man lachen oder bleibt einem das Lachen im Hals stecken, kann man präzise gezeichnete Figuren beobachten – und manchmal auch sich selbst. Lesen kann schon ein unbändiges Vergnügen sein!«
Cornelius Hell, ORF

Iris Hanika

Echos Kammern

Roman

btb

Sollte diese Publikation Links auf Webseiten Dritter enthalten,
so übernehmen wir für deren Inhalte keine Haftung,
da wir uns diese nicht zu eigen machen, sondern lediglich auf
deren Stand zum Zeitpunkt der Erstveröffentlichung verweisen.

Penguin Random House Verlagsgruppe FSC® N001967

1. Auflage
Genehmigte Taschenbuchausgabe Juni 2022
btb Verlag in der Penguin Random House Verlagsgruppe GmbH,
Neumarkter Straße 28, 81673 München
Copyright © 2020 by Literaturverlag Droschl Graz – Wien
Covergestaltung: semper smile, München
nach einem Entwurf von © & Co graphicdesign
Druck und Einband: GGP Media GmbH, Pößneck
MK · Herstellung: sc
Printed in Germany
ISBN 978-3-442-77134-9

www.btb-verlag.de
www.facebook.com/btbverlag

– Gibt es etwas auf der Erde, das Bedeutung hätte und sogar den Gang der Ereignisse ändern könnte, nicht nur auf der Erde, sondern auch in anderen Welten? – fragte ich meinen Lehrer.

– Ja, – antwortete mir mein Lehrer.

– Und was ist das? – fragte ich.

– Das ist ... – hob mein Lehrer an und schwieg plötzlich.

Ich stand da und wartete gespannt auf seine Antwort. Und er schwieg.

Und ich stand da und schwieg.

Und er schwieg ebenfalls.

Und ich stand da und schwieg.

Und er schwieg ebenfalls.

Wir stehen beide da und schweigen.

Oh-la-la!

Wir stehen beide da und schweigen!

Olé-olé!

Ja, ja, wir stehen beide da und schweigen!

Daniil Charms
16.–17. Juli 1937

I

Aus Gründen der Chronologie fangen wir in Manhattan an, und um die Erzählung nicht sinnlos zu zerfleddern, sondern der Bahn der Ereignisse vielmehr pfeilgerade zu folgen, geht es erst einmal nur um Sophonisbe.

Ja, sie trägt einen ungewöhnlichen Namen, aber das ist in dieser Geschichte normal; „Roxana" ist nun auch nicht gerade geläufig. Bis auf den jungen Prinzen tragen hier alle ungewöhnliche Namen, und das ist ebenfalls normal, denn so ein Prinz hat eine Reihe fortzusetzen, während das gemeine Volk sich irgendetwas ausdenken und sich mit jedem Kind neu erfinden kann. Sophonisbe und Roxana indes sind schon älter als dieses Brauchtum, in ihrem Alter heißt man normalerweise so wie alle. Tatsächlich waren es ihre Namen, die sie als erstes verbanden, noch bevor sie entschieden hatten, ob sie sich überhaupt leiden können. (Im übrigen werden nicht ihre Namen sie zusammenführen, sondern allein die Umstände: Roxana wird ein Zimmer zu vermieten haben und Sophonisbe eins mieten wollen.)

In beiden Fällen hatte es keinen besonderen Grund, daß sie so hießen, vielmehr hatten sie halt beide Eltern gehabt, die es ihren Kindern leichtmachen wollten, nicht vergessen zu werden. Sophonisbe hieß so nach dem Selbstporträt von Sofonisba Anguissola aus dem Jahr 1554, das die Künstlerin als Jungfrau im Alter von neunzehn oder vierundzwanzig Jahren anfertigte und das heute in Wien im Kunsthistorischen Museum hängt. Ihren Eltern gefiel die Selbstverständlichkeit, die aus diesem Bild strahlt, auf dem Sofonisba Anguissola sich als ebenso bescheidene wie selbstbewußte junge Frau präsentiert. Die durch Gräzisierung quasi eingedeutschte Form des Namens verdankte Sophonisbe dem Germanistikstudium ihres Vaters, der einmal ein Seminar über Barockdramen besuchte und bei dieser Gelegenheit Kenntnis von Daniel Casper von Lohensteins Trauerspiel dieses Titels erlangte, während Roxana einfach darum so hieß, weil ihre Mutter diesen Namen im Geschichtsunterricht gehört hatte und er ihr so gut gefiel, daß sie sich vornahm, ihre Tochter, sollte sie einmal eine haben, so zu nennen, und so geschah es. Daß dieser Name (in leicht abgewandelter Form, Roxanne) der Titel eines Liedes der Band „The Police" sein würde und just zu jener Zeit populär, als Roxanas Alterskohorte sich solche Musik sehr gerne anhörte, was ihr selbst einige unverdiente Popularität verschaffte, konnte bei ihrer Geburt natürlich niemand ahnen.

Obwohl wir in Manhattan anfangen, das an der Ostküste des riesigen Landes liegt, an dessen Westküste Hollywood sich befindet, fangen wir nicht mit einem Erdbeben an und steigern dann langsam, sondern nähern uns den Dingen, die da kommen sollen, ganz behaglich und werden den Vulkanausbruch, sollte einer stattfinden, aus gemessener Entfernung betrachten. Wir waren nämlich mit einem Rückflugticket in Amerika und sind schon lange wieder zurück auf unserem Kontinent, dem alten, mit seinen Basalten. Was wir hier dichten, sind keine Ritter-, Räuber- und Gespenstergeschichten, wir werden bestimmt kein System errichten, denn wir wollen nur die Wörter schichten, also so die Zeilen mit zierlichen Buchstaben ausfüllen. Et voilà, that's it.

Wir gehen gleich in die vollen, indem wir eine erste Probe von Sophonisbes Schaffen geben. (Weitere werden folgen.)

Bevor ich bin gereist nach New York, ich war in Sorge. Weil war das große Reise über Atlantik und war das auch lange Reise – zehn Wochen ist lang, in diese Zeit viel kann geschehen. Später ich habe gefunden in mein Tagebuch verschiedene Äußerungen von diese Sorge. Fast jeder Tag ich habe geschrieben, daß ich habe Angst vor Reise. Eine Woche vor der Termin von Abreise war großer Sturm von Schnee in New York. Flughafen war geschlossen und Leute sind gefahren mit Ski in Stadt, und ich hatte Hoffnung, daß Schnee und Sturm werden bleiben bis eine Woche weiter, so daß ich werde nicht können fahren. So große Sorge ich habe gemacht mir. Aber ist normal vielleicht in mein Alter.

Einige Tage zuvor von Abreise ich habe geschaut in das Fach in mein Schrank, wo es befinden sich Stadtpläne und Reiseführer, und ich habe gesehen, daß ich muß nicht kaufen Stadtplan, weil habe ich schon fünf und habe ich auch sehr guter Architekturführer, welcher ich habe gekauft in Jahr 1988, wenn ich war in Stadt New York dritte Mal in mein Leben schon. Jetzt die Reise ist für – eins zwei drei vier – fünfter Besuch.

Am Morgen ich bin gekommen zu spät zu Flughafen, weil hatte gesagt Frau von Hotline, daß es reicht, wenn man ist dort halbe Stunde vor Start. Aber es hat das nicht gereicht. Natürlich ich war dort schon eine Stunde vor Start, weil bin ich in Sorge vor jede Reise ganz allgemein und darum ich fahre zu Flughafen oder Bahnhof sehr früh immer. In dieser Fall das war sehr nötig, weil in andere Fall sie hätten nicht gelassen mich in Flugzeug vielleicht. Aber sie haben gelassen mich. Wenn ich war an Flughafen, ich hatte Angst nicht mehr, sondern ich wollte machen Reise. Dann Flugzeug ist gestartet zwei Stunden später, als es war geplant, weil gab es technisches Problem. Aber Hauptsache war, daß es ist gestartet und daß ich bin geflogen an geplanter Tag nach New York ohne Zwischenlandung, also ohne zu wechseln Flugzeug. Sonst das ist notwendig immer, weil in Berlin ist es so organisiert. Ist komische Sache, denn Berlin ist Hauptstadt, aber ist so, von früher noch.

Ankunft in New York war an Flughafen Newark, welcher liegt er in New Jersey, auf andere Seite von Hudson River. Wir sind gekommen von Norden, von Kanada, und ich hatte Sitzplatz an Fenster auf linke Seite von Flugzeug, welches ist es geflogen in niedrige Höhe entlang an Westseite von Insel Manhattan, und wie Insel lag so ruhig in das graue Wasser und ganz voll mit Häuser und in dem Sonnenschein – das war so friedliches Bild, daß mein Herz sich hat gefüllt mit großer Freude. Man hat gesehen keine Bewegung von Leben unten auf Insel, man hat gesehen nur die vielen Häuser, welche stehen sie dicht beisammen. Es war ganz insgesamt von Menschen gemacht, was man hat gesehen da unten, doch es lag da, wie wenn es wäre eine Naturerscheinung und unberührt von Menschen. Auf diese Weise die Insel Manhattan erschien wie großes Versprechen mir und wie Verlockung, als ob sie würde sagen: komm her zu mir, ich warte auf dich schon.

Jede Stadt sollte machen solcher Empfang! Aber nur sehr wenige Städte machen das, vielleicht fast keine Stadt macht das. Es fällt ein mir nur die Stadt Rom, wo es ist auch auf diese Weise; dort auch die ganze Stadt liegt unter Flugzeug, wenn man nähert sich von Norden, und man sieht, daß wirklich Rom aussieht wie auf Stadtplan. Sonst die Flughäfen liegen sehr außerhalb von jeweilige Stadt. Aber hier in New York man bekommt gleich sehr positiver Eindruck, schon bevor das Flugzeug ist gelandet (wenn man in Newark ankommt, *JFK is another story*).

Weil wir noch eine ganze Weile in New York und bei Sophonisbe bleiben werden, müssen wir erläutern, welche Bewandtnis es mit ihrer komischen Sprache hat. Auf die war sie total stolz, weil sie dachte, mehr könne ein Dichter nicht schaffen, als eine eigene Sprache zu entwickeln, also nicht einfach nur einen eigenen Stil, was völlig normal ist, das macht ja jeder, sondern eine eigene Sprache! Der Hammer! Stefan George mag seine eigene Schrifttype entwickelt haben, aber was ist das schon gegen eine eigene Sprache!

Diese Sprache bezeichnete sie als ihre neue *lengevitch* – so hört sich das Wort *language* an, wenn man es mit starkem deutschen Akzent ausspricht, und so brachte es der deutsch-amerikanische Publizist, Journalist oder was auch immer Kurt M. Stein in Schriftform, indem er seinen im Jahr 1925 veröffentlichten ersten Gedichtband *Die Schönste Lengevitch* nannte. (Die darin enthaltenen Gedichte sind in einem deutsch-englischen Sprachgemisch verfaßt und waren zuvor wöchentlich in einer Zeitung erschienen. Diese Sprache ist ganz lustig, der Inhalt dieser Gedichte hingegen höchst uninteressant, denn es geht darin nur um die alleralltäglichsten Alltagsereignisse, und das ohne jeden poetischen Zugewinn, denn sie wollen kein Gran mehr mitteilen, als was sie offensichtlich mitteilen, und formal wird nichts anderes geboten als sechszeilige Gedichte aus abwechselnd vier- und dreihebigen Jamben, die dem Reimschema ababcc folgen. Von dieser Strophenform wird nie abgewichen, das ganze Buch haut einem gnadenlos und ohne Unterlaß in diesem Kawumm auf den Kopf, weswegen es für den halbwegs sensiblen Leser vollkommen unerträglich ist. Das nur nebenbei.) Der Titel dieses Bandes regte Sophonisbes Zeitgenossin, die Dichterin Uljana Wolf, dazu an, ihrerseits einem Gedichtband den Titel *Meine schönste lengevitch* zu geben, und auf diesem Umweg erfuhr Sophonisbe von diesem

Wort. (Danke, Uljana!) Wir werden gleich noch ihre eigenen Erläuterungen dazu hören.

Der Leser wird um Nachsicht gebeten und erfreue sich an den Kostproben aus ihrem Werk, die ihm nur geboten werden, solange unsere Erzählung von den Ereignissen in Manhattan handelt. Späterhin, wenn wir uns Roxana und Berlin zuwenden, wird die *neue lengevitch* nicht einmal mehr erwähnt werden.

Kurz vor der Abreise hatte Sophonisbe Federico García Lorcas Gedichtband *Poeta en Nueva York (Dichter in New York)* gelesen, den ihre große Schwester ihr geschenkt hatte (mit der Widmung: „Dichterin in New York! Eine aufregende Zeit und frohe Weihnachten wünscht Dir Deine Alkeste"). Zwar befand sich dieses Buch seit mindestens zwanzig Jahren schon in ihrer Bibliothek, zwar hatte sie sich durchaus schon eingehend mit Lorca beschäftigt und einmal sogar einen sehr schönen Essay über *Bernarda Albas Haus* verfaßt, aber sie war dennoch froh, daß Alkeste, die selbst nur Krimis und juristische Fachzeitschriften las, sie an diese Gedichte erinnert hatte, und ärgerte sich darum gar nicht darüber, daß sie ihr, was sonst keiner wagte, ohne Absprache einfach ein Buch geschenkt hatte. Denn Sophonisbe hatte sich vorgenommen, selbst ein Buch über New York zu schreiben, worüber sich allerdings mit nahender Abreise zunehmend Zweifel einstellten. Es wurde ihr dieses Vorhaben geradezu unheimlich, als ihr plötzlich praktisch jeden Tag, so kam es ihr zumindest vor, ein deutsches Buch über New York in die Hände fiel. Offenbar hatten nicht nur über Auschwitz alle ihre Kollegen schon ein Buch geschrieben, sondern alle auch schon eins über New York. Als wären das die beiden Grenzpfosten, zwischen denen die deutsche Befindlichkeit sich spannt, als wäre es dies, was ein deutscher Dichter zu leisten habe (erst die Arbeit, dann das Vergnügen, erst die Vergangenheit, dann die große Welt).

Seit dem Mauerfall waren diese Bücher allerdings weniger geworden, seither hatten sich die Dinge geradezu umgedreht und kam die Welt selber nach Germanien. Man mußte nicht mehr nach Amerika fliehen, wenn sogar ein scheidender amerikanischer Präsident das vertrackte Vaterland als einen Leuchtturm der Freiheit pries, man konnte einfach in eine Bar voller junger Amerikaner oder Israelis in Neukölln gehen, wo man von jungen Spaniern oder Italienern bedient wurde, und den beleidigten Türken und Arabern, deren Bars das vorher gewesen waren, zuschauen, wie sie grummelnd draußen vorbeischlurften. Vielleicht konnte sie ihr Buch also doch schreiben, vielleicht wäre das jetzt sogar mal was Neues (so sehr schon wieder die Schnauze voll von Deutschland, daß man schon wieder überlegt abzuhauen – woran man einst in einem fort dachte).

Als sie dann in New York angekommen war, sich mit den Gegebenheiten der Stadt beschäftigen mußte und sich alles in einem fort notierte, war sie erst recht froh, diesen Gedichtband frisch im Gedächtnis zu haben. Die Gegebenheiten waren natürlich wichtig, sie mußte lernen, wie die Stadt funktionierte, aber sie mußte das Gelernte doch nicht mitteilen! Auch wenn sie das natürlich in poetischer Form getan hätte, wäre es doch zutiefst uninteressant und schrecklich gewöhnlich gewesen, den Leuten zu erklären, wie man die U-Bahn benutzt und welche Stadtteile gerade total angesagt sind. So etwas machten Reiseführer, das war nicht die Aufgabe einer Dichterin. Daran mußte sie sich aber eigens erinnern, denn stets war sie besorgt um das Wohl des Nebenmannes, dem sie gerne alles, alles, alles sagen wollte, was sie wußte, damit sein Leben nicht so schwer wäre. Ihr täglicher Konflikt war also die Frage, was sie eigentlich wollte, dichten oder Ratschläge erteilen. Das heißt, natürlich wollte sie nur dichten, aber außerdem wollte sie eben auch gerne gute Ratschläge geben, wenn sie schon so viel Alltagswissen angehäuft hatte (mehr Alltagswissen als Dichtungswissen, fürchtete sie manchmal). (Wohin es führt, wenn man sich vom Alltag nicht löst, kann man bei Kurt M. Stein studieren. Und wie man aus seinem im Übermaß angehäuften Alltagswissen Profit schlägt, wird uns Roxana lehren.)

Das Problem war, daß Sophonisbe vorhatte, den Aufenthalt in New York zu einer Zäsur in ihrem Schaffen zu machen; sie hatte beschlossen, sich von der Lyrik ab- und der Prosa zuzuwenden. Da sie in Prosa bislang nur Briefe voller guter Ratschläge verfaßt hatte, mußte sie sich an die neue Form erst noch gewöhnen und war darum froh über die frische Erinnerung an Lorca. Der, so hoffte sie, würde sie davon abhalten, einen Reiseführer zu schreiben. „Lorca, Lorca, Lorca" hämmerte sie sich täglich ein, „Lorca, Lorca, Lorca! Kein Reiseführer, *poeta en Nueva York, ¡poeta!"*, und so fing sie dann an:

AUS SOPHONISBES MANUSKRIPT (ANKUNFT)
Ich will berichten von was ich habe gesehen und was ich habe erlebt in New York City, aber nicht in ganze Stadt New York, sondern nur in Stadtteil Manhattan, welcher wird er genannt *„the city" by the people who live in the other boroughs, or upstate,* also in Bundesstaat New York, Hauptstadt Albany. *Scusi* für Englisch, aber es war so: wenn ich war in New York City für Aufenthalt von zehn Wochen in Monate Februar, März und ein bißchen von April in Jahr 20**, ich habe gesprochen zumeist in englische Sprache, welche ist sie nicht meine Muttersprache. Darum ich spreche falsch diese Sprache und mit Akzent, und es ist kein Unterschied, ob ich spreche mündlich oder ob ich mache schriftliche Mitteilung, und deswegen, wenn ich denke an Stadt New York, ich falle in Sprache mit Akzent auch in meine eigene *lengevitch.* Auf diese Weise Leser kann erfahren und ich kann erinnern, wie ich war in New

14

York und wie es war in New York, und ich kann vermitteln realistische Bild von mein Aufenthalt: dort ich habe gesprochen falsch und mit Akzent – wenn ich habe gesprochen überhaupt. Zumeist das ist geschehen nur mit Personal in Ladengeschäfte oder in Coffeeshops, weil war ich alleine zumeist und bin ich spazierengegangen und habe ich erwartet die große Veränderung, welche ist sie immer das Versprechen, bevor man macht eine Reise. Vielleicht sogar das ist der Grund für eine Reise zu machen: Wunsch nach Veränderung. In Wirklichkeit es geschieht nur selten eine große Veränderung in ein Leben, aber es geschieht sie leichter in ein fremdes Land, wo man ist fremd und alles ist fremd und wo man muß anfangen von vorne. Positiv ausgedrückt: wo man kann anfangen von vorne.

Jeder Tag ich bin spazierengegangen so viel, daß man könnte nennen es „Flanieren", was ich habe gemacht zehn Wochen lang in Stadt New York jeder Tag. Aber es gefällt mir nicht dieser Terminus, darum ich verwende nicht ihn, und auch ich sage nicht, daß ich war in „New York, Hauptstadt des 20. Jahrhunderts", auch wenn natürlich das ist richtige Beschreibung von Stadt New York. Jedoch ich berichte nicht von jenes Jahrhundert, sondern ich berichte von eine Gegenwart, welche sie hat stattgefunden in 21. Jahrhundert. Wenn ich war in New York andere Male, es war noch 20. Jahrhundert, aber von jene Male ich habe nicht mehr Notizen. Von diese frühere Besuche es ist mir geblieben nur Erinnerung, welche zugleich ist sie Erinnerung an Jugend. Vielleicht ich werde sprechen davon später.

Auch wenn es gefällt mir nicht das Wort „Flanieren", diese Tätigkeit ist Teil von mein Beruf. Ich gehe spazieren sehr gern in fremde Städte, weil ist das gute Voraussetzung für Dichtkunst. Außerdem ich sitze in Kaffeehaus sehr gern, ich lese

Zeitung aus Papier jeder Tag, ich lese Bücher aus Papier jeder Tag und *у меня нет смартфона**.

Natürlich ich habe geschrieben in normale deutsche Sprache, wenn ich habe notiert etwas von was ist mir eingefallen, *while I was in New York*. Weil wenn ich war in meine Wohnung dort, ich war immer alleine und darum ich habe gesprochen nur mit mir selber, und das ist geschehen in meine eigene *lengevitch* – конечно. *(В Нью-Йорке я слышала русский язык на улице каждый день. Вот много людей из России.)**

Jetzt ich will machen noch mehr Legitimation, warum ich zeige so deutlich *la différance, as Derrida would put it,* sonst Leser denkt, ich bin geworden verrückt. Aber es ist so: Stadt New York ist in fremdes Land und hat nicht eine fremde Sprache nur, sondern ist voll mit fremde Sprachen. Die Schilder an Automat für U-Bahnfahrkarten sind in englische, spanische, chinesische und russische Sprache. Ich denke, spanische, chinesische und russische Leute sind größte Gruppen von Leute, welche sind sie so viele in Stadt New York, daß für ihnen es ist nicht die Notwendigkeit von Lernen englische Sprache, sondern daß sie können leben in New York in ihre eigene *community* ganz ohne zu lernen die offizielle Sprache von Vereinigte Staaten von Amerika, weil gibt es komplette Struktur für ihnen in ihre eigene Sprache.

In Stadt New York es ist möglich zu sprechen in alle Sprachen, weil gibt es dort Leute von ganze Welt. Das ist charmanter Aspekt von Stadt New York. Denn ich muß sagen, daß es nervt, wenn man muß sprechen immer in fremde Sprache, weil fühlt man sich ein bißchen dumm immer und ist es auch schwer zu machen Witz. Doch es gibt nicht genug deutsche

---

* Übersetzungen aller russischen Wörter und Sätze im Anhang. Im folgenden verweist ein Asterisk immer auf den Anhang.

Leute in New York für zu sprechen in meine eigene *lengevitch*, darum es war fast immer englische Sprache, in welche ich habe gesprochen. Aus dieser Grund ich habe gedacht, daß große Veränderung, welche sie könnte sich ereignen, kann nicht sein treffen neuer Mann oder wichtiger Mensch allgemein (für mein Leben wichtiger Mensch), sondern muß sein andere Sache. Oder Sache, welche kann man sie nicht erkennen sofort. *On verra bien, je me disais.*

Wenn hier ich schreibe auf diese Weise, dann man kann sehen, wie ich habe gesprochen, wenn ich war in New York, also in Moment von soziale Interaktion, nur es war nicht in deutsche Sprache natürlich, daß ich habe gesprochen auf diese Weise, sondern in englische Sprache. Aber es war auf diese Weise genau. Es ist auch geschehen mir in New York, daß ich habe gesprochen in französische Sprache. Das war doppelte Schwierigkeit, weil war ich in Ausland sowieso und habe ich gesprochen dann (auch falsch und mit Akzent) in andere fremde Sprache als fremde Sprache von dieses Ausland, so daß es ist gewesen zweimal fremde Sprache und daß ich habe gar nicht gewußt, was ich sage eigentlich.

Diese Schwierigkeit mit Sprache auch hat Einfluß auf Denken – *конечно,* und ich glaube, daß daraus es resultiert sich meine Auffassung von Stadt New York, welche ich habe sie erlebt durch dieser Filter von fremde Sprache. Das war Zusatz zu daß dort ich habe fremde Augen schon sowieso. Daraus es resultiert sich Differenz in Denken, welche führt sie zu Unverständnis – *конечно* – für was ich habe gesehen oder erlebt in Stadt New York. Auch wenn ich denke, ich habe gefunden Verständnis, das ist nicht so. *I can't be sure of what I think of the city, because everything was filtered through this other language. I don't really know if my thoughts are real or if I just held on to whatever came to my mind like to a straw, because it was hard enough to think at all, surrounded by all these foreign sounds made by strangers in a strange place (many kinds of foreign sounds, because it's true: all languages are spoken in NYC) (and the traffic has a different sound, too). I was wrapped into the sound of strangeness there.* Ich war eingewickelt in Klang von Fremdheit dort.

On the other hand, Fremdheit schon AN SICH (ein Begriff Immanuel Kants, wie ich habe gelernt von Venedikt Jerofejew) ist Veränderung, *see above,* so daß man kann erwarten noch mehr Veränderung, weil hat man schon angefangen mit Veränderung, hat man schon gemacht der erste Schritt. Also, ich habe erwartet große Veränderung von mein Aufenthalt in Stadt New York/Nueva York/Нью-Йорк.

IN EINER FREMDEN SITUATION sich befinden, bewußt, aus freiem Entschluß eine Fremde geworden zu sein, das ist an sich schon Veränderung, keine nur kleine zudem. Immanuel Kant braucht's dafür nun wirklich nicht. Das geht auch einfach so.

AUS SOPHONISBES MANUSKRIPT (WEITER ANKUNFT)

Tag von meine Ankunft war Samstag. An nächster Tag ich habe gemacht so, wie es befiehlt deutsche Tradition, und bin gegangen für Kaffee & Kuchen zu ein Café Konditorei. Es war an East Houston Ecke Allen Street und nur drei Meter breit, eher weniger. Aus Zufall es war frei ein Stück Boden zwischen Trottoir und Hauswand, dort es hat sich etabliert das Café Konditorei und kleine Speisen. Personal sprach Spanisch. Ich habe gesessen an ein kleiner runder Tisch von Messing und habe geschaut auf Straße, weil hatte ich noch nicht gefunden Laden, welcher verkauft er Zeitungen. (Es gibt nicht mehr Zeitung-Läden in Manhattan; später ich habe gekauft *New*

York Times immer in ein Drugstore. Alle Drugstores verkaufen die Zeitung, und es gibt von diese Läden in jeder Block mindestens einer, oft auch zwei, nämlich jeweils einer von die beiden Firmen, welche betreiben sie fast alle Drugstores in New York. Diese Firmen heißen *Duane Reade* und *CVS.*) Viele Leute sind gekommen und haben gekauft Kaffee in ein Pappbecher, um zu nehmen mit auf Weg. Sitzen an Tisch, um zu essen Kuchen und zu trinken Kaffee, ist nicht gewöhnliches Vorgehen in New York, dort lieber man trinkt Kaffee *on the go*. Das ich habe gelernt erst in Verlauf von mein Aufenthalt. Ebenfalls ich habe gelernt, daß dieses Café war sehr ungewöhnlich, indem es gab Teller, auf welchen der Kuchen wurde er serviert, wie es wird gemacht in Europa überall. In New York aber es wird nicht gemacht so. In Coffeeshops, welche sie sind frequentiert von junge coole Leute, es gibt Kuchen nur in eine Papiertüte, auch wenn man sagt extra laut und deutlich, daß er ist *for here* und nicht *to go*.

Irgendwann die Tür ging auf und es trat herein eine sehr junge Frau mit dunkle Haut, welche sie war so schön, daß ich konnte fast nicht glauben es. *I was dumbfounded!* Sie war nicht schön besonders von Natur (aber auch nicht häßlich), sondern sie hatte gemacht sich schön, und das sie hatte getan in Stil von zwanziger Jahre. Sie sah aus wie auf Besuch aus eine andere Epoche. Ihre Haare sie hatte geklebt in Wellen an Kopf, und sie war gekleidet in ein Mantel, welcher ging er bis zu Boden hinunter und war er gewebt aus ein dunkler Stoff mit breite Streifen quer aus Gold. Der Stoff von dieser Mantel war ein sehr festes Material. Auf diese Weise der Mantel war wie feste Hülle um die Frau herum, und er hat denken lassen mich an Füllhorn aus Märchen, aber umgedreht, ein Füllhorn, welches war es ausgeschüttet. Auf diese Weise diese Frau sah aus wie eine Statue. An ihre Füße sie hatte Schuhe mit hohe Absätze, und ihr riesiger Mund vor riesiger Kiefer war geschminkt hellrot leuchtend.

Sie war von große Eleganz, und sie war schüchtern ein bißchen. Ich habe gestellt mir Frage, wohin sie geht, Sonntagnachmittag um zwei Uhr, gekleidet wie für ein Ball, für der große Auftritt. Vielleicht, *I imagined*, sie geht zu Freunden, welche sie alle tragen auch solche elegante Kleidung, vielleicht sie gehört zu ein Bund von schöne Menschen.

Später ich habe gehört, daß es gibt Nachmittage mit Jazzmusik wie aus frühere Zeit vor Krieg. Noch später ich habe gehört Theorie, daß eine Stadt behält alle Epochen, welche hat sie sie erlebt, für alle Zeit. In jede Stadt immer es gibt Taschen, in welche diese Epochen bestehen sie fort, und man kann finden sie.

Diese Theorie eine Frau hat sie entwickelt, welche sie hat geschrieben ein Buch über Istanbul. Über dieses Buch die Zeitschrift *The Economist* hat veröffentlicht eine Rezension, welche mein Freund Josef hat er sie gelesen. Er hat mir erzählt diese Theorie, aber er wußte nicht, ob er soll kaufen dieses Buch. Ich habe gesagt ihm, daß die Zeitschrift *The Economist* hat erklärt ihm schon, welcher es ist der interessante Gedanke in dieses Buch, darum er muß nicht kaufen es, wenn er interessiert gar nicht sich für Stadt Istanbul, welche früher sie hieß Konstantinopel. Noch früher sie hieß Byzanz. Bis zum Jahr 330 Byzanz, bis zum Jahr 1453 Konstantinopel, seither Istanbul. Diese Tatsachen ich habe sie gelernt, wenn ich habe geschrieben Universitätsabschlußarbeit über, unter anderem, der Roman *Manhattan Transfer* von John Dos Passos. In meine Ausgabe schon auf Seite zwölf es steht in dieser Roman:

There were Babylon and Nineveh; they were built of brick. Athens was gold marble colums. Rome was held up

on broad arches of rubble. In Constantinople the minarets
flame like great candles round the Golden Horn … Steel,
glass, tile, concrete will be the materials of the skyscrapers.
Crammed on the narrow island the millionwindowed
buildings will jut glittering, pyramid on pyramid like the
white cloudhead above a thunderstorm.

Damals ich habe geschaut in Lexikon, welche Stadt sie heißt
Konstantinopel, so ich habe gelernt alte Namen von Istanbul.

Wirklich ich hatte vergessen, daß ich habe geschrieben Uni-
versitätsabschlußarbeit über, unter anderem, der Roman *Man-
hattan Transfer*. Es ist eingefallen mir wieder, wenn ich war in
New York und ich habe gelesen, vielleicht auf Busplan oder
ähnliches Material – nein, es war geschrieben auf Übersichts-
karte in mein Stadtplan –, dort ich habe gelesen die Namen
Yonkers und Hoboken, welche sie sind Orte *in the vicinity of
Manhattan*. Und ich habe erinnert mich, daß ich kenne diese
Namen schon von lange Zeit her, weil sind sie erwähnt in der
Roman *Manhattan Transfer*.

Ich stelle fest, daß es hat interessiert mich schon früher New
York. Ich erinnere mich, daß als Kind ich wollte später leben
in New York, weil man hatte gesagt mir, daß diese sei größte
Stadt von ganze Welt. Vielleicht damals das hat gestimmt.

QUESTA BELLEZZA GIOVANA ERA Sophonisbes *guide into the great*
Veränderung von der Lyrik zur Prosa. Diese engelsschöne
Frau, die passenderweise Angelique hieß oder zumindest hier
so genannt sein soll (denn sie stellte sich nicht vor, jetzt nicht
und später nicht), führte Sophonisbe in die neue Wirklichkeit, von der sie vor ihrer Reise geträumt hatte, doch verstand
die das nicht gleich. Die Bedeutung dieser Begegnung wurde
von nichts und niemandem als großes Ereignis angekündigt,

sondern ereignete sich, als wäre das normal, einfach so, in der unbegreiflichen Gegenwart. Angelique trat mit ihrem Pappbecher voll Kaffee an Sophonisbes Tisch.

„Da bist du ja", sagte sie, und wegen ihrer Schüchternheit hielt sie sich sofort den Becher vors Gesicht. Man könnte auch sagen, sie nahm einen Schluck Kaffee. Hinter dem Papprand waren nur noch ihre Augen zu sehen, und die lächelten.

„Wie war die Reise?" fragte sie, und weil Sophonisbe noch gar nicht richtig angekommen war, ihre Seele vielmehr noch über dem Atlantik schwebte, wunderte sie sich überhaupt nicht darüber, daß Angelique Deutsch sprach wie eine Muttersprachlerin und ohne jede dialektale Färbung. (Engel sprechen nämlich keine Fremdsprachen und keine Dialekte. So rein wie ihre Seelen sind, so sauber ist ihre Aussprache, und Humor haben sie auch nicht. Sie würden nicht einmal zum Spaß in einer Fremdsprache, einem Dialekt oder mit Akzent sprechen. Engel scherzen nicht und verstehen keine Witze.)

„Gut", sagte Sophonisbe aus Höflichkeit und weil sie sich nur noch an die herrliche Ankunft erinnerte und ihre vielen Sorgen vor der Reise schon vergessen hatte, „es war eine schöne Reise".

Das wußte Angelique natürlich sowieso, auch sie war nur den Geboten der Höflichkeit gefolgt und aus demselben Grund hielt sie sich ihren Pappbecher jetzt nicht mehr vors Gesicht.

„Dann laß uns gehen", sagte sie und trat beiseite, damit Sophonisbe aufstehen, ihren Mantel anziehen und ihre Zeche zahlen konnte. Dann gingen sie los, Richtung Westen, Richtung Süden, und Angelique behielt dabei ungerührt ihre statuenhafte Gestalt. Für einen Moment dachte Sophonisbe, der Mantel ihrer Begleiterin sei eben aus einem so festen Stoff genäht, daß die Bewegungen des Körpers darunter seine Form nicht verändern konnten. Sie hatte noch nicht begriffen, wer Angelique war (ihr persönlicher Engel), sonst hätte sie natürlich gewußt, daß die gar keinen Körper hatte. Vorerst bemerkte sie nur, daß Angelique gar nicht ging, sondern schwebte, daß ihre Füße den Boden nicht berührten. Darüber wunderte sie sich nicht, sondern erklärte sich diese Wahrnehmung mit dem Jetlag. (Für das gewöhnliche Menschenkind ist der Jetlag ein kleiner Ausflug in den genehmigten Wahnsinn. Alles ist im Jetlag, wie in Afri-Cola.)

Angelique sprach weiter nicht und erklärte nichts, sie blieb nur freundlich und mit einem angedeuteten Lächeln an Sophonisbes Seite, die nun womöglich langsam doch zu begreifen begann, mit wem sie es zu tun hatte. Aber das gelangte ihr noch nicht ins Bewußtsein, denn noch war alles neu, sie war ja gerade erst angekommen. Noch nahm sie alles, was ihr begegnete, einfach hin, nahm das viele Neue ungefiltert in sich auf, voller Freude, und ahnte, daß alles großartig werden würde, ein einziges Fest.

Erst überquerten sie die Allen Street, die viel breiter ist als die anderen Straßen der Lower East Side, weil in ihrer Mitte eine Reihe von Tenement Buildings abgerissen worden war, schon vor langer Zeit, vielleicht vor hundert Jahren schon, um etwas Luft zu schaffen (und diese Tenements müssen wirklich sehr schlimm gewesen sein, denn nur zum Pläsier der Slumbewohner hätte hier doch niemand irgendetwas abgerissen, und schon gleich gar nicht, ohne anschließend etwas Neues hinzubauen), dann bewegten sie sich im Zickzack voran, immer einen Block nach Westen, einen nach Süden, überquerten die Bowery, durchquerten SoHo, überquerten die Canal Street und gelangten so in eine vollkommen menschenleere, wie tot daliegende Gegend aus prächtigen, Sophonisbe entfernt an den Bombast der Budapester Versicherungspaläste erinnernden einstigen Bürohäusern samt den riesigen Lagerhäusern längst untergegangener Handelsunternehmungen gleich dahinter. *They were built of brick,* wie Babylon und Ninive, und darin lebten die besonders Reichen. Darum wirkte dieses Viertel so tot (denn wo das Geld hinfällt, da wächst kein Gras mehr), darum waren die kopfsteingepflasterten Straßen so sauber und so leer, daß kein Fremder hätte glauben wollen, daß hier überhaupt jemand lebte. (Doch sah man an manchen Nachmittagen Kinder unbeaufsichtigt auf der Straße spielen, was die Theorie der in Taschen immer noch vorhandenen vergangenen Epochen bestätigte, denn Kinder sieht man in Manhattan auf der Straße sonst nur in wie Gefangene so streng bewachten Gruppen, nie alleine, nie für sich, immer unter Aufsicht.)

Vor einer schweren Eisentür machten sie Halt. An der Wand daneben war eine kleine Zahlentastatur, auf der Angelique eine lange Nummer eintippte, worauf ein Summen wie von hundert Bienen anzeige, daß die Tür nunmehr geöffnet werden konnte. Das ging schwer, die Tür war schwer, aber es half jemand von innen, ein Pförtner, der den Weg in den sehr dunklen, nur von einem Strahler an der Decke erleuchteten Vorraum zum Paradies freigab. Einstmals, in der Zeit, als dieses Gebäude als Lagerhaus errichtet wurde, wäre dieser Strahler eine einfache Glühbirne gewesen, jetzt war er ein Teil der Lichtregie und folgte dem Pförtner. Der trug einen weiten schwarzen Umhang, den er über die Schultern zurückgeschlagen hatte, so daß er von dessen goldfarbenem Futter umflossen war. Er selbst war ebenso schwarz wie sein Umhang, und weil das Verfolgungslicht von der Decke das Gold um ihn herum leuchten ließ, wirkte er, als habe die Luft selbst sich materialisiert. Er wirkte auch so bedeutend wie die Luft, die man doch atmen muß, wenn man nicht tot umfallen will, dazu war er groß und schlank ... er war ein Traum von einem Mann und herrlich wie ein Stammesfürst aus einer Zeit, da Fürsten noch gemalt und keinesfalls fotografiert wurden. Solche Würde war um ihn. Und weil Sophonisbe noch nie ein solches Ausmaß von natürlicher Eleganz, noch nie einen so herrlichen und schönen Menschen aus der Nähe gesehen hatte, starrte sie ihn mit offenem Mund einfach an. Sie wußte noch nicht, daß sie in den folgenden zwei Stunden ausschließlich von solch unfaßbar schönen Menschen umgeben sein würde.

„*Where to?*" fragte er, ungerührt von Angeliques Mantel, der doch ganz eindeutig als Produkt derselben Uniformschneiderei, aus der auch seiner kam, zu erkennen war. Sophonisbes Mantel hingegen war zwar auch schwarz, aber ganz schwarz und von europäischer Einfachheit, er hatte nicht einmal goldene Knöpfe, sondern über dem Strichloden nur einen kleinen Samtkragen, womit er seine Herkunft aus dem glücklichen Österreich klar zu erkennen gab; man sah ihm an, daß er von den elysischen Feldern in New Orleans ebensowenig wußte wie vom Königreich Gottes, dessen Ankunft in New York zu absolut jeder Zeit unmittelbar bevorsteht. Dieser Mantel gehörte nicht hierher, das war klar, darum würdigte der Türhüter sie weiter keines Blickes. Ansonsten war gar nicht klar, auch ihr selbst nicht, was Sophonisbe hier zu suchen hatte. (Vielleicht erfahren wir das später.) (Vielleicht auch nicht.)

Angelique schwebte einen halben Meter auf den Türhüter zu und wisperte mit ihm. Sein Gesichtsausdruck änderte sich dabei nicht, doch ging er immerhin zu seinem Stehpult, auf dem ein großes schwarzes Telefon stand, dessen goldene Tasten so groß waren, daß auch Leute mit altersbedingter Sehschwäche die Ziffern darauf problemlos hätten erkennen können, und rief irgendwo an. Was er sagte, konnte Sophonisbe nicht verstehen, denn er bediente sich einer ganz anderen Sprache als der ihr bekannten. (Es war die Sprache der Engel, aber woher sollte sie das wissen, die Möglichkeiten sind unbegrenzt in Amerika.)

Die telefonische Auskunft war offenbar befriedigend, denn der Türhüter öffnete nun eine weitere schwere Eisentür. Dahinter befand sich eine gewaltige eiserne Treppe, die einen drahtumgitterten Lastenaufzug umfing. Es war alles schwarz lackiert und golden verziert, und Angelique wies mit dem ganzen Arm und lächelnd auf die offene Drahttür des Aufzugkäfigs. Sophonisbe zögerte einen Moment, bevor sie dem gewaltigen hellroten Lächeln Vertrauen schenkte, denn das sagte: „Veränderung, Veränderung", womöglich sagte es auch: „neue Stadt, neues Land, neues Leben", wer weiß, und das erfreut einen zwar, macht einem aber doch auch ein bißchen Angst, die ihr in diesem Moment, natürliche Vorsicht hin, persönliches Angstlevel her, berechtigt erschien. Doch wer nicht wagt, der nicht gewinnt, darum stieg sie beherzt in den Käfig. Ihr Engel stieg mit ihr ein, und sie fuhren aus dem Dunkel hinauf ans Licht.

Der Aufzug brachte sie ins oberste Geschoß dieses aus Backstein errichteten Gebäudes, in dem einst alle Kostbarkeiten dieser Welt lagerten, bevor es dem Verfall so lange preisgegeben wurde, bis erst die heroinsüchtigen Verdammten dieser Erde hier Unterschlupf fanden und bald darauf die mittellosen Verfechter eines ganz anderen Lebens, was wiederum sehr schnell die Immobilienbranche auf den Plan rief, die diese Gegend für ihre Zwecke nutzbar machte, indem sie ihr als erstes einen hübschen Namen gab, Tribeca. Das war nun etwa vierzig Jahre her, ein Volltreffer, und darum wohnten in dieser Gegend nunmehr nur noch die besonders Reichen, unter ihnen Beyoncé, die aktuelle Königin der Popmusik, zu deren Empfangsräumen dieser Aufzug führte.

Freundliches Menschengemurmel aus unendlich vielen Kehlen empfing sie. So viele Leute waren hier versammelt, daß man gar nichts von der Wohnung sah, denn die Räume waren voll mit Leibern in leichtem Gewoge, in angeregtem Gespräch. Doch wirkte diese Masse nicht bedrohlich, sondern fast klein (wie der Mensch eben klein ist im Vergleich zu dem Planeten, den er bewohnt), denn diese Räume waren mehr als zweimannhoch, und über den Menschenleibern ballte sich das strahlend helle Licht der Wintersonne, die aus einem wolkenlos blauen Himmel durch die riesigen Fensterfronten schien. Hier waren sie in keinem Lagerhaus mehr, vielmehr befanden sie sich in einem später aufgesetzten Penthouse, einem bauhausmäßigen Kubus aus Glas, in der Krone der Stadt.

Angelique leitete Sophonisbe in die Menge hinein, und das ging ohne Rempeln, Schieben, Drängeln, vielmehr öffnete sich die lebendige Masse ganz selbstverständlich und wie von selbst, um sie durchzulassen, und schloß sich hinter ihnen gleich wieder, ohne daß dabei irgendein Gespräch ins Stocken geraten wäre, und als sie schließlich an Beyoncés Thron angelangt waren, fühlte Sophonisbe sich so wohl und geborgen, wie es nur möglich war, und das lag nicht allein an der königlichen Gelassenheit ihrer Gastgeberin.

„I'm so glad you could make it", sagte die. Es strahlte imperative Freundlichkeit von ihr ab, die machte den ganzen Raum warm und weich. Hier konnte einem nichts geschehen, hier war alles gut; Sophonisbe hatte Ambrosia gekostet und fühlte sich trunken, *in a good way.*

Genau die Hälfte der Anwesenden trug Kleidung im selben Stil wie dem von Angeliques Mantel und des Pförtners Überwurf, in verschiedenen Ausprägungen und aus unterschiedlichen Materialien, aber immer war sie aus einem schwarzen Stoff und gülden verziert, und auch ihre Gesichter waren schwarz und von goldener Gelassenheit. Bei den so Gekleideten handelte es sich um die persönlichen Engel der hier Versammelten, die treulich dafür sorgten, daß keinerlei Unbehagen aufkommen, nicht die kleinste Mißstimmung entstehen konnte, nicht einmal der Anflug von irgendetwas irgendwie Unangenehmem, selbst wenn das nur auf persönliche Idiosynkrasien zurückzuführen gewesen wäre, sondern sich vielmehr alle in einem fort so wohl und geborgen fühlten, wie es nur ging. Und dazu waren alle unfaßbar schön! Die Engel sowieso, aber auch die von ihnen Begleiteten. Wohin Sophonisbe den Blick auch wandte, immer fiel er auf einen unfaßbar schönen Menschen.

Zu Anfang mußte sie sich sehr zusammenreißen, um die Leute nicht so fassungslos anzustarren wie unten den Pförtner. Doch war sie nicht allein von dieser so noch nie erlebten Fülle von Schönheit überwältigt, sondern fragte sich zudem, was denn eigentlich sie hierhergebracht hatte, womit denn ihre Anwesenheit zu rechtfertigen war. Indes verging diese Frage bald, desgleichen ihre übermäßige Verwunderung, denn das Allerangenehmste an der Gesellschaft von Engeln ist, daß man an nichts zweifeln und sich keine blöden Fragen stellen muß. Das hatte sie nicht gewußt, und da es keine Spiegel gab, konnte sie nicht sehen, daß sie selbst auch unfaßbar schön war. Vermutlich hätte sie das aber in einem Spiegel gar nicht erkannt, hätte sie sich darin selbst nicht erkannt (hätte nicht gewußt, daß sie selbst es war, die sie dort anschaute), denn dieser Nachmittag bedeutete einen solchen Ansturm von Gegenwart, daß sie die Dinge nur in sich aufnehmen, sie aber nicht einordnen konnte. Sie hätte so lange gebraucht, um überhaupt zu begreifen, was an diesem Nachmittag los war, was das für Leute waren, was gerade geschah, daß ihr Hirn auf jegliche Arbeit verzichtete und sich total entspannte, und das war tatsächlich das Allerschönste an diesem erstaunlichen Ereignis. Nicht denken, nicht handeln, nur sein, anstrengungslos.

Sie hatte nicht gewußt, daß ein solcher Zustand möglich ist (und auch hierüber dachte sie nicht nach), wenngleich sie durchaus wußte, daß auf diese Weise das Glück sich äußert – daß so das Glück sich anfühlt. Momente des Glücks hatte sie durchaus schon erlebt, aber daß es über Stunden anhalten konnte? Davon hatte sie nichts gewußt, das hatte sie noch nicht erlebt.

Angelique blieb an ihrer Seite. Nachdem sie Beyoncé begrüßt hatten, stellte sie Sophonisbe verschiedenen anderen Leuten vor – einer Bildhauerin, die mit Kruppstahl arbeitete (das betonte sie: mit Kruppstahl!, sie schien das lustig zu finden) und von ihrem Atelier in Berlin-Lichtenberg schwärmte, sie war nur zu einem Familienbesuch für ein paar Wochen nach New York zurückgekommen (es wurden Visitenkarten getauscht); einem Doktoranden der Geschichtswissenschaft aus Yale, der gerade Deutsch lernte (und sie darum mit „Hallo, wie geht's?" begrüßte), weil er über die ukrainische Nationalbewegung im frühen 19. Jahrhundert forschte (ein Zusammenhang, den Sophonisbe nicht verstand, weswegen sie vermutete, daß es um die Ausschmückung der Dissertation mit deutschem Idealismus ging) (es wurden Visitenkarten getauscht); einem Rechtsanwalt, der schon drei Gedichtbände veröffentlicht hatte, die alle mit einem Preis ausgezeichnet worden waren, der aber weiter in der Rechtsabteilung einer großen Bank arbeitete, um nicht *Creative Writing* für den Lebensunterhalt unterrichten zu müssen, wie es sonst ausnahmslos alle amerikanischen Dichter tun, denn dabei werde man mit so viel schlechtem Text konfrontiert, sagte er, daß es einem am Ende die eigene Arbeit versaue (hier fragte sie sich, aber aus Höflichkeit nur still, ob Schriftsätze für Banken bei der Vermeidung schlechten Stils wirklich helfen können) (es wurden Visitenkarten getauscht).

Alle schienen hocherfreut, sie kennenzulernen, doch versiegten die Gespräche immer schnell, und es ging weiter zum nächsten schönen Menschen. Alle waren begeistert, daß sie aus Deutschland kam, alle waren schon einmal in Berlin gewesen oder wollten zumindest sehr bald hinfahren. Der dichtende Rechtsanwalt kündigte an, sich dort mit ihr zu treffen, denn dort werde er sein brotarbeitsfreies Jahr *(„a sabbatical, sort of")*, das schon in wenigen Monaten beginne, verbringen. Die Bildhauerin sagte, sie müsse sie unbedingt in ihrem Atelier in Lichtenberg besuchen, es sei *quite something*, auch nicht fern von dem riesigen vietnamesischen Großmarkt, von dem Sophonisbe sicher schon gehört habe, *oh, you haven't?* Dann müsse sie auf jeden Fall kommen, denn auch der sei *quite something*. Und der Doktorand wollte sie ebenfalls bald in Berlin besuchen, bevor er in die Ukraine weiterreisen würde, wo er im Herbst in verschiedenen Archiven forschen wollte. Die anderen hatten keine so konkreten Reisepläne, aber alle sprachen mit einer solchen Dringlichkeit von ihrem Wunsch, nach Berlin zu kommen, daß sie nicht anders konnte, als ihnen zu glauben. Zudem fand sie es beruhigend, daß Berlin so über die Maßen beliebt war. Bei früheren Reisen hatte sie ihre deutsche Herkunft als Makel empfunden und tendenziell zu verbergen gesucht, um weder über Nazis sprechen zu müssen, noch über Mercedes-Autos, und auch, um nicht hören zu müssen, daß Hitler das mit den Juden ganz richtig gemacht habe. (Das war ihr allerdings nur einmal geschehen; öfter hatte sie in den achtziger Jahren, bei ihren ersten Besuchen in den USA, den Unterschied zwischen West- und Ostdeutschland erklären müssen.)

So wurde den ganzen Nachmittag durchgeplaudert (anstrengungslos), bis um sechs Uhr ein großer Gong das Ende der Party anzeigte, woraufhin alle sofort gingen. Die Räume leerten sich so schnell wie die Philharmonie nach dem letzten Applaus, und vor der Tür zerstreuten sich die schönen Leute sofort in alle Winde, weil sie alle noch Pläne für den Abend hatten. Der Anwalt erklärte ihr, daß man in New York jeden Abend drei verschiedene Dinge tue und Sonntage ab früh um zehn mit Vergnügungen durchgetaktet seien (keine *leisure time,* sondern *leisure activities).* Sogar Angelique ließ sie jetzt allein, wies ihr aber immerhin die Richtung, in die sie gehen müsse.

Womöglich hätte sie in den folgenden Wochen komplett vergessen, was den ersten Grund dafür gelegt hatte, daß es ihr in New York so gut gefiel (bis sich in den stillen Tagen der Rückschau am Ende ihres Lebens leise die Erinnerung gemeldet hätte, aber bis dahin war es noch lange hin), wenn sie nicht vier Wochen später einen der anderen Gäste zufällig wiedergetroffen hätte, und dann war er es, der sie ansprach. Sie hätte ihn gar nicht wiedererkannt, denn ihr war von diesen Stunden des Glücks nichts Konkretes im Gedächtnis geblieben, sondern nur das allgemeine Erfülltsein von allem, das blanke Sein, das reine Glück, tatsächlich war das eine Überfülle. In der Zwischenzeit hätte sie gar nicht sagen können, ob dieser Nachmittag tatsächlich stattgefunden oder sie in einem Märchenbuch für Große davon gelesen hatte. Von den fleißig getauschten Visitenkarten machte niemand Gebrauch, und Sophonisbe fand diese Karten erst im Sommer wieder, in Berlin, als sie ihre Handtasche ausräumte, um sie gründlich zu säubern. Auch Angelique sah sie nie wieder.

In der winterlich frühen Dunkelheit ging sie nicht im Zickzack in ihre winzige Wohnung zurück (ein Bett, ein Tisch, eine Küchennische, ein kleines Bad, die sie zum Sonderpreis von nur achttausend Dollar für zehn Wochen gemietet hatte), sondern die meiste Zeit geradeaus den Broadway hinauf. An der im neugotischen Stil gehaltenen Gnadenkirche, *Grace*

Church, wo der Broadway einen Knick macht, bog sie in die zehnte Straße ein und war bald zurück in dieser in der zwölften Straße zwischen zweiter und dritter Avenue gelegenen Wohnung, deren Winzigkeit sie nicht gestört hätte, wenn sie aus dem Fenster in den Himmel geschaut hätte statt auf eine Backsteinwand und große Fenster, hinter denen eine Kleinfamilie lebte. Die betrachtete sie in den nächsten Wochen als ihre *room mates,* auch wenn Vater Mutter Tochter nie zu ihr herüberschauten, sondern ihr Leben ganz ungerührt für sich führten, als sei es normal, daß einem fremde Leute dabei zuschauen. Nur wenn sie sich ans Fenster stellte und den Kopf hob, konnte sie den Himmel sehen, woran sie sich in all den Wochen ihres Aufenthalts nicht gewöhnte, vielmehr dachte sie immer, sie kehre in ihre Gefängniszelle zurück, wenn sie nach Hause kam, und war darum lieber auf der Straße als in dieser Wohnung.

Aber jetzt war es sowieso dunkel und sie sowieso müde, weiterhin vom Jetlag gebeutelt und vom Ansturm der Gegenwart sowie der absoluten Andersheit, des vielen Ungekannten, Unbekannten, absolut Neuen, das sie an diesem Nachmittag erlebt hatte. Sie legte sich gleich ins Bett und schlief sofort ein. Als sie am nächsten Morgen erwachte, waren die erstaunlichen Ereignisse ins Reich des Traums gewandert, und sie erinnerte sich so gut wie nie an ihre Träume.

BEI DIESER GELEGENHEIT sei hier, nur mal so nebenbei, gefragt: wenn jeder Traum eine Wunscherfüllung ist, was bedeutet es dann, wenn man sich an seine Träume nicht erinnert? Will man dann von seinen Wünschen nichts wissen? Oder hat man vielleicht gar keine? Oder sind sie so unbedeutend, daß man gar nicht weiß, daß man sie hat? Oder haben sich alle Wünsche schon soweit erfüllt, daß einem die möglichen weiteren gerade auch egal sind? Oder weiß man, daß nichts schlimmer ist als ein erfüllter Wunsch und möchte darum lieber nichts von seinen Wünschen wissen (nicht, daß sich einer erfüllt!) – und wenn es so wäre, wäre es (also alles, das ganze Leben) dann gerade schlimm und man hätte Sorge, es könne qua Wunscherfüllung noch schlimmer werden, oder wäre es dann, ganz im Gegenteil, gerade gut, so gut, daß man sich weitere Wünsche gar nicht vorstellen kann und von weiteren Wünschen gar nichts wissen will? (Zum Thema „wunschlos glücklich" siehe Anhang, „Komparativ".)

ALSO, WEITER GESCHAH DANN erst einmal nichts, was für unsere Geschichte unmittelbar von Belang wäre und sie vorantriebe, vielmehr geschah alles wie geplant: Sophonisbe ging mit offenen Augen durch die Stadt und machte Notizen für ihr Buch, aber noch nicht in der neuen Sprache (die sie überhaupt erst nach ihrer Rückkehr erfand).

AUS SOPHONISBES MANUSKRIPT (DAS GELD)
Crosby Street, welche ist sie ein Block weiter von Broadway und geht sie durch ganze Viertel SoHo von Houston bis Howard Street, sie gefällt mir sehr gut, weil ist sie ganz schmal und sieht man deutlich, wie einmal das Leben war unangenehm hier, in die Zeit, wenn die Häuser wurden gebaut mit dünne Mauern für arme Leute. Darum ich habe geschaut in Internet nach diese Straße. Zum Beispiel ich wollte gerne wissen, wer hat ihr gegeben der Name (welcher er steht nicht in New-York-Enzyklopädie). Auf diese Weise ich habe gefunden ein Artikel aus *New York Times*, aus welcher man konnte erfahren, wie teuer die Wohnungen sind in diese Straße, wie viele Millionen es kostet schon eine Wohnung einzeln. In dieser Artikel es war geschrieben von ein Mann, welcher

hat er sich gekauft eine Wohnung in diese Straße ein paar Jahre zurück. Damals er hat bezahlt nur eine Million Dollar, darum er war glücklich, denn heute er müßte bezahlen dafür vier Millionen, er denkt. Außerdem es wurde berichtet mit Begeisterung von ein junges Ehepaar, welches kam es von London nach New York, um zu profitieren von wie das Geld regnet herunter auf diese Stadt. Darum dieses Ehepaar hat gebaut ein Boutique-Hotel an eine Stelle, welche zuvor sie ist gewesen ein Parkplatz. Der Autor von der Artikel fand sehr bemerkenswert das und hat wiederholt es einige Male: früher Parkplatz, heute Boutique-Hotel. In neunziger Jahre Leute haben geraucht Crack an diese Stelle. Jetzt man kann nicht sich vorstellen, wirklich nicht, daß jemand könnte rauchen Crack auf diese Straße, jetzt eher Leute schlucken *prescription drugs* in ihr Zimmer in Boutique-Hotel, ich denke. Ebenfalls man kann nicht sich vorstellen, daß in diese Gegend von Manhattan es haben gewohnt einmal Leute, welche hatten sie nicht einfach wenig Geld, so daß man könnte nennen sie Leute, welche leben sie nicht in Wohlstand, sondern daß sie waren wirklich extrem arm, *that they were living in abject poverty.* Oder daß überhaupt einmal es haben gewohnt Leute hier, welche waren sie normale Leute, nicht reiche Leute. Und daß hier einmal es gab viele Künstler, welche benötigten sie große Ateliers für zu machen große Kunstwerke (von Dimensionen große Kunstwerke, welche zugleich später man hat erkannt sie in ihre Eigenschaft von große Kunst) und aber sie hatten nicht viel Geld; darum sie sind gegangen nach SoHo, wo es gab große Räume und Miete war sehr billig.

Heute Firmen, welche verkaufen sie Luxusgegenstände, zum Beispiel Chanel oder Dior oder Louis Vuitton, sie haben ihre Filialen in diese Häuser mit dünne Mauern. Das ist lächerlich, aber sie bemerken gar nicht das.

Das ist erste Sache, welche geschieht sie mir hier: es widert mich an die Verwüstung, welche das Geld hat geschaffen, indem es ist gerollt wie Dampfwalze durch dieser Stadtteil.

Ich habe gesprochen in Crosby Street mit ein junger New Yorker, welcher nannte er die Gegend, in welcher wir befanden uns in jener Moment, „the belly of the beast". Wir haben gesprochen über jene Verwüstung, welche macht sie das Geld, und Auslöschung von alles, welches ist es der Grund, warum man sich fühlt wohl an ein Ort oder warum man findet liebenswert ihn oder warum man möchte bleiben dort. Normalerweise solche Dinge sind dergestalt, daß sie haben nichts zu tun mit Geldkreislauf, aber zugleich es sind genau die Dinge, warum die Gegend ist beliebt, und es sind genau die Dinge, welche werden sie vernichtet erbarmungslos sofort, bis eine solche Gegend lebt von Erinnerung nur noch. Am Anfang das wirkt nur fade, am Ende aber das ist sehr lächerlich. (Berlin-Kreuzberg schon fast ist geworden ein solcher Ort.)

Erstes neues Wort, welches ich habe gelernt in New York, lautet „priced out – hinausgepreist". Damit man will sagen, daß jemand mußte umziehen in anderer Stadtteil, weil konnte er nicht bezahlen mehr die Miete.

Die absolute Herrschaft von Geld ist erste Sache immer, welche man bemerkt sie bei Besuch von Vereinigte Staaten. Schon bei mein letzter Aufenthalt in San Francisco in März 2002 ich habe begriffen, was bedeutet Hardcore-Kapitalismus, und ich habe aufgeschrieben schon damals:

> Wenn jemand einen Witz machen will, dann behauptet er, daß man für etwas bezahlen müsse, für das man gar nicht bezahlen kann. Der Briefträger, der gerade sein Briefzwischenlager leert und den ich frage, ob ich ihm meine Briefe gleich mitgeben könne, sagt: „fifty

35

cents". Der Mann im Café am Strand, den ich bitte, ein Auge auf meine Sachen zu haben, während ich aufs Klo gehe, sagt: „I'll get a good price for it". Das ist der Humor des vollkommen entwickelten Kapitalismus. Man lacht darüber, daß es überhaupt noch Dinge gibt, die nichts kosten.

Ich habe begriffen es schon vor lange Zeit, doch es überrascht immer wieder mich.

HINTERGRUNDINFORMATION

Die ganze Stadt sagt ihr in einem fort „not for you, not for you, nur für die Reichen!" All diese Luxusgeschäfte, all diese schön renovierten Häuser, diese von guten Architekten neu errichteten Wohnungen – not for you. Die Luxusgeschäfte verkaufen Dinge, die sie sich nicht leisten kann, Klamotten, Schuhe, Kosmetik, Handtaschen, Digitalspielzeug, und an den Häusern steht „Luxury rental", solange sie noch nicht zu Ende renoviert oder gebaut sind. Von den fertiggestellten Wohnungen liest sie in der Zeitung, die jeden Sonntag mitteilt, was der höchste Preis war, der in der vergangenen Woche für eine Wohnung erzielt wurde. In der ersten Februarwoche waren das über 35 Millionen Dollar. Und wenn sie über das bekannte Gebäude der Williamsburgh Savings Bank in Brooklyn liest, dann endet die Beschreibung damit, daß sich nunmehr Eigentumswohnungen darin befinden, und auch auf Coney Island soll nun „luxury development" stattfinden. Entwicklung – daß ich nicht lache. Nicht für mich, nicht für mich.

„The finger" nennt Deborah (von der wir später mehr erfahren werden) das weithin sichtbare höchste Wohnhochhaus der Welt an der Park Avenue 432, mit 426 Metern das zweithöchste Gebäude der Stadt, ein hypertrophierter Stalagmit mit quadratischer Grundfläche, *the finger*. Sie meint damit natürlich den Mittelfinger, den die Reichen dem Rest der Welt zeigen, und sagt, Sophonisbe sei die erste, die es kapiert habe. Die anderen haben sich an diesen Zustand schon gewöhnt.

Die öffentliche Rundfunkstation WNYC schickt ihren Newsletter mit einem Hinweis auf eine Serie über die schlimme Gentrifizierung in Brooklyn:

> *Gentrification is transforming many American cities, but nowhere are the changes as dramatic as they are in Brooklyn, New York. Brooklyn now holds the distinction of being the least affordable housing market in the country. Presented by WNYC Studios and The Nation, There Goes the Neighborhood is an eight-part weekly podcast series exploring the phenomenon of gentrification in Brooklyn – who's moving in, who's moving out and the role that race plays in all of it.*

Als sie auf den Link klickt, ist er tot; ihr wird mitgeteilt, die Seite könne nicht gefunden werden, auch auf der Website von WNYC findet sie die Sendung nirgends – ob das was zu bedeuten hat?

Doch manchmal stolpert sie plötzlich irgendwo über gänzlich unrenovierte Häuser – in Midtown gibt es so manches schäbige Geschäft; in Greenwich Village plötzlich einen Lebensmittelladen, der kein Supermarkt ist und zu keiner Kette gehört und, wie in der guten alten Zeit, Kaffeeplörre für einen Dollar im Pappbecher verkauft; an der Canal Street und auf dem Weg dorthin, wenn sie SoHo auf dem Weg zum Postamt entlang der Wooster Street durchquert, sieht sie noch einzelne unrenovierte Häuser vorwurfsvoll herumstehen sowie auf der Straße vereinzelt gealterte Bohemiens herumschleichen, Leute, die wirken, als seien sie von damals übriggeblieben – eine Frau um die siebzig mit übergroßer orangefarbener Brille, die sich mit einem schwulen jungen Mann unterhält; eine Frau Mitte fünfzig, die ihr hüftlanges graues Haar offen trägt, einen großen Zottelhund spazierenführt und ganz unschick in irgendsoeinen Anorak gekleidet ist. Da denkt sie dann: daß es das noch gibt!, und stellt sich vor, daß demnächst sie so durch Kreuzberg schleichen werde (vielleicht tut sie es ja schon), übriggeblieben aus der Zeit, als der Stadtteil schon einmal in Mode war, wenn auch aus anderen Gründen.

Diese Leute und diese unrenovierten Häuser mit den dreckigen Fensterscheiben, hinter denen sich Gerümpel stapelt, sind immer die Ausnahme, nie die Regel.

Am West Broadway, an dem sich ein Luxusgeschäft ans andere reiht, betreibt eine winzigkleine Italienerin einen merkwürdigen vollgestopften Klamottenladen. Sie trägt Kriegsbemalung, das ist ihr Markenzeichen, blaue Striche über den Augenbrauen und auch der Rest des Gesichts ist voller unnatürlicher Farben; im Schaufenster hängen Zeitungsartikel über sie, denen unter anderem zu entnehmen ist, daß Jimi Hendrix in diesem Laden einmal ein Hemd gekauft hat. Seit dreiundvierzig Jahren sei sie hier, erzählt sie, sie stamme aus Mailand, das sei nah bei Berlin. Sie ist das, was in Reiseführern ein „Original" genannt wird. Als Sophonisbe sagt, wo sie herkommt, erscheint plötzlich der Ehemann aus dem Hinterzimmer, ein großer Mann mit langen Haaren, Künstler, er stammt aus Dänemark, Norwegen, Holland oder einem ähnlichen Land, jedenfalls aus Europa. Auch ein Übriggebliebener.

Der Pearl River Mart am Broadway, der auch so ein Geschäft ist, das einen willkommen heißt mit drei Stockwerken voller Chinesenzeug, macht gerade kompletten Ausverkauf, nach vierzig Jahren Geschäftstätigkeit, weil er seine durch den ganzen Block reichenden Räume nun nicht mehr bezahlen kann, nachdem die Miete von 100.000 auf, *I shit you fucking not,* 500.000 Dollar im Monat erhöht wurde. Das nennt man dann wohl „totgepreist". (Aber dann hat der Pearl River Mart doch neue Räume gefunden, ein paar Blocks weiter südlich am Broadway, an der Ecke zur White Street, schon in Tribeca, nicht so groß, nicht so schön, aber es gibt ihn noch.)

Sie hat auch Läden für die Armen gesehen – am östlichen Rand von Alphabet City einen von Arabern betriebenen Billigstladen, den man in dieser Gegend erwarten konnte, während der Dollarshop in Midtown sie erstaunte. Auch in diesem waren die Kassen dergestalt, daß sie zum Kassierer hinaufschauen mußte, als sie 99 Cent für eine Tube in Indien hergestellter Cortisonsalbe bezahlte (ob die Kassierer in solchen Läden zugleich als Wachpersonal fungieren?). Sie war an einem Sonntag dort; wer kaufte dort unter der Woche? Die Sekretärinnen aus den Büros der Umgebung? Doch war sie trotz Sonntag nicht allein im Laden.

Und trotz alledem und alledem befiel sie beim Beschriften ihrer Fotos von der Park Avenue auf der Höhe von Murray Hill das erste Mal der Wunsch, die Lust hierzubleiben. Um weiter Hochhäuser zu fotografieren. Um weiter in einer Viertelstunde am Meer zu sein und in einer Stunde am Strand.

Und natürlich würde sie sich, wenn sie reich wäre, auch eine Wohnung in Manhattan kaufen, und zwar gerne in SoHo, wo es ihr besser gefiel als im East Village, und dann würde es ihr auch gar nichts ausmachen, wenn das in der sonntäglichen *Real-estate*-Beilage der New York Times lobende Erwähnung fände als teuerstes Wohnungsgeschäft der vergangenen Woche.

Am Anfang der Crosby Street, von der Houston Street aus gesehen, befand sich eine große Trödelunternehmung, die nicht nur abgelegte Kleidung und ausgesonderte Möbel an Bedürftige verteilte, sondern im Nebenhaus zudem mit ebensolchem Druckwerk, mit für immer weggelegten Büchern einen Gewinn für ihren guten Zweck, HIV-Infizierte zu behausen, zu erzielen suchte. Wie in dieser Stadt bedauerlicherweise alle nicht aufs reine Geldmachen ausgelegten Unternehmungen, hatte auch dieser Laden eine berufsbeleidigte Anmutung, wirkte auf unbestimmte Weise ideologisiert, leicht unangenehm. Die Atmosphäre war einigermaßen stickig. Dabei war das ein sehr großer Laden, er reichte tief ins Gebäude hinein und besaß im vorderen Teil sogar eine Galerie; so hoch waren die Räume, an deren Wänden die Regale voller aussortierter Bücher ihm eine Seele gaben. Als Außenstehender würde man natürlich vermuten, daß Sophonisbe aufgrund ihres Berufes diesen Laden paradiesisch finden müßte – so viele Bücher! soviel zu entdecken! –, doch fand sie solche Gebrauchtbuchläden, gerade aufgrund ihres Berufes, stets einigermaßen deprimierend, denn sie sah in erster Linie, wie enorm viele Bücher es gab, die nicht geliebt wurden, und wie leicht es den Leuten fiel, sich von ihnen zu trennen (so schien es ihr zumindest), und eines Tages, so stand zu befürchten (mit Recht), würden auch ihre eigenen Bücher in so einem Regal, wenn nicht schlimmer (Grabbelkiste!), enden. In speziell diesem Laden natürlich eher nicht, denn der befand sich in einem Land mit einer anderen Sprache, aber wohl fühlte sie sich hier trotzdem nicht.

In den Tiefen des Ladens wurde Kaffee verkauft, und neben dem Tresen standen ein paar Tischchen. An den rechteckigen größeren saßen jeweils vier, an den runden kleineren saß jeweils exakt eine Person. Alle hielten den Kopf konzentriert auf jeweils den gleichen silberfarbenen Apple-Computer gesenkt. Alle diese Personen waren innerlich abwesend und bildeten im

Ensemble eine asoziale Plastik. Die betrachtete sie ratlos, während sie überlegte, was sie tun sollte, Kaffee trinken oder den Laden schnell verlassen, bevor der Staub sie erstickte. (Er war gar nicht staubig, es fühlte sich nur so an.) Es verstörte sie geradezu, daß diese Leute so ungerührt da sitzen und die städtische Nähe zum Nebenmann an sich abgleiten lassen konnten. Es verstörte sie jedesmal, wenn sie eine solche Versammlung sah; dabei war sie vollkommen alltäglich, ausnahmslos alle Coffeeshops boten dieses Bild.

Dann geschah etwas Ungewöhnliches, denn eine dieser Personen schaute auf, hob den Blick von ihrem Apple-Computer und schaute sie an, erwiderte ihren Blick! Es war ein junger Mann, und es überfiel sie, wie es ihr hier in New York sehr oft geschah, die nie ferne fundamentale Betrübnis über die allumfassende Verheerung, die die Nazis angerichtet hatten. Als sie gerade ihr Notizbuch aus der Tasche ziehen wollte, um hineinzuschreiben, daß es immer wieder erstaunlich sei, wie manche Leute Gesichter, für deren ungehemmte Betrachtung man sonst an der Kinokasse bezahlen mußte, einfach so in der Gegend herumtragen, sagte der junge Mann:

„*Hi*, Sophi, was bringt dich hier?"

Sie fühlte sich ertappt, und noch bevor sie sich fragen konnte, warum der Deutsch sprach und ihren Namen kannte, war es ihr peinlich, daß sie ihn gerade wie eine Schaufensterauslage betrachtet hatte, als wäre er ein Gegenstand.

„*Hi* …", sagte sie, unsicher, fragend. Er strahlte sie an.

„Du erinnerst dich nicht? Wir haben getroffen uns bei Jour fixe von Beyoncé."

Eigentlich sieht er ganz normal aus, dachte sie jetzt, und auch das machte sie traurig. Sie fragte sich, ob sie seinen Anblick vielleicht nur darum für besonders gehalten hatte, weil es ein schönes jüdisches Gesicht war, das er einfach so in der

Gegend herumtrug, und sie ärgerte sich, weil sie das besonders bemerkt hatte – als sei sie noch immer nicht an die Gegenwart von lebenden Juden gewöhnt; dabei war sie nun schon fast einen Monat hier und kaufte alle drei Tage Beugel und *Schmear* bei *Russ and Daughters*. Die rumänische Verkäuferin dort war zwar offensiv jüdisch, indem sie einen untertassengroßen goldenen Davidstern um den Hals hängen hatte, sah ansonsten aber aus wie Miss Piggy und hatte ihre raspelkurzen Haare mit Peroxid gebleicht. Das konnte Sophonisbe nicht mit deutschen Vernichtungslagern in Einklang bringen. (Einmal jedoch, als sie in die Betrachtung dieser Frau versunken war, weil sie warten mußte, bis sie dran war, kam ihr der Gedanke, daß diese Frisur vielleicht gerade als Verweis auf die deutschen Vernichtungslager gemeint war. Konnte sein.)

„Doch, ich erinnere mich", sagte sie. Er war der Doktorand aus Yale. „Aber ich habe deinen Namen vergessen."

„Dann wir müssen beginnen neu die Bekanntschaft", sagte er und hielt ihr die Hand hin. *I'm Josh."*

"Oh, right, now I remember."

"Welcome to my office", sagte er und übergoß sie wieder mit einem Strahlen, das so hell war und so warm wie das der Sonne über dem Olymp.

"Your office?" fragte sie, und er erklärte, daß hier angenehmer zu arbeiten sei als bei McNally Jackson um die Ecke, weil es hier viel mehr Platz gab und man darum nicht so eng saß und sich nicht beim Arbeiten störte, obwohl hier mehr Leute waren. Warum indes ein öffentlicher Ort ein Büro war, erklärte er ihr nicht, denn das war für ihn ganz selbstverständlich, und Sophonisbe hatte es auch schon verstanden. Sie wußte ja, wie winzig die Wohnungen hier waren; natürlich mußte man aus ihnen fliehen, um nicht wahnsinnig zu werden. Dann geht es allen gleich, auch denen, die hier wohnen, dachte sie,

und daß man in dieser Stadt angestellt oder reich sein mußte, um einen eigenen abgeschirmten Ort zum Arbeiten zu haben; alle anderen mußten sich dafür in die Öffentlichkeit begeben. „Im Grunde eine aufs Blanke reduzierte Variante des Wiener Kaffeehauses von einst", kritzelte sie in ihr Notizbuch, das auf ihrem Bein lag, während sie darauf wartete, daß ihr Kaffee gezapft wurde (das war ein elaborierter und ernster Vorgang).

Seine Einladung, seinen Arbeitsplatz eine Weile mit ihm zu teilen, bekräftigte er dadurch, daß er sein iPhone auf „Lautlos" stellte. Als sie sich dann gegenübersaßen und auch vor ihr ein Pappbecher voll Kaffee stand und sie einen überdimensionierten Keks auf die Papiertüte, in der er ihr verkauft worden war, gelegt hatte, womit dieser Tisch geradezu überladen war, fragte sie ihn, noch immer in Flagellantenstimmung, warum er ausgerechnet Deutsch lernte. Das heißt, das „ausgerechnet" verkniff sie sich, nicht nur, weil ihr gerade nicht einfiel, wie man das auf englisch sagt („of all languages"), sondern auch, weil sie im Verlauf ihres nun so manches Jahrzehnt schon währenden Lebens mittlerweile durchaus verstanden hatte, daß die Bürger anderer Staaten nicht in einem fort vom Naziverbrechen erschüttert waren, wenn sie tagsüber an Deutschland dachten, sondern vielmehr oft nur ganz am Rande daran dachten, wenn überhaupt, weil sie von *Bach Hegel BMW,* von *Beethoven Kafka Mercedes,* vielleicht auch von *Mahler Marx Volkswagen* mehr beeindruckt waren als von *Auschwitz Belsen Buchenwald* und letzteres darum als etwas begriffen, wovon man in der Schule im Geschichtsunterricht erfuhr, während *Brahms Brecht Umwelttechnik* Dinge waren, mit denen sie sich gerne und freiwillig beschäftigten. (Die Komponistennamen sind austauschbar, wir könnten auch die *Scorpions* oder *Rammstein* dafür einsetzen, *Goethe* nicht zu vergessen. Und außerdem gibt es Leute, also Männer, die ein großes Faible für deutsche Pornofilme aus den siebziger Jahren haben. Es gibt viele Gründe, Deutschland ziemlich in Ordnung zu finden!)

Der Ordnung halber aber
halten wir fest:
Immer dieses Deutschland!
Nie läßt es einen in Ruhe.
In einem fort schleppt man es mit sich herum.

Und wenn man es doch einmal für fünf Minuten vergessen hat, erinnert einen bestimmt gleich jemand oder etwas daran (ein jüdisches Gesicht; die aus dem Stein gehaune Inschrift *Freie Bibliothek u. Lesehalle* an einem Backsteinbau an der Second Avenue; ein Notizbuch bei McNally Jackson, das auf japanische Weise, von oben nach unten, mit Sätzen aus dem Deutschlehrbuch bedruckt ist:

Ferne Reisen	Die Propeller	Das Flugzeug	Reisen bedeutet
machen weise.	drehen sich.	gewinnt an Höhe.	Leben.)

Deutschland, womöglich nur Berlin, aber das ist für Ausländer auch Deutschland und wahrscheinlich sogar mehr als für Inländer, ist zur Zeit nämlich sehr in Mode. Und in Wirklichkeit ist auch für uns das Nazilied schon so alt geworden, daß wir es kaum noch singen. Nur hat sich halt der Text so tief in uns eingebrannt, daß wir ihn nicht mehr loswerden. Dieses Lied ist ein Teil von uns geworden. Doch haben wir das an anderer Stelle schon so ausführlich dargelegt, daß wir an dieser darauf verzichten können, und das auch sehr gerne tun wollen. Nur der Vollständigkeit halber wurde es erwähnt.

Sie sprachen dann auch gar nicht über Sophonisbes Herkunft, sondern zunächst über die vom Geld verwüstete Gegend, in der sie sich gerade befanden. Auch weiter wurde in diesem konkreten Fall nicht von ihr erwartet, sich ihrer Vergangenheit bewußt zu sein, denn Josh hatte mit Deutschland weiter nichts am Hut, sein Forschungsgebiet lag viel weiter östlich, auch östlich der Grenzen von 1937. (Zwar hatte Deutschland dort gewütet, aber erst viel später, nicht in seinem Forschungszeitraum.) Es war nicht einmal wegen der deutschen Philosophie, daß er Deutsch lernte, sondern er tat es, weil in der Zeit, von der seine Doktorarbeit handeln würde, in dem von ihm beforschten Teil der Welt (einem Teil der *Bloodlands,* sagte er, als sei das mittlerweile die geläufige Bezeichnung für diese Gegend) (war es auch, aber das war für ihn nicht relevant, weil sein Forschungszeitraum schon längst vergangen war, als die Weltgeschichte so durch diese Gegend rollte, daß alles an ihr blutete) Deutsch gesprochen wurde (das war vor der Zeit, als Englisch die Lingua franca der Welt war). Das genaue Thema müsse er allerdings erst noch finden. Bislang wußte er nur, daß es um die Westukraine im 19. Jahrhundert gehen solle, genauer, um jene Gegend, die heute die Westukraine bildet und seinerzeit zum Habsburger und zum Russischen Reich gehörte, einstmals aber teils auch zum Großherzogtum Litauen und zur polnischen Rzeczpospolita gehört hatte, also Wolhynien, Galizien, Podolien, die Bukowina, Bessarabien. Das übergeordnete Thema werde die ukrainische Nationalbewegung im 19. Jahrhundert sein (das hatte er ihr bei ihrer ersten Begegnung schon erzählt, aber daran erinnerte er sich nicht). Im Sommer werde er nicht nur nach Kiew, sondern auch nach L'viv fahren. Dort werde heute zwar (natürlich) kein Deutsch *(of all languages)* mehr gesprochen, zu jener Zeit, die er beforsche, wurde dort aber sehr wohl und sehr viel Deutsch gesprochen. Außerdem wolle er gerne Karl Emil Franzos im Original lesen, auch Soma Morgenstern und Moses Rosenkranz, obwohl die nun ebenfalls schon außerhalb seines Forschungszeitraums gelebt hatten (letzterer sogar bis ins aktuelle Jahrhundert hinein!); zudem wolle er auf dem Weg in die ukrainische Geschichte Berlin besuchen. Soviel fürs erste.

Folgende Fragen ergeben sich zwangsläufig:

1) L'viv? Wo liegt das denn?

2) Waren es die Ereignisse der letzten Jahre, die dein Interesse an der Ukraine geweckt haben?

3) Wie viele Sprachen sprichst du denn?

Ad 1) Diese Stadt in Galizien hat in jeder Sprache, in der sie eine Rolle spielt (ukrainisch, polnisch, russisch, deutsch, jiddisch), ihren eigenen Namen, sie heißt also Львів (L'viv), Lwów, Львов (L'vov), Lemberg und לעמבעריק (Lemberik). Um Verwirrung vorzubeugen, könnte man, gerade bei der historischen Forschung, auch beim lateinischen Namen bleiben: Leopolis (Löwenstadt).

Ad 2) Nein, wirklich nicht.

Ad 3) Russisch, Ukrainisch, Jiddisch fließend; Spanisch, Polnisch sehr gut; Französisch, Deutsch einigermaßen. Und Englisch natürlich, *native speaker.*

Und selbst?

Ach, egal.

"I'm not a scholar", sagte Sophonisbe, *"I'm a poet. I don't speak many languages, but I know the structures of many. That's important for my work."*

Ob das so stimmt, ob die Kenntnis der Struktur einer Sprache zu mehr verhilft als zu Gesprächsstoff für gebildete Partygäste, wenn man die Sprache ansonsten gar nicht sprechen kann, steht zu bezweifeln. Doch äußerte er keinen solchen Zweifel, sondern stimmte ihr vielmehr sofort begeistert zu. Ja, auf jeden Fall seien Strukturen viel wichtiger als alles andere! Strukturen seien das Eigentliche; wenn man die Strukturen verstehe, verstehe man alles, und überhaupt betrachte er selbst sich so ziemlich als Poststrukturalisten und habe viel von Roland Barthes gelernt. Dann äußerte er große Begeisterung über ihren Beruf. Schreiben sei sein Traum! Was sie von Taras Schewtschenko halte?

DIESES GESPRÄCH war für ihn übrigens genauso anstrengend wie für sie.

NACHDEM SOPHONISBE hatte zugeben müssen, daß sie von Taras Schewtschenko noch nie gehört hatte (und wie sollte sie auch, wenn sie von der Ukraine nicht viel mehr wußte, als daß es sie gab?) (was allerdings, das sei zu ihrer Ehrenrettung gesagt, in Wirklichkeit nicht ungewöhnlich ist. Tatsächlich muß man sich einigermaßen anstrengen, um über die Ukraine, die in Wirklichkeit ein ziemlich großes Land ist, mehr zu erfahren, als daß es sie gibt, man muß es wirklich wollen), trat eine kleine Pause ein.

"So you were the poet", sagte er schließlich und strahlte sie wieder olympisch – göttlich – erhaben an.

„Wie, ,*the poet*'?" fragte sie, „es gibt doch mehr als einen Dichter auf der Welt." Das war, mit Verlaub, außerordentlich undichterisch gesprochen.

"At Beyoncé's party", erklärte er, dort sei auf jeden Fall immer einer, der es aufschreiben würde.

"But nobody told me that I had to write about it."

"They knew that you would anyway. After all, that's what poets do, right?"

Immerhin ist das doch, was Dichter tun, richtig?

Immerhin ist dies doch das, was Dichter tun, nicht wahr?

Das ist nun mal die Tätigkeit des Dichters, oder?

Die verschiedenen Möglichkeiten der Übersetzung machten diese Bemerkung nicht besser. Ein Mann, der so jung war, daß er ihr Sohn hätte sein können, fühlte sich bemüßigt, ihr zu erklären, was ihr Beruf war. Das war unerhört und brachte sie aus der Fassung. Sie fühlte sich derart beleidigt, daß sie sprachlos war. Ein Mann, der so jung war, daß er ihr Sohn hätte sein können, hatte sie ohne Vorwarnung und ohne jeden Grund beleidigt. Sie spürte, wie alle Freundlichkeit auf einen Schlag aus ihr entwich, wie ihr Gesicht sich verhärtete und sie sein hübsches voller Haß anstarrte. Er schien das gar nicht zu bemerken, vielmehr strahlte er sie schon wieder gnadenlos an. Und erwartungsvoll. Als habe er etwas ganz besonders Schönes gesagt und erwarte nun eine Belohnung dafür.

Einfach gar nicht antworten.

So trat wieder eine Pause ein.

Um ihn nicht anschauen zu müssen, biß sie in ihren Keks und kaute ihn gründlich durch.

Endlich fiel ihm ein, wie es weitergehen könnte.

„Wie gefällt dir meine Stadt?" fragte er.

Das ist ja genauso ekelhaft!, dachte sie, „meine Stadt" – sie gehört ihm doch nicht!

Falsch, Fräulein Sophonisbe, natürlich gehört sie ihm, wem denn sonst?

Was ist das überhaupt für eine Ausdrucksweise?, dachte sie weiter und war froh, daß sie den Mund voll hatte und sowieso nicht antworten konnte. In Wirklichkeit geschah ihr solcherlei und hörte sie solches Sprechen natürlich nicht zum ersten Mal, darum konnte sie sich die Antwort selber geben. Sie lautet:

Es ist die Bourgeoisie, die so spricht, wenn sie sich dazu herabläßt, das Wort an diese drolligen Gestalten zu richten, die nicht zu ihr gehören, aus praktischen Gründen aber trotzdem auf der Welt sein müssen. Mit Putzfrauen und Hausmeistern, Obsthändlern und Parfümeriefachverkäuferinnen, Zugschaff-nern und Automechanikern wird so gesprochen und eben auch mit Künstlern. Die gehören irgendwie auch zu dieser Katego-rie, weil es nun einigermaßen unbegreiflich ist, daß es immer

noch welche gibt, wo uns doch alle großen Werke schon vor-
liegen, weswegen wir doch längst genug Kunst schon haben.
Wozu braucht's dann jetzt noch Künstler? Drollig, wie gesagt.

Doch hatte er sie überhaupt nicht beleidigen wollen, er war
nur leutselig, und sie mußte sich gar nicht persönlich getroffen fühlen, denn sie war gar nicht persönlich gemeint. Es war
nur der gute alte Klassenhaß, der ihr ausgebrochen war. Das
geschah ihr regelmäßig, obwohl sie im Prinzip (aber nicht in
Wirklichkeit, sondern nur herkunftsbedingt) zu ebenderselben
Klasse gehörte, doch war sie ganz und gar nicht darauf gefaßt
gewesen. Zum einen hatte sie ihn nicht gleich als Bourgeois
erkannt, zum anderen hatte sie noch nie mit einem so jungen
Angehörigen der Bourgeoisie zu tun gehabt. Vielmehr waren
ihr diese bislang immer nur in Form von schön gekleideten,
angenehm duftenden älteren Herrschaften begegnet, und das
auch nur bei offiziellen Anlässen, bei denen sie mit ihnen Konversation machen mußte. Sie nannten das Smalltalk (gab es bei
einem solchen Anlaß ausnahmsweise etwas Ordentliches zu essen, dann war es After-dinner-talk) und betrachteten es als eine
Form des Zeitvertreibs, während es für sie harte Arbeit war.
Sie gehörte bei solchen Gelegenheiten zum Unterhaltungspro-
gramm, die anderen gehörten zu denen, die bezahlten.

Vielleicht weiß er gar nicht, was er da redet, dachte sie,
jung, wie er ist. (Allerdings wissen die älteren Herrschaften
auch nicht, was sie da reden, sonst würden sie vielleicht anders
reden.) (Ach was, würden sie nicht.)

Sie kaute noch immer auf ihrem Keks herum, denn genau
dafür war er gemacht *(chewy),* sie hatte noch immer einen vollen Mund.

Sie war ein höflicher Mensch.

Er strahlte sie an.

Er hatte es nicht so gemeint.

Noch einmal von vorn: er hatte gefragt, wie ihr die Stadt gefalle, während sie den Mund mit dem Keks voll hatte. Sie kaute zu Ende und trank einen Schluck Kaffee. Dann antwortete sie ihm, als sei nichts geschehen:

„Sehr gut!", woraufhin er sich von ihr unterhalten ließ. Das war zu erwarten gewesen, weil in seiner Alterskohorte sowieso ganz selbstverständlich; da wurde auch ohne bourgeoisen Hintergrund in erster Linie und vor allem Unterhaltung erwartet *(he was ready to be ENTERTAINED,* um es mit Beyoncé zu sagen). Er lehnte sich zurück, hielt seinen Kaffeebecher in der Hand und wurde ruhige Aufmerksamkeit. Der zugeklappte Apple-Computer reflektierte sanft das Licht, die hinter ihm hoch aufragende Wand aus ungeliebten Büchern umrahmte ihn, als wäre sie eigens für ihn dort hingestellt worden. Insgesamt bot er nun einen recht heimeligen, ganz friedlichen, in dieser Stadt völlig ungewohnten Anblick. (Aber so etwas gibt es dort eben auch! Es gibt alles in New York.)

Er war so schön im Raum positioniert, daß man deutlich erkennen konnte, wie er sich schon jetzt, noch bevor er überhaupt das genaue Thema seiner Doktorarbeit gefunden hatte, auf seine Rolle als gütiger Professor, der an den Ideen und dem Fortkommen seiner Studenten (einer weiteren Spezies drolliger Gestalten) ernsthaft interessiert war, vorbereitete.

Was ihr denn am besten gefalle, fragte er.

Das Wasser, sagte sie.

AUS SOPHONISBES MANUSKRIPT (WASSER)
In der Nacht ich bin gefahren über Manhattan Bridge mit Subway von Brooklyn nach Manhattan, und ich habe mich erinnert an Paris, wo Metro fährt über Seine, weil habe ich gesehen die Lichter der Stadt auf andere Seite von Fluß. Ich habe mich erinnert an Paris, weil Paris immer ist größtes Ver-

sprechen, und wenn man sieht Lichter von Stadt in Ferne über Fluß, dann auch ist großes Versprechen. Aber East River ist viel breiter als Seine und sogar ist breiter als Donau in Budapest, wo Donau ist sehr breit wirklich. An nächster Tag tatsächlich ich habe gedacht an Budapest, weil habe ich geschaut von East River Park an Ostseite von Manhattan über East River nach Brooklyn, und dieser anderer Stadtteil ist fort noch weiter von Manhattan, als ist fort Buda von Pest. Er ist fort so weit, daß man denkt nicht, ist dieselbe Stadt, sondern man denkt, ist andere Stadt, und man stellt sich Frage, ob Leute von diese beide Stadtteile wirklich fühlen wie als ob sie leben in eine und dieselbe Stadt. Weil muß man eine Reise machen, wenn man will besuchen anderer Stadtteil – wie ich habe gemacht Reise über Ozean, um zu besuchen anderes Land. Man ankommt gar nicht, die Reise endet nie.

In einer Viertelstunde bin ich am Wasser, und zwar am richtigen Wasser, am Meer, auch wenn es Fluß genannt wird. Eine Viertelstunde zum East River im Osten, zum Hudson River ist der Weg länger, und es ist das Meer, an das ich so gelange, in ganz kurzer Zeit, an das ich aus der Mitte der dicht zugebauten Stadt heraus gelange, aus dem Stein, den Straßen, dem Verkehr, den Menschenmassen; ein kleiner Spaziergang nur, und ich bin am Wasser, ganz egal, in welche Richtung ich gehe. Mit der Zeit habe ich bemerkt, wie ich mich nach diesem Wasser sehnte; ich war jedesmal sofort glücklich, wenn ich dort anlangte, und dachte darum jedesmal an den Anfang von „Moby Dick", wo Melville beschreibt, wie sich am Wochenende die New Yorker alle am Wasser versammeln, wie es alle immerzu ans Wasser zieht.

Vielleicht macht das Wasser in New York besonders glücklich, denn im Grunde ist es die einzige Möglichkeit, sich wie in der Natur zu fühlen in dieser Stadt, wo man den Kopf in den Nacken legen muß, um den Himmel zu sehen. Der ist dann mit geraden Linien eingefaßt. Der Anblick des Meeres aber ist tatsächlich einer der Natur, und beim Anblick der Natur denkt man nicht sofort ans Geld, und es ist sehr selten in New York, daß man einmal nicht ans Geld denkt, daß es sich einem einmal nicht aufdrängt, in welcher Form auch immer.

Die Insel Manhattan ist so geformt, daß man auf der Höhe von Greenwich Village über das Hudson-River-Meer auf den Financial District schaut, auf das gerade fertiggestellte neue Hochhaus One World Trade Center, das wieder das höchste Gebäude der Stadt geworden ist, ganz so, wie es das alte World Trade Center einmal war. Wenn man dann ein bißchen in die Ferne schaut, zwischen Manhattan und New Jersey hindurch, sieht man die Freiheitsstatue und Ellis Island und eine lange Brücke. Inseln, Wasser, Glück.

SIE ERZÄHLTE IHM von ihrem Ausflug nach Coney Island, den sie drei Tage zuvor gemacht hatte, von ihrer Reise mit dem *F train* durch Brooklyn ans Meer. Denn dieser Ausflug war wie eine Reise, nicht einfach nur wie eine U-Bahnfahrt.

Auf der Fahrt hatte sie sich über die vollkommen schmucklosen Stationen aus Wellblech gewundert, in denen es erstaunlicherweise nicht einmal Reklame gab, die gab es nur in den Zügen selbst. An einer frisch renovierten Station war eine Art Fenster ins Wellblech gesägt, es war aber eher ein viereckiges Loch. Sie hatte gedacht, man habe diesen Ausblick vielleicht angebracht, damit es in der Station nicht ganz so trostlos sei; aber dieses Fenster war mit Draht gesichert und machte alles erst recht trostlos. Die Fahrt selbst also war eher trostlos. Erst als sie dem Ziel schon nahe war, wurde es besser.

Es hatte ihr gefallen, wie zum Strand hin zwei Hochbahnlinien übereinander laufen und daß die Station direkt am Strand fischförmig gestaltet ist. Wie überall in New York haben auch auf Coney Island die Allerärmsten den schönsten Ausblick, weil sie direkt am Wasser wohnen, in den etwa dreißigstöckigen Sozialwohnungsbauten, den *projects* direkt hinter der U-Bahnstation, Hochbahnstation.

Gegen Abend, als sie auf dem Heimweg war, als es schon dunkelte, leuchteten an den außen laufenden Zugängen zu den Wohnungen in regelmäßigen Abständen kleine Lampen, und die Häuser sahen wie verzaubert aus – als wohnten dort keine Armen, sondern Meerjungfrauen.

Aber das Eigentliche und das Wichtige war das Meer. Das Meer! Das Meer war hellblau bis türkisfarben, und es war das richtige Meer! In der Ferne sah sie große Schiffe fahren, und der Strand war der richtige Strand! Dort machte sie einen langen Spaziergang (am Meer, am richtigen Meer entlang!). Es gingen dort eine ganze Menge Leute spazieren, die meisten sprachen russisch miteinander, aber es war nicht überfüllt, denn es schien zwar die Sonne, aber weil die Saison noch nicht eröffnet und es noch viel zu kalt zum Baden und schon fast Abend war und ein bißchen kühl, lag niemand auf dem Sand, sondern alle gingen nur spazieren und unterhielten sich, ach, es war herrlich. Und es war wirklich das Meer, der Atlantik! Und sie dachte daran, daß auf dessen anderer Seite Europa liegt, daß sie nach Europa hinüberschaute, aber sie wußte nicht, was ihr das machte, ob ihr das etwas machte, und das war ihr auch egal, es ging ihr nur ums Meer. Von der einen Stunde am Meeresstrand sei sie zurückgekehrt wie von einer Urlaubsreise.

„Das ist der wahre Luxus, den diese Stadt zu bieten hat", schloß sie ihren Bericht, „daß man mit der U-Bahn ans Meer fahren kann."

Im Erzählen vergass sie ihren Haßanfall, und bei der Erinnerung an das Glück, das ihr die Reise ans Meer beschert hatte, leuchtete sie, was sie auf eine ganz unschuldige, kindliche Weise schön machte.

Als er das sah, lächelte er in sich hinein. Dieses Lächeln nun war ganz anders als das olympische Strahlen, mit dem er sie zuvor in einem fort geblendet hatte, war nämlich kein einstudierter Gesichtsausdruck, um den gesellschaftlichen Regeln zu gehorchen, vielmehr hatte er sich da gar nicht unter Kontrolle und wirkte leicht verschämt. Als wäre es ihm ein bißchen peinlich, so zu lächeln, ein bißchen peinlich, angerührt worden zu sein.

Sophonisbe wunderte sich. Man könnte auch sagen, sie war bezaubert. Vielleicht doch kein wohlerzogener kleiner Schnösel, dachte sie, und jetzt, da er ausnahmsweise einmal nicht wußte, was er sagen sollte, da die stahlharten Umgangsformen, die undurchdringliche Freundlichkeit, das stete Bemühen um positives Feedback für einen Moment von ihm abgefallen waren, jetzt, da er lächelte, erschien er ihr plötzlich geradezu liebenswert, und sie mochte ihn, auf eine mütterliche Weise. Er ist halt noch sehr jung, dachte sie.

Hier hätte das Gespräch eine andere Wendung nehmen können, hatten sie doch nunmehr einen ersten untergründigen Kontakt geknüpft (einen dünnen Draht zueinander gespannt), aber leider fing er sich schnell wieder und fragte nun, was für eine Art von Gedichten sie denn genau schreibe. Das war die schlimmste Frage von allen.

„Das ist die schlimmste Frage von allen", sagte sie, „das müssen andere beantworten."

Er war irritiert.

"But you wrote them, right?"

Ja, schon richtig, aber zu beschreiben, was sie geschrieben

hatte, sei nicht ihre Aufgabe. Ihre Aufgabe sei die Herstellung, nicht die Vermarktung. Er insistierte:

"*Just give me a hint.*"

Also gut. Naturgedichte, lustige Gedichte, am Anfang auch einen Band mit Liebesgedichten …

"*Oh! I'll have to read that one*", sagte er, wieder ganz das kleine Honigkuchenpferd, denn er sei sehr daran interessiert, von einer erfahrenen Frau etwas über die Liebe zu lernen.

Das saß. Diesmal fiel Sophonisbe nicht einfach nur die Höflichkeit aus dem Gesicht, sondern sie fühlte sich im Sonnengeflecht getroffen. Diese Form der Anmache hatte sie bislang noch nicht erlebt. Allerdings hatte er das gar nicht so gemeint, sondern sprach wieder als junger Bourgeois, und sie hatte einfach noch nie mit einem so jungen Mann über ihre Arbeit gesprochen. Und sie war noch nie als erfahrene Frau bezeichnet worden. Beides war natürlich erst möglich, seit die Leute, die ihre Kinder hätten sein können, schon nicht mehr nur volljährig, sondern geradezu erwachsen geworden waren, zumindest den Jahren nach; Josh zum Beispiel hatte die Schattenlinie schon erreicht.

Mehr Erfahrung als der Bub hatte sie gewiß, aber stand es ihm zu, darauf hinzuweisen? Nein. Und dann fragte er sie ernsthaft nach dem Titel des Bandes mit den Liebesgedichten. Und dann sagte sie ihm den sogar. Sollte sie ihm sagen, daß diese Gedichte ihre erste Veröffentlichung waren und sie sie zu einer Zeit verfaßt hatte, da man sie noch nicht als erfahrene Frau zu bezeichnen gewagt hätte, weil sie da nämlich ungefähr in seinem Alter war? Besser nicht. Das würde alles noch schlimmer machen.

Sie war nunmehr so erschöpft, daß er es bemerkte, weswegen er seine gute Erziehung wieder in Anschlag brachte.

"*It appears to me that I tired you*", sagte er, und daß er sie nicht aufhalten wolle, da sie doch gewiß noch andere Dinge vorhabe. Sie nickte. Der Keks jedoch war nicht aufgegessen, der Kaffee nicht ausgetrunken. Damit beschäftigte sie sich nun, während sie ihm dabei zuhörte, wie er ihre gerade stattgefundene und nunmehr an ihr Ende gelangte Begegnung pries. Wie es ihn gefreut habe, von all den Leuten, die er auf dieser Party kennengelernt habe, ausgerechnet sie wiederzutreffen, denn er sei sehr an *poetry* interessiert, versuche er selbst sich doch auch in anderem als akademischem Schreiben, natürlich nicht in Dichtung, aber doch in Kurzgeschichten. Wie er hoffe, daß sie sich bald einmal wiedersehen würden – ob sie nicht einmal gemeinsam zu Abend essen sollten?, das würde ihn sehr freuen. Just hier in der Nähe gebe es ein ukrainisches Restaurant. Er habe ja ihre Karte, er werde ihr eine Mail schicken. Damit war sie entlassen.

"Very well", sagte sie, *"nice talking to you, gotta go now, see you, bye bye."*

BEIM HINAUSGEHEN achtete sie auf eine gerade Haltung und darauf, nicht allzu schnell zu gehen, damit er nicht bemerkte, wie gerne sie diesen Ort verließ und wie sehr sie sich dabei um Haltung bemühte. Indes wäre das gar nicht nötig gewesen, denn er sah ihr nicht hinterher, sondern klappte sofort seinen Computer wieder auf und schaute zugleich schon auf sein iPhone, das ihm mitteilte, daß drei neue WhatsApp-Nachrichten eingegangen waren, es zudem Neuigkeiten sowohl auf Facebook, als auch auf Twitter gab. Das nahm er nebenbei zur Kenntnis, bevor er bei Amazon „Sophonisbe Gedichte" eingab, worauf ihm, da keine deutsche Dichterin sonst diesen Namen trug, sofort Sophonisbes gesamte Publikationsliste angezeigt wurde, und als er aufschaute, um sich bei ihr, mit der er in ihrer Eigenschaft als 3-D-Person in der 3-D-Welt bis geradeeben noch gesprochen hatte, zu versichern, daß er sich den Titel ihres Zyklus' von Liebesgedichten richtig gemerkt hatte, weil er sich dieses Buch jetzt sofort bestellen wollte, war sie schon verschwunden. Auch sein Strahlen war verschwunden und sein Gesicht vollkommen ausdruckslos und wie eine Maske so leer, denn er war schon in das dunkelgraue wollene Gewölk zurückgefallen, aus dem er inwendig bestand. Er suchte sich darin Halt zu schaffen, indem er extrem viel Arbeit hineinschüttete, doch mit wenig Erfolg. Nur Vergessen der eigenen Situation während der Arbeit war möglich; wenn er im Flow war, spürte er sich selbst nicht, da konnte er es (alles, die ganze Welt) und sich selbst (nicht vorhanden) aushalten.

SOPHONISBE SETZTE SICH, kaum hatte sie den Buchladen verlassen, auf die eiserne Treppe, die zum Nebenhaus hinaufführte, und schrieb in ihr Notizbuch:

> De tels personnages sont taillés dans une étoffe sans épaisseur. L'Amérique en exporte beaucoup ; mais n'est point seule à en produire. Fortune, intelligence, beauté, il semble qu'ils aient tout, fors une âme. [...] Ils ne sentent peser sur eux aucun passé, aucune astreinte ; ils sont sans lois, sans maîtres, sans scrupule ; libres et spontanés, ils font le désespoir du romancier, qui n'obtient d'eux que des réactions sans valeur.*

AUCH WIR WOLLEN kurz innehalten, aber nicht, um Notizen zu machen, sondern weil es uns schwer betrübt, daß immer neue vollkommen verkorkste Gestalten nachwachsen, die mit ihrem Leben komplett überfordert sind und sich darum in einem stetigen Zustand der Verzweiflung befinden, weil sie einfach nicht wissen, wie sie das ändern könnten, und seien sie noch so schlau, noch so gebildet, noch so gutaussehend – das Unglück frißt sie trotzdem und wird dabei täglich fetter. So daß es nie enden, sondern ungerührt bis in alle Ewigkeit fortbestehen wird. *This be the verse**, amen.

FÜR SOPHONISBE war diese Begegnung immerhin ein Anlaß für ausgiebige Internet-Recherche, mit der sie, weil sie kein Smartphone hatte, nicht schon auf dem Heimweg begann, sondern womit sie den Abend verbrachte. Dabei stieß sie sehr schnell auf ihren ukrainischen Kollegen und Zeitgenossen Juri Andruchowytsch, der mit dreißig Jahren aufgehört hatte, Gedichte zu schreiben, weil er fand, daß Gedichte zu verfassen ab diesem Alter kriminell sei (so stand es jedenfalls in der Wikipedia). Arschloch, dachte Sophonisbe sofort, als sie das las, aber das dachte sie nur, weil sie fast genauso alt war wie ihr kluger Kollege und mehr als zwanzig Jahre länger gebraucht hatte als der, um sich endlich von der Lyrik abzuwenden; im Grunde fühlte sie sich ertappt. Dann schämte sie sich, weil sie, ohne sonst auch nur das geringste von ihm zu wissen, schlecht von diesem Kollegen gedacht hatte (wenngleich das in ihren Kreisen natürlich stets der erste Reflex ist; dazu muß man nun wirklich nichts weiter von der betroffenen Person wissen). Zur Wiedergutmachung bestellte sie über Amazon von einem in Connecticut ansässigen Versandhändler die deutsche Übersetzung seines Romans „Zwölf Ringe". (Das war eine gute Wahl, denn das ist nicht nur Juris bestes, sondern überhaupt ein außerordentlich großartiges Buch. Das nur nebenbei.)

Weiter brachte ihr die Begegnung mit Josh eine schöne Anregung für den nächsten Spaziergang und die weitere Erkundung der Stadt. Mittels der Google-Landkarte stellte sie fest, daß es nur wenige Blocks von ihrer Wohnung entfernt etwas gab, das „Ukrainian Village" hieß und das sie schon mehrere

Male durchquert hatte. Auf dem heutigen Heimweg hatte sie es aber nur passiert und nicht bemerken können, weil sie erst die Lafayette Street hinaufgegangen und an der Cooper Union auf die dritte Avenue abgebogen war.

Am nächsten Tag suchte sie dann gezielt nach der Ukraine in Manhattan. Am augenfälligsten war sie auf der zweiten Avenue, an der sich zwischen der neunten und der zehnten Straße auf beiden Seiten verschiedene ukrainische Geschäfte niedergelassen haben und es auch eine Art ukrainisches Gemeindezentrum gab. Sie fand in dieser Gegend auch den *Taras Shevchenko Place*. Tatsächlich war der aber gar kein Platz, sondern nur eine kleine Verbindungsstraße außer der Reihe zwischen sechster und siebter Straße, viel näher an der dritten als an der zweiten Avenue, direkt hinter einem Gebäude der Cooper Union. Diese Straße hieß sogar offiziell so, es war nicht bloß ihr zweiter Name, wie im Fall des *Charlie Parker Place* zum Beispiel (Avenue B zwischen neunter und zehnter Straße, direkt am Tompkins Square, genau drei Avenues östlich vom Ukrainian Village) oder der *Loisaida Avenue* (Avenue C ab Houston Street, aber bis wohin?). Auch eine ukrainische Kirche fand sie.

Auf ihrem Gang hatte sie allerdings nicht die Google-Landkarte dabei, sondern den Michelin-Stadtplan, und in dem war kein „Ukrainian Village" verzeichnet, dafür aber, drei Blocks südlich, „Little India". Das war erstaunlich, denn „Little India" weiß der Einheimische ebenso wie der wohlvorbereitete Tourist in Queens. Allerdings ist Indien in Gestalt der Inhaber kleiner Läden überall präsent.

DIE ORTSANGABEN nehmen mehr Raum ein als das Interesse. Ihr Interesse nämlich war keins an der Ukraine, sondern eins an New York. Und natürlich auch eins an dem jungen Mann, der sie dazu gebracht hatte, sich selbst als Dichterin zu bezeichnen, was sie sonst tunlichst vermied. Sie hatte dem Tsunami aus Bildungslust, -hunger und -ehrgeiz, mit dem er sie überspült hatte, etwas entgegensetzen müssen, so erklärte sie sich das auf ihrem weiteren Spaziergang durch die Lower East Side, und zwar in dem Moment, als sie, schon fast wieder daheim angekommen, an der zweiten Avenue ein Gebäude passierte, an dem eine Fülle von blau-gelben ukrainischen Fahnen flatterte. (Schön gewählte Nationalfarben, dachte sie.) Die hingen an einer Leine quer über die Backsteinfront und verdeckten halb das große gipserne Taras-Schewtschenko-Medaillon, das die Fassade schmückte. Das übernächste Haus war das *Ukrainian National Home,* in dem es ein Restaurant gab, das Haus, vor dem sie stand, aber schien gerade eine schlechte Zeit zu erleben, denn die Schaufenster des Ladens im Erdgeschoß waren mit Packpapier und das andere Fenster im Erdgeschoß ganz mit kleinen Plakaten zugeklebt. Das oberste forderte, blauumrahmt auf gelbem Grund, „WEAPONS FOR UKRAINE NOW", der Name des ihr so gut wie unbekannten Landes war blau gedruckt. Doch mußte sie diese Forderung nicht weiter bekümmern, denn *NOW* lag nun wirklich nicht im Forschungszeitraum, um nicht zu sagen, daß *NOW* gar nicht beforscht werden kann, weil keiner weiß, was das eigentlich ist.

HIER SIND WIR mit der Chronologie ein bißchen durcheinandergeraten. Zwar kann man den Ansturm der Gegenwart, ist er erst einmal Vergangenheit geworden – und von der berichten wir hier –, so lange ordnen und glätten, wie es braucht, um sie gefällig und erträglich zu machen, aber ganz so leicht ist das nun auch nicht. Manchmal tut man der Chronologie Gewalt an, um nicht kirre zu werden, manchmal tut man es auch nur, damit einem nicht langweilig wird.

AM ABEND SUCHTE SIE, aus Anstand, im Ingwernetz auch noch nach Informationen über Lemberg, denn zwar war ihr dieser Name schon untergekommen – möglicherweise in den biographischen Angaben im Klappentext eines Romans von Joseph Roth, zudem natürlich in jedem Zeitungsartikel über das ausgelöschte jüdische Leben in Galizien –, aber sie hatte nicht gewußt, daß es diese Stadt noch gab, weil sie nicht gedacht hätte, daß in den Blutlanden überhaupt noch irgendetwas von früher übriggeblieben war, und vor allem hätte sie sich nicht vorstellen können, daß man dort einfach so hinfahren konnte, um Archivrecherchen zu betreiben. Solch ehrwürdige Einrichtungen wie Archive gab es doch nur in lebendigen funktionierenden Städten! und nicht in solchen, die in der abgeschlossenen Vergangenheit lagen (strukturell gesehen also im Plusquamperfekt, einer Form, die man gebraucht, wenn im Imperfekt von seinen Vorbedingungen, also von noch weiter zurückliegenden, von ganz und gar vergangenen Dingen berichtet wird). Weil sie in diese Richtung der Welt noch nie gereist war, hatte sie die Vorstellung ihrer Kinder- und Jugendjahre vom Ostblock beibehalten: alles niedergewalzt, erst von den Nazis, dann von den Sowjets. Außer Tourismusinformationen nebst entsprechenden Fotos fand sie auch einen auf deutsch verfaßten Bericht über Leopolis:

Wenn man in Lemberg ankommt, fühlt man sich gleich daheim, so vertraut mutet einen diese Stadt an. Europa ist hier konzentriert wie an wenigen Orten. Wer sich in Rom der tiefsten Wurzeln seiner Herkunft unmittelbar bewußt wird, der sieht in Lemberg, wie der Kontinent sich in den letzten paar hundert Jahren entwickelt hat.

Es ist alles da. In der von Menschen vibrierenden Altstadt versammeln sich Kirchen und Profanbauten vom Mittelalter über Renaissance und Barock, drumherum dehnen sich weite Gebiete voller stolzer Bauten in Klassizismus und Jugendstil aus dem späten neunzehnten, dem frühen zwanzigsten Jahrhundert, und in den Außenbezirken finden sich die Monstren der verschiedenen Phasen der sowjetischen Architektur. Diese vorletzte Phase der Geschichte ist die äußerlichste, während das Zentrum der Stadt davon zeugt, daß wir uns in Mitteleuropa befinden, an einem Ort, an dem sich über Hunderte von Jahren Angehörige der verschiedensten Völker versammelt haben. Zwar liegt die Stadt an keinem Fluß, dafür aber genau auf der Großen Europäischen Wasserscheide.

So erkennt man durch bloße Anwesenheit, wie bewegt die Geschichte Galiziens ist. Wie sehr ihre heutigen Bewohner sich dieser Geschichte bewußt sind, erfährt man von jedem einzelnen von ihnen, sobald sie den Mund aufmachen, denn sie sind mit Geschichte getränkt. Jetzt sind sie keine Ostgalizier mehr, sondern Westukrainer, und daß sich das Land im Krieg befindet, auch wenn der an seinem anderen Ende, tausend Kilometer entfernt, stattfindet, begreift man ebenfalls durch bloße Anwesenheit. Immer wieder sieht man junge Männer in Uniform, das sind Soldaten auf Fronturlaub. Auf dem zentralen Boulevard vor der Oper, dessen Name schon elfmal geändert wurde und der jetzt „Freiheitsprospekt" heißt, werden nicht nur Souvenirs verkauft, sondern es wird auch Geld für den Kampf gegen den in diesem nichterklärten Krieg nicht genauer benannten „Aggressor" gesammelt: die große durchsichtige Box, in die man seine Scheine stecken kann, ist bis an den Rand gefüllt. Auf den

noch nicht abgenommenen Plakaten zum Tag der Un-
abhängigkeit sind Soldaten abgebildet; an einem Bau-
zaun bestärken unter dem Titel „Einige Ukraine" versammelte Porträts der unterschiedlichsten Leute das
Zusammengehörigkeitsgefühl.

Voller Neugier und frohen Mutes kamen wir in
diese berückend schöne Stadt zur außerordentlichen
Jahreshauptversammlung der Deutschen Gesellschaft
für historische Boden- und Gewässerkunde. Begrüßt
wurden wir am ersten Abend von ihrem Vorsitzenden
Prof. Dr. Karl-Ehrenreich Schmitt von der Universität
Chemnitz im Lokal „Gal'ba" („Halbe" – das ist ein Re-
likt der Habsburger Zeit, der Name bezieht sich auf
eine mögliche Menge, in der Bier abgegeben wird), das
in einem der ältesten Quartiere der Stadt seine Pforte
den Hungrigen und Durstigen öffnet. In diesem Teil
der Stadt lebten schon vor der Gewährung der Nieder-
lassungsfreiheit im Jahr 1867 arme Juden, wie Prof. Dr.
Schmitt in einem kleinen historischen Exkurs darlegte.
Während des Krieges diente er den deutschen Besatzern
als Ghetto, und die unweit des Lokals gelegene, nach
ihrer Zwischennutzung als Turnhalle in der Sowjetzeit
derzeit noch geschlossene, fast baufällige Synagoge soll
demnächst renoviert werden.

Das sich anschließende gemütliche Beisammensein
an diesem urigen Ort bot reichlich Gelegenheit zum
zwanglosen Austausch, und …

… hier las Sophonisbe nicht weiter, denn ihr war mit einem
Schlag leicht übel geworden. Ob allein aus deutschem Selbst-
haß oder ob sie plötzlich Sehnsucht nach Europa bekommen
hatte, vermochte sie nicht zu entscheiden. In Europa war

Deutschland, in Europa waren aber auch Rom und Lemberg. Sie nahm sich fest vor, bei der nächsten Reise auf ihrem Heimatkontinent zu bleiben; die sollte sie nach Osten führen und nicht übers Meer.

Warum gibt es Hunde so viele in eine Stadt, in welche die Wohnungen sie sind so klein wie als ob sie wären Gefängniszelle und auch nicht mit Eingangstür direkt an Straße, sondern übereinander in viele Stockwerke? Das ist Grund für Verwunderung. Ein zweiter Grund für Verwunderung ist, daß sehr oft Leute haben nicht ein Hund nur, sondern haben sie zwei Hunde von dieselbe Rasse, und (weiter noch Grund für Verwunderung) diese Hunde sind nicht kleine Hunde nur, sondern auch sie sind Weimaraner, Bernhardiner (aber nur in Größe von Schäferhund, vielleicht sie wurden gezüchtet in diese Weise extra für Stadt), Deutsche Doggen in Partnerlook (mit identische Muster von Fell), Königspudel (einer in weiß, einer in braun, welche haben sie so gepflegte Fell, daß man denkt, sie gehen zu Friseur jeder Tag), Irish Wolfhounds (einer hellbraun, einer dunkelgrau). Die Scotch Terriers, welche leben sie in mein Haus und welche ich habe getroffen sie in Aufzug nach unten, sie waren drei, weil sind sie kleine Hunde, und sie waren verschieden auch von Farbe. Ebenfalls in Aufzug nach unten ich habe getroffen fetter Dackel mehrere Male, und bei erstes Treffen er hat gezerrt vor die Tür sein Herrchen, welches war an andere Ende von Leine, und er hat sofort gepinkelt an Bordstein, und ich habe gestellt mir Frage: wie lange mußte Hund warten auf dieser Moment?

Ein Anblick, welcher stimmt er mich sehr traurig immer, ist der von Orte, wo Hunde müssen verbringen ihr Tag, wenn ihr Herrchen kann nicht sich kümmern um sie. Diese Orte sind genannt „dog day care"; nach meine Meinung sie sind wie Haftanstalt für Hunde. Diese Eigenschaft wird verheimlicht von niedliche Namen, welche man hat sie ihnen gegeben. Der Hundeknast an Crosby Street trägt der Name „Happy Paw" – „paw" ist „Pfote" in englische Sprache. An das Schaufenster es ist geschrieben „paw paw", vielleicht das hat Bedeutung von „gib Pfötchen".

An Hudson Street in Tribeca, wo leben sehr reiche Leute und alles ist tot (ich beschreibe in andere Kapitel das), der Hundeknast ist genannt „Biscuits & Bath", aber nicht nur es gibt ihn in Tribeca, sondern auch es gibt ihn in andere Stadt-teile, wie ich habe gelernt von Internet, es ist Kette von Hunde-knäste mit mehrere Filialen. Wenn ich habe gesehen dieser Name von fern, ich habe gedacht, das ist Schönheitssalon mit Café, weil habe ich nicht gewußt, daß „biscuit" wird verwen-det in amerikanische Variante von englische Sprache nur für Hund, also für Leckerli, welches man gibt es Hund. Später jemand hat erklärt mir das.

Nach meiner Ansicht „Biscuits & Bath" man könnte über-setzen mit „Zuckerbrot und Peitsche", weil zwar man gibt Le-ckerli, aber auch man badet Hund immerzu, und Hund möch-te nicht baden immerzu. Hund möchte springen in Wasser, wenn es ist natürliche Wasser, aber er möchte nicht baden in Schaum von Seife, weil verliert er dann sein Mantel von Ge-ruch. Natürlich viele Leute lieben nicht Geruch von Hund, aber in dieser Fall ich meine, Leute sollen leben ohne Hund, statt zu baden ihr Hund.

Ich bin getreten näher zu Laden „Biscuits & Bath", weil gab es ein Schaufenster. In dieses Schaufenster ein kleiner Hund hat gesessen und geschaut auf Straße und war ergeben in sein Schicksal. Der Raum, in welchen ich habe geschaut, er war gestrichen türkis mit Ölfarbe bis in Höhe von Hüfte, und in dieser Raum es waren etwa zwanzig Hunde von mittlere Größe und zwei junge Frauen, welche haben sie gekümmert sich um sie. Auf diese Weise die Hunde waren nicht alleine. Natürlich für Hund es ist angenehmer zu sein auf diese Weise, als zu sein alleine in Wohnung ganzer Tag, aber ich stelle Frage mir, warum haben Leute Hund, wenn können sie nicht sein mit ihm? Ich denke, wenn man hat lieb Tiere, aber man wohnt in Mitte von Stadt, dann man hat nicht Hund. (Auch nicht Katze! Katze möchte gehen hinaus wie Hund, denn sie möchte jagen Mäuse und fressen Vögel.)

Manchmal ich sehe kleine Hunde, welche sie werden gezerrt an Leine von eine genervte Person, von welche ich denke, sie ist nicht Frauchen von Hund, sondern sie ist Personal von Leute, welche haben sie Hund, aber sie haben vielleicht doch Geld nicht genug, um zu bezahlen Hundeknast, oder sie denken, daß Zugehfrau kann sein auch Gassigehfrau für Hund, aber man sieht deutlich, daß Zugehfrau hat andere Meinung.

Über „Biscuits & Bath" ich habe gedacht auch spontan, daß es ist Kindertagesstätte, nicht nur Schönheitssalon. Dabei in Tribeca der Ort, wo man läßt Kinder, wenn man kann nicht sich kümmern um sie, er heißt „Bright Horizons". Von äußere Anschein her dieser Ort ist für Kinder, welche sind sie schon größer und gehen sie in Schule, denn an dieser Ort es wird angeboten Unterricht von Nachhilfe. Wenn ich habe gesehen dieser Ort, ich stellte dieselben Fragen mir, wie ich habe getan es bei Ort für Hunde.

In Wirklichkeit war Sophonisbe keineswegs so alleine in New York, wie sie es in ihrem Manuskript behauptete, vielmehr hatte sie schon wenige Tage nach der Begegnung im Gebrauchtbuchladen eine richtige Verabredung.

Freunde hatte sie zwar keine in der Stadt *(in the city),* doch es gab Bekannte, vielmehr Bekannte von Freunden und Freunde von Bekannten – solche Leute halt, von denen sie nur ein einziger *degree of separation* trennte. (Das könnte man auch positiv formulieren, indem man nicht die Gradation der Trennung angäbe, sondern die der Verbindung; dann wären es Leute, mit denen sie über nur einen gemeinsamen Freund oder Bekannten verbunden wäre. – Nein, *separation* ist doch besser: von denen sie nur ein einziger gemeinsamer Freund trennte.) Diese Leute interessieren uns hier aber nicht, aus welchem Grund auch immer.

Doch gab es einen, den sie so lange schon kannte, als gehörte er zur Familie, und den sie seit so langer Zeit schon nicht mehr gesehen hatte, daß man ihn, weil sie ihn jetzt trotzdem besuchte, auch irgendwie für einen Verwandten halten könnte, einen Cousin zweiten Grades vielleicht, nämlich Bedolf, den großen Bruder ihres besten Freundes aus Studientagen, der in der Schule Cedolf genannt worden war, während Bedolf eigentlich Adolf hieß. (Sie waren nur zwei Brüder, mehr Geschwister gab es nicht, keinen Dedolf, keinen Edolf und auch keine Dolfine.) „Adolf" war für jemanden, der in den späten fünfziger Jahren geboren worden war und entsprechend in den frühen Siebzigern den Weg zur geistigen Reife antrat, natürlich ein vollkommen unerträglicher Name, und er konnte auch durch Französisieren (Adolphe), Anglisieren (Adolph), Italianisieren (Adolfo) und ähnliches nicht abgemildert werden. Ignorieren konnte man ihn auch nicht, denn das wäre auf seinen Träger zurückgeschlagen.

Dieser Name war in Deutschland in allen seinen Variationen so unerträglich, daß bei seinen Klassenkameraden die juvenile Grausamkeit in eine Form von Güte, von ganz spezieller Wiedergutmachung umgeschlagen war, welche sich in jugendlicher Verspieltheit bis auf seinen jüngeren Bruder

Siegwart erstreckte, besagten besten Freund von Sophonisbe, und darum hieß der kleine Bruder von Bedolf eben Cedolf.

Später, an der Uni, war er allgemein Sigi genannt worden, von Sophonisbe aber Siegheil, denn sie hatte die juvenile Grausamkeit bis in die Spätadoleszenz beibehalten. (Wenn man es recht bedenkt, hatte sie sie noch immer nicht verloren.) Doch es kam der Tag, an dem sie ihre Ohren vor seinem diesbezüglich oft geäußerten Widerwillen nicht mehr verschloß (denn ihre Grausamkeit war in Wirklichkeit kein Wesenszug, sondern nur ein Spiel) und einsah, daß diese Bezeichnung, da vollkommen unbegründet, wirklich nicht lustig war. Also nannte sie ihn dann auch Sigi, wie die anderen, fand jedoch weiterhin, Grausamkeit hin, Einsicht her, daß das nicht zu ihm paßte, da er doch auf Höheres aspirierte. Der Besuch eines David-Bowie-Konzerts in der Deutschlandhalle brachte Abhilfe, und sie verpaßte ihm die Schreibweise, derer er sich hinfort bediente, Ziggy.

Die war nicht nur ein weiterer Schritt fort aus seinem Nazi-Elternhaus, sondern auch sehr hilfreich in New York, wo die Leute seinen Namen zum einen problemlos aussprechen, zum anderen, aufgrund der Schreibweise, seinen Träger keiner Herkunft unmittelbar zuordnen konnten und darum nicht sofort wußten, wo er herkam. Das war ihm gerade am Anfang sehr recht, denn da lebte er im East Village, wo es seinerzeit noch eine ganze Menge Geschäfte gab, deren Inhaber Jiddisch sprachen, wenn sie mit ihrer Mutter telefonierten.

Das Verhältnis zu Ziggy löste sich in höfliche Entfremdung auf, nachdem sie, weil sie sowieso täglich ausführlich miteinander telefonierten, sämtliche Konzerte und Ausstellungen gemeinsam besuchten und beide in niemanden verliebt waren, versucht hatten, ihre Freundschaft aus einer platonischen in eine erotische zu verwandeln. Ja, so blöd ist man als junger

Mensch! Damit hatten sie alles kaputtgemacht und kannten sich dann nicht mehr so gut, sondern eigentlich kaum noch bis gar nicht mehr. (Sophonisbe hatte schon damals die Ahnung gehabt, daß sie sich in Wirklichkeit sowieso nicht so gut leiden konnten und es ein Versehen war, daß sie so eng befreundet waren, sie sich das aber nicht eingestehen konnten und keinen Ausweg daraus sahen. Das leuchtete ihr mit den Jahren immer mehr ein. Es war alles ganz richtig so, wie es war, dachte sie später *et ne regrettait rien.*)

Ziggy war dann in eine frühere Form dieses New Yorks, in dem sie sich gerade aufhielt, gezogen, nachdem er am International Center of Photography für den Jahreskurs angenommen worden war. Er hatte sich für Amerikanistik überhaupt nur immatrikuliert, um die Zeit zu überbrücken, bis er genug Geld zusammengespart hatte, um diese Ausbildung bezahlen zu können; der Studentenausweis war seine Sozialkarte gewesen, und er hatte öfter die universitäre Arbeitsvermittlung „Heinzelmännchen" besucht als das John-F.-Kennedy-Institut oder gar die Bibliothek. All dies jedoch nur nebenbei, es geht ja gar nicht um ihn.

Eine kleine Weile hatten sie sich noch Geburtstagsglückwünsche und *Seasonal Greetings* am Jahresende geschickt. Vor zwanzig Jahren war er nach Chicago weitergezogen. Seither wußten sie voneinander nichts mehr als die Adressen.

Von: Sophonisbe *** [mailto:solong@***.de]
Gesendet: Dienstag, 1. Dezember 20** 19:51
An: bedolfo@***.com
Betreff: Manhattan!

Lieber Bedolf,

Ziggy hat mir Deine Mail-Adresse gegeben. Ich werde Anfang nächsten Jahres eine Weile in Manhattan sein

(Ende Januar bis Mitte April). Wollen wir uns dann einmal treffen? Ich würde mich freuen.

Alles Liebe von Deiner
Sophonisbe

Von: Alf *** [mailto:bedolfo@***.com]
Gesendet: Donnerstag, 24. Dezember 20** 04:06
An: Sophonisbe *** [mailto:solong@***.de]
Betreff: AW:Manhattan!

Hi Sophi:

Ein Gruß aus der Jugend! What a lovely surprise.
Ja, melde Dich, wenn Du angekommen bist.

More soon,
Alf

Von: Sophonisbe *** [mailto:solong@***.de]
Gesendet: Donnerstag, 24. Dezember 20** 13:27
An: Alf *** [mailto:bedolfo@***.com]
Betreff: AW:AW:Manhattan!

Hast Du Deinen Namen geändert?

Von: Alf *** [mailto:bedolfo@***.com]
Gesendet: Samstag, 26. Dezember 20** 03:46
An: Sophonisbe *** [mailto:solong@***.de]
Betreff: AW:AW:AW:Manhattan!

Ja.

Von: Sophonisbe *** [mailto:solong@***.de]
Gesendet: Montag, 1. Februar 20** 11:48
An: Alf *** [mailto:bedolfo@***.com]
Betreff: AW:AW:AW:AW:Manhattan!

Lieber Alf,

ich bin jetzt in Manhattan! Wollen wir uns mal treffen? Ich wohne 12th btw 2nd & 3rd.

Alles Liebe von Deiner
Sophonisbe

Von: Alf *** [mailto:bedolfo@***.com]
Gesendet: Mittwoch, 3. Februar 20** 10:20
An: Sophonisbe *** [mailto:solong@***.de]
Betreff: AW:AW:AW:AW:AW:Manhattan!

Hi Sophi:

Wir wohnen ganz woanders, Park ave & 95th. Komm doch einfach mal zum Essen. In den nächsten Wochen geht es aber nicht. Wie wäre es am 3. März um 7pm?

More soon,
Alf

EINST, ALS ER NOCH BEDOLF HIEß, hatte Alf erwogen, nicht bloß ein Sympathisant der RAF zu sein, sondern sich ihr offiziell anzuschließen, was in Wirklichkeit natürlich das Ende seiner offiziellen Existenz bedeutet hätte, weil er dann ja im Untergrund verschwunden wäre. (Für unsere jüngeren Leser und die Nachwelt: „RAF" ist die Abkürzung für „Rote-Armee-Fraktion". – Oh, Entschuldigung! Man könnte meinen, ich wüßte nichts von der Wikipedia, *sorry, sorry, sorry!*) Indes hatte er es am Ende eines langen Studiums der Volkswirtschaftslehre und der Philosophie vorgezogen, aus seinen an der Universität erworbenen und von einer mathematischen Begabung begleiteten Kenntnissen Gewinn zu schlagen, und eine Stelle bei einer britischen Großbank angetreten. Ursprünglich hatte er diese Laufbahn natürlich eingeschlagen, um das System genau kennenzulernen und es dann von innen zerschlagen zu können. Ja, *those were the days!* Als er sich schließlich mittels einer langjährigen hochfrequenten Psychoanalyse sowohl von seinen Eltern befreit, als auch aus der Welt der K-Sekten der späten siebziger Jahre gelöst und sich anschließend mit dem System arrangiert hatte, war er froh, daß er nicht von vorne anfangen mußte, sondern sich schon in einer schönen Startposition für eine beachtliche Karriere befand. Die Bank hatte ihn nach New York gebracht, wo er nun in einer angenehmen Wohnung auf der Upper East Side lebte, was will man mehr.

Nein, ich mache nur Spaß, weil eben durchaus auch ein Banker in einer solchen Wohnung von artgerechter Größe auf der Upper East Side leben könnte. Hier ist menschenwürdiges Leben möglich, da der Blick nicht auf Backsteinwände geht, sondern immer der Himmel zu sehen ist, auch ohne daß man sich ans Fenster stellt und den Blick hebt, vielmehr sieht man, wenn man sich ans Fenster stellt und den Blick senkt, die weißgestrichenen Dächer der Umgebung, und im Westen das Wasser-Reservoir und die Bäume im Central Park nebst Sonnenuntergang.

In Berlin sind solche Wohnungen mehr oder weniger normal, während sie in New York anzeigen, daß man es geschafft hat, und zwar wirklich. Das wußte Sophonisbe nicht, vielmehr dachte sie, nach dem, was sie zuletzt, vor etwa einem Vierteljahrhundert, von Ziggy erfahren hatte, daß Bedolf – Alf es zu nicht viel gebracht hatte. Nach seinem ausufernden Studium, das er nicht abschloß, weil er sich zu sehr verzettelt hatte, war er seinem kleinen Bruder nach New York gefolgt. Der konnte ihm ein paar Aushilfsjobs in Galerien vermitteln, bei deren Ausübung es geschah, daß er eine Tochter reicher Leute kennenlernte, die gleichfalls nicht wußte, was das alles sollte *(cette vie, ce monde, ce tout, quoi),* und darum Kunst machte, wofür sie aber nicht einmal jobben mußte, weil genug Geld vorhanden war. Erst war es nur das Geld ihrer Großeltern gewesen, nach deren Tod kam diese schöne Wohnung an der Park Avenue hinzu, und da auch ihre Mutter mittlerweile verstorben war und ihr Vater nicht hartherzig sein wollte, außerdem der Pflege bedurfte, floß nun auch von dieser Seite Geld, so daß sie und Bedolf, der seinen neuen Namen mit ihrer Hilfe und infolge ihrer Irritation gefunden hatte (*"'Be dolf.' What is that supposed to mean? Is that short for 'be doleful?'"*), ein den Verwertungszusammenhang vollkommen negierendes Leben ohne Sorgen führen konnten. Hier gilt es ernstlich zu fragen: was will man mehr? Deborah malte jeden Tag in Öl, manchmal aquarellierte sie auch oder machte Kohlezeichnungen, während Alf sich um den Haushalt kümmerte und es im Kochen mittlerweile zu solcher Meisterschaft gebracht hatte, daß er sich keine Sorgen mehr machte. Denn wenn alle Stricke reißen, dachte er, könnte er sich immer noch als Koch verdingen, privat oder in einem Lokal. Nein, besser privat, sonst würde es zu anstrengend.

DER WEG von der U-Bahnstation *96th Street* führte einen Hügel hinauf. Sophonisbe gefiel die geologische Formation der Gegend sehr gut. Unter der Park Avenue führten Gleise aus dem Hügel heraus. Sie stand am Geländer darüber und starrte so lange auf die Gleise hinunter und an ihnen entlang in die Ferne, daß sie fast zu spät zu ihrer Verabredung gekommen wäre. Daß sie dann wirklich zu spät kam, lag an den livrierten Pförtnern unten im Haus, mit denen sie nicht gerechnet hatte. Die verbargen ihr Mißtrauen nicht und ließen sie erst nach eingehender Befragung mit anschließender telefonischer Rücksprache mit der Wohnung, in der erwartet zu werden sie ja womöglich nur vorgab, zum Aufzug am anderen Ende des Gebäudes gehen.

In der langen Eingangshalle hingen mehrere Spiegel, aus denen schlecht frisierte alte Männer sie mit zusammengekniffenen Lippen mißbilligend anstarrten. Auch der Dahlienstrauß, den sie bei Whole Foods gekauft hatte und jetzt im Gehen auswickelte, stimmte die Gespenster des Verwertungszusammenhangs nicht milde, sondern verstärkte ihre Verachtung eher noch. Sie musterten sie keineswegs auf ihre Eignung als Sexualpartnerin hin, sondern gaben vielmehr deutlich zu erkennen, daß solcherlei sowieso und von vornherein ausgeschlossen war, in dieser Hinsicht waren sie ganz homosexuell, nein, es ging ihnen nur darum, sie kraft ihrer bösen Blicke möglichst schnell aus diesem Haus wieder hinauszutreiben. Und fast gelang es ihnen. An der gegenüberliegenden Wand standen große Bouquets aus Stoffblumen sowie zwei Tischlein und gepolsterte Stühle mit Armlehnen im Stil des achtzehnten Jahrhunderts, was dieser blitzsauberen Halle die Anmutung eines Altersheims für Reiche verlieh.

Als der Aufzug endlich kam, war Sophonisbe geradezu grantig und ärgerte sich über sich selbst. Mußte dieser Besuch wirklich sein? Reichte es denn nicht, das Treiben auf der Straße zu beobachten und in einem fort zu denken, daß sie damit gar nichts zu tun hatte und es ohnehin nicht für sie gedacht war?

Auf dem Weg in den elften (europäisch zehnten) Stock hinauf überlegte sie, wie lange sie Alf schon nicht mehr gesehen hatte. Waren es wirklich fünfundzwanzig Jahre? Waren in der Zwischenzeit Kriege begonnen und beendet worden, waren Reiche aufgestiegen und gefallen? Wäre möglich. Oder waren es doch dreißig Jahre? Hatten sie sich zuletzt gesehen, als gerade Computer mit Festplatten statt Disketten als Fortschritt begrüßt wurden und sie sich ihren ersten Festplattenrechner mit sagenhaften 20 MB Speicherkapazität gekauft hatte? Es war auf jeden Fall zu einer Zeit gewesen, als vom Internet für alle noch nichts zu ahnen war, es war zu einer Zeit, die mit „damals" bezeichnet werden mußte. (So alt war sie nun schon geworden, daß es ein Damals gab, das sie selbst erlebt hatte.) Es war eine Ewigkeit her, und nicht vor Freude war sie etwas angespannt, vielmehr war sie leicht besorgt, denn damals hatte sie nie gewußt, was sie von ihm halten sollte, ob sie ihn überhaupt leiden konnte, und auch jetzt behagte ihr nicht, daß er ihr, wie ein vielbeschäftigter Facharzt, einen Termin einen Monat nach Anfrage gegeben hatte, weswegen sie so lange auf dieses Wiedersehen hatte warten müssen. Als ob sie es unbedingt gewollt hätte! Dabei besuchte sie ihn doch nur, weil sie gerne wissen wollte, wie man in New York lebte, wie andere Wohnungen hier aussahen; außerdem, weil der Mensch zwar ein soziales Wesen ist, sie aber die Bekannten von Bekannten, wirklich Fremde also, von denen sie aber nur ein *degree* trennte, alle nicht besucht hatte, denn bei denen hätte sie gar nicht gewußt, was sie erwartet. So sozial war sie nun auch nicht.

Damals, vor hundert Jahren, hatten sie sich immer nur zufällig bei seinem Bruder getroffen, und sie hatte seine Leutseligkeit nicht gemocht. Mit der hatte er eine große Unentschlossenheit bemäntelt, während er zugleich und in Wirklichkeit berufsbeleidigt und hochmütig infolge schwerer Kindheit war (weil er als erstes Kind alles abgekriegt hatte, wie man an dem schlimmen Namen ja sofort erkennen konnte).

DER AUFZUG FÜHRTE NICHT AUF EINEN FLUR, aber auch nicht direkt in die Wohnung, sondern zu einem keine zwei Quadratmeter großen Vorraum, auf dessen einer Seite sich der Hinterausgang der Nachbarn befand. Auf der anderen stand Alf in der offenen Wohnungstür. Hätte er nicht dort gestanden, sondern wäre sie ihm zufällig auf der Straße begegnet, hätte sie einen Schock erlitten, weil sie gedacht hätte, aus der Zeit gefallen und plötzlich wieder Mitte zwanzig zu sein; als wäre die Welt noch im Kalten Krieg und für sie persönlich nichts wichtig oder aber alles von größter Bedeutung, je nach Tagesform. Sie hätte sich mit sich identisch gefühlt, eingekastelt in sich selbst, ohne Ausweg, hoffnungslos, denn bis auf den Namen hatte sich nichts an ihm verändert, absolut überhaupt total gar nichts. Weder hatten die Jahre ihn mit Fett bestrichen, noch hatten sie die lebensfrohe Weichheit der Jugend von ihm abgeschliffen, er hatte weder hängende Backen, noch scharfe Falten. Sein Äußeres war exakt gleich geblieben, er hatte nicht einmal graue Haare. Der einzige Unterschied war, daß er früher nicht mit ausgebreiteten Armen dagestanden hätte, um sie mit einer Umarmung zu empfangen. Damit war plötzlich alles ganz anders.

Sie fielen sich geradezu in die Arme. Die Begegnung der Körper erwies sie beide als materiell vorhandene Personen, keine Phantome, keine bloße Erinnerung an vergangene Zeiten, sondern lebendig, anwesend zur selben Zeit und am selben Ort, und dabei löste sich Sophonisbes Gefühl von Selbstidentität auf. Sie kehrte in die Gegenwart zurück.

„Du riechst gut!" sagte sie und schnüffelte sich begeistert in seine Halsbeuge hinein, „was ist das?" Er schnüffelte zurück.

„Du auch!" rief er, „du riechst auch großartig!"

Im Schnüffeln verklammerten sie sich wie ein Liebespaar nach langer Trennung, wobei der mitgebrachte Blumenstrauß zerdrückt wurde. Bald gesellte Deborah sich zu ihnen.

"*What's going on here?*" fragte sie, bereit, die Heiterkeit zu teilen, und schaufelte sich in ihre Umarmung mit hinein, schnüffelte ebenfalls, hin und her, in beide Richtungen, so daß sie plötzlich dastanden wie bei einem Pfingstkirchlertreffen, *big hug,* nur daß sie dabei die ganze Zeit kicherten wie bekifft, bis sie in echtes Gelächter ausbrachen und sich voneinander lösen mußten. Alle drei schlugen sich Blütenblätter von der Kleidung.

"*We're like dogs in the park!*" sagte Deborah, "*it's delightful.*"

"*It's delicious*", sagte Alf.

"*It's de-lovely*", Sophonisbe.

Und wie dieser furiose Beginn war der ganze Abend, *delightful, delicious, de-lovely.*

Auf dem Weg in die Küche entschuldigte Alf sich dafür, daß sie sich jetzt erst sahen.

„Wir haben eine Art soziales *cleansing* gemacht", sagte er, „wir haben an Weihnachten und Chanukka und dann noch zu Silvester so viele Leute gesehen, und im Januar gab's dann noch mehrere Geburtstage, das waren so viele Feiern, in einem fort Kaffeeklatsch oder Dinner oder große Party, daß wir gar nicht mehr wußten, wo uns der Kopf steht. Deswegen haben wir beschlossen, uns einen Monat lang mit überhaupt niemandem zu verabreden. Tut mir leid, daß du das abgekriegt hast."

„*Yeah, sorry for that*", sagte auch Deborah, „schon von Mitte Dezember an ich konnte nicht arbeiten, deswegen es war wirklich nötig." Sie habe noch weitere zwei Wochen gebraucht, bis sie überhaupt wieder einen Pinsel in die Hand habe nehmen können.

„Oh, das verstehe ich gut!" sagte Sophonisbe, „das verstehe ich sogar sehr gut! Da müßt ihr euch überhaupt nicht entschuldigen. Das hätte ich ganz genauso gemacht."

„Ah, da bin ich froh", sagte Alf, „und das Gute ist, daß wir heute praktisch die Rückkehr ins soziale Leben feiern. Volles Programm, fünf Gänge und zu jedem einen anderen Wein."

Woraufhin er als erstes ein Glas Champagner reichte.

„*За встречу!*" Deborah hob ihr Glas.

„Sa was?" fragte Sophonisbe.

„Auf die Begegnung", erläuterte Alf, „auf unser Treffen."

„*За вечер!*" ergänzte Deborah.

„*Whatever*", gab Sophonisbe sich geschlagen, „vielen Dank für die Einladung!"

Die Küche war so groß wie die Wohnung, aus der Sophonisbe hierher aufgebrochen war, insgesamt. Weil sie Alf, der letzte Hand an die vielen vorbereiteten Speisen legte, nicht helfen, nicht einmal Teller tragen durften, und der Tisch schon gedeckt war, lud Deborah Sophonisbe zu einer Wohnungsbesichtigung ein. Eßzimmer, langer Flur, Wohnzimmer, kleines Zimmer, großes Schlafzimmer, großes Bad, noch ein Schlafzimmer, noch ein Bad; das kleine Zimmer neben der Küche und die riesige Speisekammer wurden nicht eigens vorgeführt. Alle Wände waren in Petersburger Hängung mit Deborahs Bildern bedeckt, die Sophonisbe unerwartet gut gefielen. Sie hatte Schlimmstes befürchtet, aber dafür gab es keinen Grund. Sie sagte nicht: du bist ja eine richtige Künstlerin und nicht bloß so ein Millionärskind, das Beschäftigung braucht; vielmehr erkannte sie Deborah gleich als eine der ihren. Darum kommentierte sie nichts, brach nur vor so manchem Bild in kleine Entzückensschreie aus und kehrte beglückt ins Eßzimmer zurück, als Alf „*dinner is served!*" in die Wohnung hineinrief.

Über dem Central Park war ein überwältigender Sonnenuntergang in allen Schattierungen des Gelb- und Rot-Spektrums mit der Nacht verschmolzen, die Farben glommen noch etwas nach, auf dem Eßtisch wurde ein Feuerwerk gezündet, und um ihn herum herrschten größte Heiterkeit und innigstes Verstehen. Jeder verstand alles. Sophonisbe verstand, warum Deborah froh war, nicht von ihrer Kunst leben zu müssen, und sie darum gar nicht erst ausstellte, und das verstand sie wirklich, gerade weil ihr so gut gefiel, was Deborah auf Leinwand und Papier anstellte; das mußte ganz und gar nicht versteckt werden und konnte genau deswegen für sich behalten werden. Umgekehrt verstand Deborah sofort und vollkommen, warum Sophonisbe nicht unter ihrer Erfolglosigkeit litt, und glaubte ihr, als sie sagte, daß es ihr sowieso fast lieber wäre, gar nichts zu veröffentlichen.

„Aber das geht nicht", erklärte sie, „ich muß aus steuerlichen Gründen regelmäßig veröffentlichen; sonst glaubt mir das Finanzamt nicht, daß ich berufstätig bin."

Als nächstes verstand sie, warum Alf lieber kochte und sich überhaupt den ganzen Tag mit Lebensmitteln beschäftigte – nicht nur, weil es umwerfend war, was er auf den Tisch brachte, sondern auch, weil er als Grund hierfür angab, daß es ihn der Notwendigkeit enthebe, über die fundamentalen Fragen des Lebens nachzudenken.

„Außerdem gehöre ich zu den Leuten, die ihre Mutter nur von hinten kennen."

„Will sagen?"

„Keine Bourgeoisie, sondern eine Hausfrau als Mutter. Ich habe das erst hier in New York kapiert, in Deutschland kannte ich niemanden, der mit Personal aufgewachsen war, dessen Mutter sich mit anderen Dingen als dem Haushalt beschäftigt hätte. Wenn man aber so eine Hausfrauenmutter hat, die auch noch knapp wirtschaften und aus allem etwas machen muß, dann sieht man sie immer nur von hinten. Vor ihr ist der Herd oder die Arbeitsplatte oder das Gemüsebeet. Aber jetzt weiß ich, was sie die ganze Zeit getrieben hat, vor ihrem Nazibauch sozusagen. Jetzt kenne ich die Vorderseite."

„Du wirst dich doch nicht posthum mit deiner Mutter ausgesöhnt haben?" fragte Sophonisbe, und da wurde Alf ganz ernst, und es dauerte einen Moment, bis er antwortete.

„Nein, habe ich nicht", sagte er, und damit war dieses Thema beendet. Sophonisbe schlug die Augen nieder, sie hatte nicht an unschöne Dinge rühren wollen, sie hatte gar nicht ernst werden wollen. Sie war so froh über die allgemeine Leichtigkeit. Doch Alf hatte sich bald wieder gefangen.

„Wie gefällt dir die Wohnung?" fragte er.

„Was für eine Frage! Gut natürlich, was denn sonst?"

Da lächelten Alf und Deborah beide vergnügt, und mehr als jeder andere verstand Sophonisbe die diebische Freude, die ihnen ihre herrliche Wohnung bereitete.

„Jeden Tag freue ich mich darüber, daß ich hier leben darf", sagte Alf, „jeden Tag."

Sie sei in dieser Hinsicht ganz unamerikanisch, fügte Deborah hinzu, sie sei froh, daß diese erst die dritte Wohnung ihres Lebens sei und zudem eine, die sie von klein auf kannte.

Umgekehrt verstanden die beiden, warum Sophonisbe gar keine Wohnung mehr hatte. Sie begründete das damit, daß sie sich ohnehin nicht leisten könne, was ihr behagen würde, weswegen sie seit zehn Jahren, seit sie aus ihrer letzten Wohnung hinausgepreist worden war, nur noch zur Untermiete lebte oder in sogenannten Künstlerhäusern, denn die einzigen Erfolge, die sie noch vorweisen konnte, waren Zusagen auf Stipendienbewerbungen.

„In Deutschland weiß man gar nicht, wo einem der Kopf steht vor lauter Stipendien." Sie hoben das Glas auf Deutschland.

„Ach so, dann bist du jetzt mit einem Stipendium hier?"

„Quatsch, nein, so großzügig sind die nun auch nicht, daß man sich davon auch nur eine Butze in New York leisten könnte. Die reichen für den unmittelbaren Lebensunterhalt und weiter nichts. Ich bewerbe mich ja eh nur um Aufenthaltsstipendien."

„Was ist das denn?"

„Da kann man dann für eine Weile irgendwo wohnen und sich ein bißchen wie Rilke fühlen."

„Und wovon lebst du?"

„Von meinen Aktien."

„Echt? Wie geht das denn?"

Da erinnerte sie ihren Gastgeber daran, daß es vor der nun schon lange währenden sogenannten Finanzkrise einmal eine Zeit gab, in der einem an der Börse das Geld geradezu nachgeworfen wurde, und da sie just zu jener Zeit eine vielversprechende junge Dichterin war und mit Preisen überhäuft wurde, hatte sich gerade genug Geld angesammelt, um es zu investieren und anschließend zuzuschauen, wie es sich in rasender Geschwindigkeit vervielfachte. Zugleich hatte sie das durch und durch hysterische Wesen des Finanzmarktes klar erkannt und darum ihre aufgeblasenen Aktien verkauft, bevor sie platzten. Den Gewinn hatte sie solide investiert, „Henkel, Telekom, Deutsche Post und so".

„‚Und so' sagt mir jetzt eher nichts", bekannte Alf.

„Du willst es aber auch nicht genau wissen, oder?"

„Nein, genau will ich das wirklich nicht wissen. Ich kriege von Gesprächen über Geldanlagen und Steuerersparnis immer schlagartig schlechte Laune."

„Verstehe ich. Ich muß mich auch immer sehr disziplinieren, bevor ich mich mit meinem Aktiendepot beschäftige. Diese Disziplin hilft aber auch, sie ist ein Haltepunkt im Daseinsbrei. – Na ja, wie auch immer. Ich verbrate hier in New York die Dividendenausschüttung der letzten fünf Jahre. Für irgendwas muß der Kapitalismus ja gut sein. Cheers!"

Auf den Kapitalismus tranken sie aber nicht, so toll fanden sie ihn nun auch nicht. Sophonisbe hatte ihm ein für ihre bescheidenen Ansprüche sorgenfreies Leben abgeluchst. Es bestand darin, daß sie nicht einmal mehr eigene Möbel besaß, sondern nur noch einen großen Koffer. Ihr Bücherschrank stand bei ihrer Schwester Alkeste, der sie regelmäßig auch ihre verarbeiteten Notizhefte und ihre Tagebücher brachte, alles andere war im Computer, auf zwei USB-Sticks und in der Cloud (in mehr als einer). Im Sommer lagerte sie ihre Wintergarderobe bei Alkeste ein und im Winter die Sommergarderobe, und als sie sagte, daß sie noch nicht wisse, wo sie wohnen werde, wenn sie in fünf Wochen nach Berlin zurückkehre, tranken sie erst auf ihre Sorglosigkeit, dann auf das Nomadentum im allgemeinen und schließlich auf Roxana, die Alf gleich am nächsten Tag wegen einer Unterkunft anschreiben wollte. Sie war die schwesterliche Freundin seines besten Freundes Thorwald, der nach seiner Scheidung eigentlich nur für eine Weile Unterschlupf bei ihr gesucht hatte, dann jedoch drei Jahre in ihrer riesengroßen Wohnung in Charlottenburg geblieben war. Nun aber habe Roxana ein Zimmer frei, sagte Alf, denn Thorwald sei gerade von Berlin aufs Land gezogen (neue Freundin, neues Leben, Tierhaltung).

„Ja, aber vielleicht will sie keine Untermieterin", gab Sophonisbe zu bedenken.

„Doch, sie will eine, dafür kenne ich sie nun gut genug. Wir wohnen immer bei ihr, wenn wir in Berlin sind. Sie verreist sehr viel und braucht jemanden, der sich um die Wohnung kümmert, wenn sie nicht da ist. Ja, eigentlich ist sie genauso nomadisch veranlagt wie du. Ihr werdet euch gut verstehen! Ganz bestimmt. Ihr werdet euch sehr gut verstehen! Ich schick' ihr gleich morgen eine Mail."

„Warum hat sie denn so eine große Wohnung, wenn sie ständig verreist?"

„Weil sie sich das leisten kann. Sie ist mit Ratgebern reich geworden. ‚Rosis rote Ratgeber', von denen hast du bestimmt schon mal gehört."

„‚Rosis rote Ratgeber', echt? – Ja, Wahnsinn. – Die kennst du? Ist ja irre. Diese Frau möchte ich unbedingt kennenlernen! – Ich finde diese Ratgeber großartig. Ich habe sogar mal einen gekauft, den ‚Über den Umgang mit Verrückten und Wütenden‘."

Alf lachte.

„Warum denn ausgerechnet den? Hast du den gebraucht?"

Da fiel nun Sophonisbe in ein Erinnerungsloch und wurde ganz ernst.

„Ja, den habe ich gebraucht", sagte sie. Für einen Moment waren sie alle nicht heiter, und Alf und Deborah sahen sie sorgenvoll an.

„Der hat mir sehr geholfen, als ich mich vom Mann meines Lebens trennte."

„Ach so. Verstehe."

Sophonisbe wunderte sich, daß sie das so nonchalant hatte sagen können, daß sie so lässig diesen Mann hatte erwähnen können, von dem sie sonst immer sagte, er sei der einzige Mensch auf der Welt, den sie wirklich hasse, und zwar so sehr, daß sie ihm nicht helfen würde, wenn er im Dreck vor ihr läge und verreckte – weil sie sich nämlich genau das wünschte: daß er im Dreck verrecken möge. Der Alkohol (den ebendieser Mann mehr liebte, als er eine Frau je hätte lieben können) hatte ihr die Zunge gelockert, auch das Hirn aufgeweicht, trotzdem war sie etwas bedrückt. Doch waren ihre Gastgeber dezent und fragten nicht nach (was die Innigkeit verstärkte, das wechselseitige Verstehen bekräftigte, die Freundschaft vertiefte), vielmehr bat Deborah um Erklärung des Titels dieses Ratgebers, und dann lachten sie sich alle ein weiteres Mal halbtot.

„*To you crazy Germans!*" brachte Deborah den nächsten Toast aus, nachdem sie sich schon wieder beruhigt hatten, bloß fingen sie dann gleich noch einmal zu lachen an.

„Warum trinken wir eigentlich in einem fort auf irgendwas?" fragte Sophonisbe, „ich kenne das gar nicht."

„Weil Deborahs Vorfahren aus Rußland kamen", erklärte Alf, „da macht man das so, da trinkt man nicht ohne Toast."

„Nicht aus Rußland, aus Ukraine!" verbesserte Deborah, die aber früher, und ganz bestimmt noch zu der Zeit, als sie Alf kennengelernt hatte, vor bald dreißig Jahren, der Einfachheit halber immer gesagt hatte, ihre Großeltern seien aus Rußland ins Land der *opportunities* gekommen, auch wenn es ihnen in erster Linie um *freedom and democracy* gegangen war. Doch wo man etwas Besseres als den Tod findet, da findet man auch *opportunities*. Tatsächlich hätte Deborah sagen müssen, daß sie aus der Sowjetunion gekommen waren, genauer, aus der Ukrainischen Sozialistischen Sowjetrepublik, aus Odessa. Natürlich wußte Alf das alles, immerhin war er mit ihr verheiratet, aber er wußte nicht, daß man in Westeuropa, wenn auch sonst nicht viel, mittlerweile immerhin doch begriffen hatte, daß Rußland und die Ukraine zwei verschiedene Länder waren.

„Aus der Ukraine? Ja, Wahnsinn!" sagte Sophonisbe und erzählte von ihrer Begegnung mit Josh.

„Ich wußte gar nicht, daß Odessa zur Ukraine gehört, das ist ja toll", schloß sie.

Nun war es an Deborah, für einen Moment ganz still und ernst zu werden. Ihre Großeltern, erzählte sie, hatten in einem fort von Odessa gesprochen, das sie als ganz junge Leute verlassen hatten, auf russisch, von ihnen hatte sie die Sprache gelernt. In den frühen neunziger Jahren waren sie gleich hingefahren, beide schon über achtzig Jahre alt, zweimal waren sie hingefahren, zunächst mit der Vorstellung, in die Stadt ihrer Jugend zurückzukehren. Nach der ersten Reise waren sie sich aber nicht sicher, ob das gutgehen würde, denn damals war es dort einigermaßen gefährlich, da ging es drunter und drüber in Odessa. Nach der zweiten Reise waren sie erschüttert, und obwohl sie das sehr traurig machte, beschlossen sie, diese Idee aufzugeben und nicht zurückzukehren, sondern lieber weiter in ihren Erinnerungen zu schwelgen. Als es dann besser wurde, nach der Jahrtausendwende, sicherer, waren sie schon zu alt zum Reisen, und bald starben sie, beide im selben Jahr, erst ihre Großmutter, dann ihr Großvater, in dieser Wohnung, ja, in dieser Wohnung, alle beide.

„Auf Odessa", sagte Sophonisbe, als die Stille ihr die Kehle zuzuschnüren begann, „auf deine Großeltern." Und sie tranken still.

Der regelmässige Wechsel von Heiterkeit zu großem Ernst, der den Abend strukturierte, verhinderte übergroße Trunkenheit. Sie nahmen ja immer nur einen Schluck, wenn ein Toast ausgebracht wurde, und alle fünf Weine, die Alf reichte, wurden mit derselben Aufmerksamkeit verkostet und gewürdigt.

Deborah wollte Genaueres über Josh wissen, warum der ausgerechnet über die Ukraine forschte, und Sophonisbe mußte zugeben, daß sie keinen blassen Schimmer hatte, das hatte sie ihn nicht gefragt. Er habe eine Weile in Kiew gelebt, um Russisch zu lernen, konnte sie berichten, und eine Weile in einer anderen Stadt, um Ukrainisch zu lernen. „In Lemberg?" fragte sie die beiden anderen, als ob die das hätten beantworten können, und als Deborah nicht wußte, welche Stadt es war, die auf deutsch Lemberg hieß, konnte Sophonisbe mit ihrem neu erlangten Wissen glänzen, und sofort tranken sie auf L'viv.

Damit war das Thema natürlich noch lange nicht abgehandelt, vielmehr wollte Deborah nun von Sophonisbe alles wissen, was die nicht wußte, was aber der wußte, von dem sie gerade erzählt hatte – als ob sie das alles wissen könnte, nur weil sie mit dem geredet hatte, der's wußte. Ob er's allerdings wirklich wußte, konnte von den Anwesenden keiner wissen, doch waren sie sich einig, daß er's ziemlich sicher wußte, immerhin hatte Yale ihn als Doktoranden akzeptiert, das war doch was. Ja, auf jeden Fall war das was, das war sogar ziemlich was, darüber waren sie sich einig, aber mehr konnte Sophonisbe nun nicht beitragen. Ob er in New York oder in New Haven wohne, fragte Deborah, keine Ahnung, antwortete Sophonisbe und fragte zurück, wie weit es eigentlich nach New Haven sei. Nicht weit, wurde ihr geantwortet, keine zwei Stunden mit dem Auto, eher anderthalb, also, auch wenn er in New Haven wohne, sei er doch leicht zu erreichen. Worauf sie hinauswolle, fragte Sophonisbe, *„I wanna meet that guy!"* antwortete Deborah, „ach so", sagte Sophonisbe, na klar.

Deborah war ganz aufgekratzt. Ihr ganzes Leben lang war ihr in einem fort von der Ukraine erzählt worden, aber immer nur ganz sentimental, die Ukraine war immer nur die verlorene Heimat, das Paradies, was sonst.

„Für meine Großeltern es war alles schön in Ukraine. Aber natürlich es war der Land, wo sie waren jung, vielleicht aus dieser Grund es war alles schön. Ukraine und Jugend für sie war dieselbe Sache, so ich weiß wirklich nichts über der Land *itself,* und darum ich würde sehr gerne reden mit dieser junger Mann, um zu erfahren – *how can I put this? Something real, I guess."*

„Ja, das verstehe ich", sagte Sophonisbe und ergab sich sofort und ganz selbstverständlich darein, daß sie, was sie nun bestimmt nicht vorgehabt hatte, mit diesem jungen Mann noch einmal würde Verbindung aufnehmen, ihn womöglich sogar würde wiedersehen müssen. Aber sie hatte sich nun gleich an der Tür in Deborah verliebt, und in diesen letzten Stunden hatten sie alle drei sich mit jedem Toast enger miteinander verbunden. Ihr schien, sie habe neue Freunde gefunden, Freunde fürs Leben, und das war herrlich, *de-lovely* war gar kein Ausdruck dafür, wie herrlich das war. Natürlich mußte dieser Gefallen getan werden, klar, sowieso. Wenn sie Josh gemeinsam mit Deborah und Alf wiedersähe, dann könnte es sogar interessant werden, dachte sie sich die Sache schön, dann würde auch sie etwas über die Ukraine lernen – wogegen doch nichts einzuwenden war. Es war ganz und gar nichts dagegen einzuwenden, etwas, und am Ende womöglich sogar sehr viel!, über die Ukraine zu wissen. Etwas zu wissen, ist doch immer gut, auch viel zu wissen, ist gut und viel schöner, als nichts zu wissen, schöner auch, als nur ein bißchen was zu wissen – gut, gut, gut, auch sie würde am nächsten Tag eine Mail schreiben, um fremde Leute, zwischen denen sie den einzigen *degree of separation* bildete, miteinander zu verbinden.

Damit ist von den Ereignissen dieses Abends alles mitgeteilt, was für unsere Geschichte von Belang ist, und wir wollen unseren Bericht davon hier schließen, auch wenn der Abend selbst noch lange nicht zu Ende war, sondern vielmehr noch einige Stunden weiterging, aber nun erzählten sie sich nur noch Geschichten aus ihrem Leben, was sie alle einander noch vertrauter machte; außerdem waren sie inzwischen doch schon einigermaßen betrunken. Um drei Uhr nachts wurde ein Uber-Taxi gerufen, denn in dieser Gegend fuhren um diese Zeit keine *yellow cabs* mehr einfach so herum. Alf brachte sie hinunter vors Haus, und sie versprachen sich ein baldiges Wiedersehen.

„Ciao, bella", sagte er.

„Ciao, Spadsl", sagte sie, und sie umarmten sich noch einmal neben der offenen Autotür, bevor sie in ihre Mönchszelle zurückkehrte.

Aus Sophonisbes Manuskript (Unendlich)
Wenn ich bin gegangen von Espresso-Bar mit Namen „Aroma" zu Laden für Bedarf von Künstler und bin gekommen zu Kreu-

zung von Bleecker Street und Broadway, ich war sehr gefüllt von Freude, weil dort ich konnte schauen entlang von Broadway nach Süden, und das war Blick in Himmel, zu dem Licht.

Solche Freude ist geschehen mir immer wieder, und nach eine Weile von mein Aufenthalt ich habe verstanden, daß der Grund für diese Freude, wenn ich habe erlebt sie, er war der Himmel, wenn er war hell, weil es hat geschienen die Sonne.

Manche Straßen aussehen, wie als ob sie enden nie und nirgends, wie als ob sie weitergehen bis Unendlichkeit. Auf Upper East Side, zum Beispiel, das ist sehr deutlich. Wenn man überquert eine Avenue dort und dann von Mitte von Straße man schaut hinauf oder hinunter, in Richtung Norden oder in Richtung Süden, dann man denkt von diese Avenue, wie als ob sie hätte kein Ende. Es wird verstärkt dieser Eindruck, wenn die Straße geht über ein Hügel, weil führt sie dann ins Ungewisse, denn man kann nicht sehen, wie sie geht weiter. Und wenn man überquert Park Avenue auf 96. Straße, dann man sieht unter sich Gleise, welche kommen sie aus der Hügel heraus. Diese Gleise geradeaus führen nach Norden, in die Ferne, fort.

Fort: in Manhattan es ist Versprechen, wenn man bekommt Eindruck, daß noch es gibt eine Welt da draußen, daß es ist nicht alles voll mit Häuser und Straßen, daß es gibt auch Welt ohne Straßen und Häuser. Da draußen. Anderswo.

In Midtown es ist andere Sensation. An das Ende von Straßen, welche verlaufen sie quer in rechter Winkel zu Avenuen, man sieht der Himmel oft, weil enden die Straßen an Wasser von Hudson River oder von East River. Die Straßen sind Gegenteil von Avenuen, denn sie haben ein Ende. Auf diese Weise man schaut von Mitte der Insel in Himmel, welcher ist er die Unendlichkeit. Ich bemerke, daß es klingt das wie Gebet. In Manhattan, nur Ahnung von Unendlichkeit schon ist Grund für Gebet.

Das ist interessant für eine Person, welche sie glaubt nicht an Gebete, weil ist sie Atheistin. Richtiger ist zu sagen: Anblick von Himmel allein schon ist Grund für Anbetung von Natur.

AM NÄCHSTEN TAG schrieb sie keine Mail an Josh und ging darum an seinem Ende mit schlechtem Gewissen ins Bett. Unablässig hatte sie daran gedacht, daß sie es Deborah versprochen hatte, doch war sie nach diesem herrlichen Abend mit ihr und Alf ganz weich und glücklich aufgewacht, und weil solch ein Gefühl eine rare Gabe war, wollte sie es nicht gleich wieder kaputtmachen, sondern gerne eine Weile auskosten. Diese Mail nämlich, die sie schreiben wollte, schreiben sollte, erforderte eine diplomatische Höchstleistung, durfte sie sich doch nicht anmerken lassen, wie sehr die Begegnung im Buchladen sie verstimmt hatte, wenn sie zugleich eine Wiederbegegnung in die Wege leiten wollte. In ihrer halbbetrunkenen Weichheit erschien ihr das als eine Aufgabe von übermenschlicher Größe. Dabei war sie in Wirklichkeit ganz einfach: sie mußte nur alles weglassen, was mit ihr selbst zu tun hatte. *Hi Josh, a friend of mine is married to a woman whose ancestors came from Ukraine* usw., weiterer Mitteilungen bedurfte es nicht. Immerhin wollte sie kein Beziehungsgespräch führen, sondern nur zivilisierte Sozialität pflegen; wollte nicht die Vergangenheit aufarbeiten, sondern die Zukunft gestalten.

Doch schob sie die Sache auch am übernächsten Tag noch vor sich her. Sie putzte die Zähne und putzte die Wohnung und ging dann hinaus in die fremde Stadt der Träume, den Sehnsuchtsort so vieler junger Generationen, auch Zufluchtsort usw. Im Briefkasten steckte der aus dem Ukrainischen übersetzte Roman, den sie just nach der Begegnung im Buchladen bestellt hatte; das war ein Zeichen! Sie ignorierte es und begab sich auf einen besonders langen Spaziergang. Er führte sie an die Westseite der Insel, an den Hudson River, wo ihr der Wind die Haare aus dem Gesicht blies, so daß sie freien Blick auf die Skyline der Ostküste von New Jersey hatte, die sie nicht beeindruckte. Als sie auf dem Rückweg in einer Starbucks-Filiale an der sechsten Avenue einkehrte, erlebte sie dort einen anderen Engel, nur war der kein persönlicher Glücksengel wie Angelique, sondern ein Abgesandter der Hölle.

Sie erkannte ihn an seiner Hautfarbe und seiner Kleidung. Auch seine Haut war dunkel, auch er trug einen schwarzen Mantel mit goldenen Aufschlägen, aber einen viel dünneren als Beyoncés Pförtner in Tribeca. Und er war weder schön, noch hatte er Würde. Vielmehr saß er an einem kleinen Tisch, auf dem auch eine Bananenschale lag, und murmelte vor sich hin, wobei er immer wieder bereits verstorbene Lichtgestalten der Popkultur anrief, in erster Linie David Bowie und John Lennon. Ein ums andere Mal knallte er einen Plastikbecher voller Eiswürfel auf den Tisch und beteuerte dabei jedesmal: *„I don't give a shit."* Das Klirren der Eiswürfel diente als Ersatz für einen Trommelwirbel.

Solche gibt's also auch, dachte Sophonisbe. Und in dem gläsernen Vorbau zur Straße hin schliefen noch zwei weitere solche. Starbucks, Sterneneimer, die Wärmestube der Vorhölle.

Die Zeitung konnte sie hier, dem Göttlichen so nah, nicht lesen, die war zu profan mit all ihren schrecklichen Nachrichten von Leuten, die dreißig Jahre unschuldig im Gefängnis saßen oder erschossen wurden, weil das Licht im Treppenhaus ausgefallen war, und immer geschah das, weil ihre Haut dieselbe Farbe hatte wie die der Engel.

So ging sie zurück Richtung Europa und kehrte in der Think-Coffee-Filiale an der vierten Avenue ein. Dort war das Numinose fern, dort wirkten nur die guten Absichten pragmatischer junger Amerikaner. Das „Think" im Namen bezog sich nicht auf Philosophie oder sonst etwas, wofür man ein Hirn brauchte, sondern allein darauf, daß diese Firma die Kaffeebauern im südlichen Teil des Kontinents nicht ausbeuten wollte. Das hatten sich die Gründer der Firma fest vorgenommen, danach handelten sie, worüber sie auf den ausliegenden Flugschriften informierten. „Denken" und „Gutes tun" waren hier ineinsgesetzt. Ob von diesen guten Leuten dann „Nicht denken" als Äquivalent von „Schlechtes tun" begriffen wurde? Egal; Sophonisbe wollte gar nicht denken, sondern bloß die Zeitung lesen. Mit ihrer Papierzeitung war sie hier wie in jeder anderen Filiale jeder anderen Kaffeehauskette ein Unikum, denn alle anderen lasen zwar auch unablässig, aber ausschließlich von kleinen bis winzigen Bildschirmen.

Als sie am späten Nachmittag wieder daheim war und endlich den Computer einschaltete, um sich mit dem Internet zu verbinden, war eine Mail von Josh gekommen.

Von: Josh *** [mailto:joshenko@***.com]
Gesendet: Samstag, 5. März 20** 13:19
An: Sophonisbe *** [mailto:solong@***.de]
Betreff: your book

Hallo Sophi:

Gestern ich las dein Buch *Mythen in Tueten* (great title!) und sofort ich muss dir sagen, dass ich LIEBE es!

Mir gefaellt sehr, wie du etablierst dich als Dichterin (it was your first book, right?)—*hier ramme ich einen Pflock in den Fluss der Zeit / ich fange an*—that has a truly archaic feel to it, es zeigt der Anfang und zu gleicher Zeit, dass du schon bist a master of your craft.

Am meisten mir hat gefallen deine Aktualisierung von dem Mythos von Narcissus und Echo. Als weibliche Dichter du drehst es herum und machst es *Echo und

Narciss*. Es ist eine grossartige Idee zu sehen beide als derselbe Figur: zu geben Echo die Eigenschaften von ein Narcissist, zu interpretieren, dass sie etwas liebt, worauf sie kann projizieren, während er liebt sein eigenen Projektion! Wie er nur liebt das Aussen—*eine flueucht'ge Spieg'lung nur, wehe / die Wasser wogen!*—und sie auch nur liebt das Aussen von seine schoene Gestalt und Gesicht. Sie sind beide Narcissisten! I think I've never read that before. Auch, sie haben dieselbe Stimme. Echo noch resoniert Narcissus's letzte Klage, und von die beiden es bleibt kein Koerper. Sie verdorrt und nichts ueberbleibt von ihr als die Stimme, sein Leib (I had to look up that word) verschwindet, dort nur die Blume wird gefunden. Sie sind dieselbe Persona. Das ist wahrhaftig eine neue Sichtweise. I'm truly impressed!

Ich denke, ich werde versuchen zu uebersetzen dieser Zyklus, I love it so much. Aber es wird nehmen einige Zeit. I've got loads of work to do (Yale is a whale!) und Aussen—Aussehen, das arbeitet nur in Deutsch.

Sollen wir haben Dinner bei Veselka naechste Woche?

More soon,
Josh

SCHON WIEDER!, war ihr erster Gedanke, schon wieder so eine Unverschämtheit. Erklärt mir mein eigenes Gedicht, rezensiert, vergibt Noten, „master of your craft", ja, geht's noch?! *(She's touched his perfect body with her mind.)*

Zugleich war es ihr etwas peinlich, von ihren allerersten Anfängen zu hören. Vielleicht störte sie an seiner Mail vor allem, daß er ihre verschmockten Verse von damals zitierte. Nichts, worauf sie stolz gewesen wäre. Nichts, was übersetzt werden sollte.

Sie hatte schon sehr lange nicht mehr an Echo und Narziß gedacht und wie sie diesen Mythos „aktualisiert" hatte, doch nun erinnerte sie sich an den Mann, der für dieses Gedicht verantwortlich war und an den sie sich ebenso ungern erinnerte wie an die Verfasserin dieses Gedichts – ebenso ungern wie an ihre Verfassung damals in der Spätadoleszenz, an den Ernst, den sie den durch körperliche Begegnungen mit dem anderen Geschlecht erzeugten Sensationen damals zumaß, wie es ein jeder junger Dichter tut. Als wären die etwas Besonderes, als wären die etwas Neues, als wären die nicht der Grund dafür, daß die Menschheit überhaupt noch existierte. (Vielleicht muß man sie darum besingen, muß jede Generation aufs neue sie besingen, vielleicht ist das der Grund.)

Doch war auch ihr Leib vergangen, wenngleich auf andere Weise als die Leiber von Echo und Narziß, das tröstete sie. Ein Vierteljahrhundert war seit dem Erscheinen von „Mythen in Tüten" verflossen (heute fand sie das keinen großartigen Titel mehr, und er war nicht einmal von ihr, sondern von einer Neue-Deutsche-Welle-Band, deren Namen sie vergessen hatte), und an die dreißig Jahre waren vergangen, seit sie es geschrieben hatte. Das bedeutete aber, daß ihr Körper sich in der Zwischenzeit schon viermal komplett erneuert hatte. Sie war schon lange nicht mehr Echo, sondern vielmehr schon viermal aus diesem Leib herausgeschlüpft, von dem war nichts mehr übrig. Und die neuen Leiber, die ihr die emsige Zellteilung seither beschert hatte, waren nicht verdorrt und die Knochen keine Steine geworden, sondern sie hatten sich einfach aufgelöst im ewigen Werden und Vergehen, wie es auch der aktuell vorhandene, mit dem sie recht zufrieden war, tun würde. Auf jeden Fall war sie jetzt mehr als nur eine Wiedergängerin der Nymphe Echo, die keine Kommunikation verweigern kann, aber nie selbst das Wort ergreift, die immer antworten muß, aber nie etwas anderes sagt, als was die anderen zuvor gesagt haben, die nur wiederholt, zurückwirft, spiegelt, immer nur wiederholt, zurückwirft, spiegelt. Das hatte sie hinter sich gelassen. Es war eine lange und schwere Arbeit gewesen, die zu werden, die sie heute war, aber sie hatte sie bewältigt und war jemand geworden, mit dem sie gerne zusammenlebte.

Jetzt dem jungen Mann schreiben, dem diese Gedichte wahrscheinlich darum so gut gefielen, weil aus ihnen eine Altersgenossin zu ihm sprach, nur war die halt jemand ganz anderes als die Frau, der er seine Begeisterung mitgeteilt hatte und die sich darüber nicht freute, sondern erregte. Die Wut half ihr beim Antworten.

Von: Sophonisbe *** [mailto:solong@***.de]
Gesendet: Samstag, 5. März 20** 17:38
An: Josh *** [mailto:joshenko@***.com]
Betreff: AW:your book

Lieber Josh,

es freut mich, daß Dir das Buch gefallen hat, *thank you!* Ob es aber wirklich übersetzt werden sollte – darüber sprechen wir noch.

Es ist ein schöner Zufall, daß Du mir gerade heute schreibst, denn ich wollte Dir auch schreiben. Ein alter Freund von mir ist mit einer Frau mit ukrainischen Vorfahren (aus Odessa) verheiratet, und die würde sich sehr gerne mit Dir treffen, um mehr über die Ukraine zu erfahren. Sollen wir alle zusammen zu Veselka gehen? Was meinst Du?

Viele Grüße von
Sophonisbe

Von: Sophonisbe *** [mailto:solong@***.de]
Gesendet: Samstag, 5. März 20** 17:41
An: Deborah *** [mailto:Deborasko@***.com]
Betreff: Ukraine

Liebste Deborah,

das war der schönste Abend überhaupt! Danke, danke, danke! Ich hoffe, wir sehen uns bald wieder.

Als ich Josh gerade schreiben wollte, war eine Mail von ihm gekommen. Er möchte sich gerne mit mir bei Veselka treffen; ich habe ihm geantwortet, daß wir alle zusammen dorthin gehen könnten. Was hältst Du davon?

Sei umarmt von Deiner
Sophonisbe

Von: Deborah *** [mailto:Deborasko@***.com]
Gesendet: Sonntag, 6. März 20** 10:13
An: Sophonisbe *** [mailto:solong@***.de]
Betreff: AW:Ukraine

Dearest Sophi:

Yes, it was the most wonderful evening! Und gute Neuigkeiten mit Josh. Aber ich moechte nicht zu Veselka gehen, lieber in der Restaurant next door at the Ukrainian National Home where my grandparents took me many times. Am meisten ich moechte, wenn ihr beide wuerdet kommen zu Besuch. Alf immer freut sich, wenn er darf kochen! ☺ Bitte frag Josh.

Alf says hello.

Liebe Grueße von
Deborah

So wurde es dann verabredet, sie und Josh zu Alf und Deborah auf der Upper East Side am Montag in einer Woche; Alf würde Borschtsch servieren.

Aus Gründen der Chronologie müssen wir zwischendurch mal kurz nach Berlin zu Roxana springen, wo sich die Lage an diesem selben Samstag der Engel, der Begeisterung, der Wut und der Mail-Wechsel so darstellte:

Am Nachmittag mit geschlossenen Augen im Bett liegend, auf den Schlaf wartend, hörte sie ein Rauschen und dachte, es sei der Regen. Darüber wunderte sie sich, denn der Himmel war blau gewesen, als sie zwei Minuten zuvor die Vorhänge zugezogen und vom Fenster sich abgewandt hatte, als sie die Augen schloß.

Sie verstand, daß sie ihr eigenes Blut in den Adern rauschen hörte, daß die blanke Existenz das einzige Geräusch war. So still war ihr Leben. Wie der Regen vom Himmel, so rauscht das Blut durch die Adern.

Sie schlief nur eine halbe Stunde, und als sie wieder aufstand, war eine Mail von Alf gekommen, die ihr eine neue Mitbewohnerin ankündigte. Das freute sie sehr, denn ihr war die Wohnung doch arg groß und leer geworden, nachdem Thorwald ausgezogen war, auch wenn sie nichts dagegen hatte, daß auf diese Weise auch seine neue Freundin verschwunden war. Zwar hatte sie im Grunde nichts gegen Gertrud, aber Thorwald war zuletzt kein Freund mehr gewesen, sondern nur noch körperlich anwesend, und auch das nur, solange Gertruds Körper abwesend war. Eine spezielle Form von Eifersucht hatte sich da entwickelt, mehr Groll als Eifersucht. Aber das war nun vorbei; Thorwald war fort, Gertrud war fort, auch der freundliche Hund, den sie immer mitgebracht hatte, war fort. Die Wohnung gehörte ihr wieder ganz alleine, das war zuviel Besitz. Sie schrieb gleich an Sophonisbe, deren Adresse Alf mitzuschicken nicht vergessen hatte (umsichtig wie eine Frau, dachte Roxana, manchen Männern tut das Altern gut), daß sie sich sehr darauf freue, sie bald in Berlin begrüßen zu dürfen. Die Wohnung habe sie nach Thorwalds Auszug komplett ausgemistet und dann neu streichen lassen; es sei alles für sie bereit, sie freue sich wirklich sehr.

Sie hatte alles für ein neues Leben vorbereitet, und das hatte sie schon getan, bevor sie von Sophonisbe wußte. Es lag in der Luft, es war nötig, es war soweit – aber anders als früher, denn sie dachte nicht, daß jetzt überhaupt alles beginnen solle, immerhin hatte sie schon mehr als eine Phase ihres Lebens durchlaufen und wußte, daß die Dinge sich ändern können und es auch immer wieder tun, wenn man sie nur läßt. Sie dachte wirklich nur, daß nun etwas Neues beginnen solle, sie wünschte sich etwas Neues, und damit etwas Neues geschehen konnte, hatte sie alles Alte entfernt. Sie hatte nicht gewußt, daß Sophonisbe bei ihr einziehen würde, sie kannte sie ja noch nicht einmal, aber sie hatte schon alles für ihren Empfang vorbereitet.

JOSH HATTE, wie nicht anders zu erwarten, dem Vorschlag eines privaten gemeinsamen Abendessens begeistert zugestimmt *(„I LOVE borscht!")* und außerdem vorgeschlagen, daß sie gemeinsam hinauffahren sollten, denn er müsse, von Williamsburg kommend, ohnehin am Union Square umsteigen. Sie trafen sich auf dem von seinem olympischen Strahlen erleuchteten Bahnsteig des Expreßzuges. Auf der Fahrt erzählte er, daß er auf der Upper East Side aufgewachsen war und seine beiden Eltern noch immer dort wohnten. Er aber wolle nicht bei seiner Mutter wohnen, wenn er aus New Haven zu Besuch war, in seinem Alter gehe das doch nicht mehr, *right?,* und bei seinem Vater schon gleich gar nicht, das sei *out of the question,* weswegen er bei einem Freund das Sofa gemietet habe.

„Nur das Sofa?"

„*Well … yeah, in a way.*" (Denn so leben die Leute hier: auf dem Betonboden der kapitalistischen Tatsachen, in größter Enge, und die Bonsai-Wohnung, die Sophonisbe gemietet hatte, ist der Normalfall für die Halbarrivierten.)

Merkwürdigerweise sagte er dann nichts mehr, und während

er nichts sagte, war sein Gesicht wie erloschen. Die Mama, der Papa, dachte Sophonisbe, ein Sofa in Williamsburg, alles nicht so glamourös, und sie starrte selbst ganz leer vor sich hin.

Als sie an der Station *96th Street* aus dem Untergrund krochen, sagte er, daß er diese Station in- und auswendig kenne, denn sie habe zu seinem Schulweg gehört, und als sie vor dem Haus angelangt waren, in dem Alf und Deborah wohnten, sagte er: *„wow"* und deutete auf den fensterlosen Festungsbau im nächsten Block mit der Bemerkung, dies sei seine Highschool gewesen, und Sophonisbe hatte das Gefühl, man habe ihr eine Faust in den Hals gestopft, weil die große Welt, in der sich zu bewegen sie seit Wochen glaubte, plötzlich auf dörfliches Format zusammengeschnurrt war.

Sie schauten dann vom Wohnzimmerfenster auf seinen Schulhof mit integriertem Sportplatz hinunter, auf dessen flachen breiten Stufen, obwohl der Hof öffentlich zugänglich war, im Sommer manchmal Theater gespielt wurde, wie Josh erzählte und Deborah und Alf bestätigten. Sophonisbe sah aber keinen Mittsommernachtstraum dort unten, sondern kleine Intelligenzbestien, die sich in der Sonne fläzten (die gerade wieder unterging, wenn auch nicht so spektakulär wie beim letzten Besuch). Noch bevor die Suppenterrine auf dem Tisch stand, hatte Josh seinen gesamten Studienverlauf dargelegt (das war die leichteste Übung, das mußte er jeden zweiten Tag tun), also: während nach dem College alle seine Freunde nach Williamsburg übersiedelten, flog er zu einem Sprachkurs nach Sankt Petersburg und verbrachte anschließend ein Jahr in Moskau am staatlichen Puschkin-Institut, um wirklich gründlich Russisch zu lernen, und als sein Visum für Rußland abgelaufen war, zog er nach Kiew weiter und entdeckte dort sowie auf vielen Reisen durchs Land seine Liebe zur Ukraine. Während der Revolution sei er zwar in Kiew gewesen, aber nicht auf dem Majdan, sondern in der Sprachschule, und danach noch vier Monate in Lemberg, um sein Ukrainisch zu authentifizieren (so seine Worte). Inzwischen spreche er nicht nur fließend Russisch, sondern ebensogut Ukrainisch. Natürlich sei er auf dem laufenden über die aktuellen politischen Ereignisse in der Ukraine, das sei ja gar nicht anders möglich, beschäftige sich sein Doktorvater, Professor Timothy Snyder, doch auch sehr mit der Gegenwart und mische sich sogar in die Tagespolitik ein. Das finde er – na ja. Ihn interessiere die Geschichte, nicht die Gegenwart; denn wer die Geschichte nicht kenne, sei dazu verdammt, sie zu wiederholen, *right?*

Ja, das haben wir schon mal gehört.

Dann brachte Alf den Borschtsch auf den Tisch, was Jubelrufe und Lobpreisungen auslöste, wie es unfehlbar immer geschah, wenn Alf etwas auf den Tisch stellte. Doch kaum waren die Bäuche halb gefüllt, lenkte Deborah das Gespräch auf Osteuropa zurück.

An diesem Abend war Sophonisbe die meiste Zeit still, Alf auch, denn dieser Abend gehörte Deborah und Josh, der wirklich alles zu wissen schien, was Deborah wissen wollte, und es bereitwillig und strahlend vor diesen Leuten im Alter seiner Professoren ausschüttete, wie aus Sterneneimern. Deborah war höchste Aufmerksamkeit, Josh ein Quell der Freude (daher sein Strahlen: er war ganz in seiner Rolle, welche genau darin bestand, ein steter Quell der Freude zu sein), während Alf und Sophonisbe immer stiller wurden, weil sich die Vergangenheit auf sie niedersenkte. Natürlich waren es nicht allein ihre Vorfahren, die die Ukrainer umgebracht hatten; indem er aus dem bekanntesten Buch seines Doktorvaters referierte, wußte Josh auch vom Holodomor plastisch zu berichten, dem großen Hunger in den Jahren 1932 und 1933, mit dem drei bis vier Millionen Ukrainer ermordet wurden. Den Holodomor hatte Stalin ins Werk gesetzt, das umweglose reine

Töten in Form von Massenerschießungen jedoch hatten die Nazis veranstaltet, und so hatte die deutsche Hälfte der Anwesenden einmal wieder Grund, betrübt und hilflos vor sich hin zu starren. Scham und Schuldgefühl schlugen eine etwas perverse Volte, als es sie geradezu erleichterte, von der ukrainischen Nationalbewegung zu hören, die ihre eigenen Faschisten hervorgebracht hatte. Doch verstörte es sie, von ukrainischer Mithilfe an Pogromen zu hören, und als Josh die Division Galizien der Waffen-SS erwähnte, drehte sich ihnen der Kopf, und sie starrten nicht den Tisch, sondern verwirrt einander an. (Es ist alles nicht so einfach.) Zum Glück sprach der Quell der Freude aber viel lieber und viel mehr vom 19. Jahrhundert, und vom 1794 gegründeten Odessa wußte er, zu Deborahs Freude, besonders viel zu erzählen, war diese Stadt doch genau in seinem Forschungszeitraum zur größten der Ukraine herangewachsen.

Alf und Sophonisbe stellten keine Fragen, sie waren dankbar für Deborahs ganz anders gelagertes Interesse und hatten sich gefangen, als es an den Nachtisch ging und Alf sein selbstgemachtes Eis vor sie hinstellte und dann noch eine Kanne entkoffeinierten Kaffee. Weniger vom guten Essen, mehr vom neu erworbenen Wissen beschwert, endeten sie den Abend lange vor Mitternacht.

In den Geleisen der Zeit, vielmehr in einem alten Zug, der auf unterirdischen Gleisen die Stadt hinunterpolterte, fuhren sie, wie sie gekommen waren, gemeinsam zurück, und auch auf dieser Fahrt sprachen sie nicht. Armer Junge, dachte Sophonisbe die ganze Zeit, armer Junge, und hatte ganz vergessen, wie sehr er ihr schon auf die Nerven gegangen war. Armer Junge, tut alles, was man von ihm verlangt, will immer nett und freundlich sein, und alles Leben fällt von ihm ab, sobald keine Anforderungen mehr zu erfüllen sind, sobald er genau das hergegeben hat, was man von ihm verlangte, und weiß dann nicht weiter.

Am Union Square begleitete er sie, so weit er konnte, ohne den Bereich der Gültigkeit seines Fahrscheins zu verlassen, schweigend, ohne den Abend zusammenzufassen und abschließend zu bewerten, und sie war ganz aufgeweicht vor Mitleid, als sie ihn vor der Drehtür zum Abschied umarmte.

„Mach's gut", sagte sie, „mach's wirklich gut."

Er schaute sie erstaunt an und sagte gar nichts. Dann umarmten sie sich noch einmal und Sophonisbe ging durch die Drehtür hinaus und bedrückt die Treppe hinauf in die laute helle New Yorker Nacht hinein.

Aus Sophonisbes Manuskript (Himmel)

Erst spät in mein Aufenthalt ich habe gefunden ein kleiner Square, welcher befand er sich an westliches Ende von Stadtteil SoHo. Er ist in Form von ein langschenkliger Dreieck an die Stelle, wo Broome und Watts Street treffen auf West Broadway gemeinsam. Man könnte sagen, es ist nur eine Straßenkreuzung, aber es ist auch Square, denn Bänke stehen darauf und Beete sind zwischen sie.

Auf alle Bänke saßen Leute, welche haben sie angeschaut ihre Smartphones. Ist normal. (Immer anschauen Smartphone und nie anschauen Leute ist normal in Stadt New York, aber ist sehr häufig auch in andere Städte.) An dieser Ort ich habe gedacht an Paris, er war ein bißchen auf diese Weise. In Paris auch Squares sind winzig und umgeben von Zaun, dort auch jedes kleine Grün muß werden gehegt und gepflegt auf sorgfältigste Weise, weil ist es kostbar, weil ist es sehr wenig. In Paris auch ist mehr Stein als Grün, dort auch man wundert sich, wenn man sieht Grün, denn man nicht erwartet das. (Und es ist derselbe Name, auch in Paris man sagt Square zu solche Art von sehr kleiner Platz in Stadt.)

Wenn man denkt an innere Struktur, dann man könnte vergleichen New York mit Berlin, aber wenn man schaut von außen, dann eher die Stadt aussieht wie Paris. Wird man nicht finden in New York Gebäude, in welche immer Leute haben gewohnt seit vierhundert Jahre, aber diese Stadt New York auch in erster Linie besteht aus Stein, und wie in Stadt Paris es gibt nur Häuser und dazwischen Straßen. (Extrem das ist so in Altstadt von Jerusalem, wo man denkt, Straßen und Häuser sind gebaut aus Stein ein und derselbe.) Stadt Berlin ist anders, weil in Berlin ist es grün alles und sieht man der Himmel überall, an jede Stelle von Stadt, und muß man nicht heben der Kopf, um zu sehen ihn. Das ist sehr große Unterschied. Der Himmel nicht ist über Berlin, vielmehr Berlin befindet sich in Himmel direkt.

Zwischenspiel

Um begreiflich zu machen, was für ein Ort das war, an den Sophonisbe zurückkehrte, und welche Stimmung dort herrschte, sei hier eine kleine Erzählung eingefügt, die leider genauso fiktiv ist wie die Subjektivitäten, von der sie handelt.

Berlin stand damals auf der Kippe. Es sah ganz danach aus, als würde nun auch ihre alte Heimatmetropole eine dieser schrecklich schönen Städte werden, die dem Neuankömmling ohne Vermögensportfolio in einem fort „Not for you! Nicht für dich!" entgegenrufen, wie sie es gerade zehn Wochen lang in New York erlebt hatte. Dabei war Berlin gar nicht besonders schön, zumindest äußerlich nicht, war vielmehr nur besonders, ohne darum schön zu sein. Innerlich schön war die Stadt auch nur, wenn man die Berliner verstand und ihre Rauheit zu überwinden wußte. Denn wer auf rüde Anrede genauso rüde, aber gewitzt reagierte, legte den Hebel um, der aus jedem Berliner einen so lieben Menschen machte, daß es kaum auszuhalten war. Doch gibt es Schlimmeres als den Umgang mit exaltierter Gutherzigkeit.

Bis vor kurzem hatte sich diese menschliche Qualität Berlins auch darin erwiesen, daß es die einzige Hauptstadt der westlichen Welt war, in der man im Stadtzentrum wohnen konnte, ohne reich zu sein, weswegen die Bevölkerung überall halbwegs gemischt war. Ob das allerdings so bleiben würde, war nicht mehr gewiß, seit die internationale Immobilienbranche sich in der Stadt austobte. Es war darauf zu hoffen, daß die Widerborstigkeit der Berliner sich in Widerständigkeit umwandeln würde. Ob das geschah und wann (und wie, falls es geschah), werden wir nicht hier verhandeln. Vielleicht ein andermal. Nein, eher nicht, Aktualität ist nicht unser Genre. Einstweilen bleiben wir in Echos Kammern bei Leuten mit komischen Namen und Freude an antiken Mythen.

WIR SIND NICHT SEXY

Wir belagern den Berghain nun seit fünf Stunden. Man könnte fast meinen, die fiktiven Subjektivitäten fänden das toll, weil es ihnen Gelegenheit gibt, die letzten Tage im Führerbunker nachzustellen, und diese Führerbunkergeschichte ist ja nun das einzige, was sie von der Vergangenheit Berlins wissen. Wahrscheinlicher ist allerdings, daß sie noch gar nicht mitgekriegt haben, daß sie eingekesselt sind und keine Chance haben zu entkommen. Den Strom haben wir ihnen nicht abgestellt. Die Musik läuft also weiter, wir hören das Gewummer durch den Beton, und bestimmt haben sie noch Drogen; der Getränkevorrat jedoch müßte aufgebraucht sein. Sobald sie merken, was los ist, werden sie herauskommen wollen, denn filmen können sie da drinnen ja nicht, weil sie ihre Smartphones beim Eintritt abgeben mußten. Darum können sie auch weder twittern, noch simsen oder whatsappen, und das werden sie nicht lange aushalten. Ob sie überhaupt wissen, daß sie belagert werden und dem Untergang geweiht sind?

Ich war zwar nicht von Anfang an dabei, bin aber zufällig ziemlich früh zum harten Kern der Aufständischen gegen die absolute Kultur gestoßen, weil ich, solange es noch möglich war, den Nachmittag gerne bei Karstadt am Hermannplatz oben im Selbstbedienungslokal verbrachte. Solange es noch möglich war, also bevor sie dort ein WLAN eingerichtet haben. Danach war dieses Lokal bald verbrannt, im Wortsinne. Zwar kannte ich den Ausdruck damals noch nicht, aber ich habe sie trotzdem schon gehaßt, die fiktiven Subjektivitäten, die plötzlich alle mit ihren Internet-Gerätschaften in unserem, unserem!, semi-eleganten Spießer-Ressort saßen und ihre Facebook-Mitteilungen aktualisierten, weswegen für uns kein Platz mehr war.

Dabei ist es dort oben so schön. Von der Dachterrasse hat man einen tollen Blick über die Dächer von Neukölln, und innen ist der Raum weitläufig genug, um eine Art Kaffeehausatmosphäre zu erzeugen – halt Kaffeehaus für Leute, die sich nie ins „Einstein" trauen würden (wenn sie überhaupt wissen, daß es das gibt), also für so Rentner in Maschinenstrick, die die Qualität eines Lokals an der Größe von Kuchenstück und Kaffeetasse festmachen, und so fesche junge Türkinnen, die ihr herrliches Haar in Locken herabwallen lassen und viel gestikulieren, um ihre Präzisionsfingernägel zur Geltung zu bringen.

Es ist kein Wunder, daß die Gewalt später ausgerechnet an diesem vormals so friedlichen Ort begann, als nämlich einer unserer jungen arabischstämmigen Mitstreiter dort ein Selbstmordattentat verüben wollte, was ihm aber mißlang, weil er sich bei Elektro-Conrad nicht über Zünder hatte beraten lassen. Das heißt, explodiert ist nichts, aber er hat den Brandsatz, den er vorsichtshalber auch noch mitgenommen hatte, geworfen. Es sei ihm nichts anderes übriggeblieben, hat er uns später erklärt, denn er hatte bereits „Berlin-u akbar!" gerufen und damit genug Aufsehen erregt, um die Fiktiven ihre Telefonkameras zücken zu lassen. Das war, als hätten sie „Action!" gerufen, darum habe er handeln müssen. Er ist dann über die Rolltreppe abgehauen. Das hätten die Gäste des Lokals auch tun können, aber von denen sind leider mehrere von der Dachterrasse gesprungen, weil sie aufgrund der Fernsehaufnahmen vom Anschlag auf das World Trade Center in New York glaubten, daß einem nichts anderes übrigbleibe, wenn es brennt. Zum

Glück war es nur der vierte Stock. Sie haben sich zwar alle die Beine gebrochen, aber doch überlebt und es dann auf Spiegel-Online berichtet. Das Lokal aber ist komplett ausgebrannt. Daß gerade dort die Gewalt begann, paßt natürlich gut zur Geschichte des Hauses, das am Ende des letzten Krieges von der SS gesprengt wurde, damit die Rote Armee nicht an die Vorräte im Keller käme, aber davon wußte Ahmad nun genausowenig wie die Fiktiven. Doch ich greife vor.

Als das WLAN jedenfalls noch ganz neu war, in der sehr kurzen Übergangszeit, bevor es immerzu überfüllt war, sah ich von dort oben Leute mit Transparenten unten auf dem Hermannplatz. Der Platz ist in Wirklichkeit keiner, sondern eher eine verbreiterte Verkehrsinsel zwischen dreispurigen Durchgangsstraßen – um so erstaunlicher war die Menge der Transparente. Ich habe gleich mein Kuchentablett zur Geschirrrückgabe gebracht, statt, wie sonst, die Zeitungen zu lesen, die ich mir in der U-Bahnstation aus den Papierkörben zusammengesammelt hatte, und bin hinuntergeeilt.

Als ich unten ankam, riefen sie gerade: „Francesco Masci hat recht, doch wir sind echt, wir sind echt!"

Die Transparente sahen aus wie früher. Sie waren aus alten Bettlaken und Dachlatten zusammengebastelt und mit Dispersionsfarbe bemalt. Darauf stand zu lesen:

– *Wir sind weder sexy noch fiktiv, wir steh'n auf den Berliner Mief*
– *Schweinefleisch statt Veganerscheiß*
– *Lieber noch'n Puff, als immerzu jut druff*
– *Wir brauchen billige Mieten, keine Eiscafés!*
– *Schafft ein, zwei, viele Dönerbuden!*
– *Besser eine Stechuhr stechen, als vor Projektkultur erbrechen*
– *Wowi heim nach Tempelhof!*

Und auf dem allergrößten Transparent stand:

ARMUT IST NICHT SEXY

Das konnte ich bestätigen. Wie alle meine Freunde auch. Wir fanden schon „sexy" ein unangenehmes Wort, und ich dachte jeden Tag „unsexy", wenn ich beim Aufwachen die Brandmauer sah, die nur wenige Meter hinter dem Fenster des kleineren meiner anderthalb Zimmer den Himmel halbierte. Ich dachte es auch jedesmal, wenn ich durch das seit dem Krieg nicht mehr renovierte Treppenhaus zu meiner Hinterhausbutze emporstieg und die Tür, die ganz rechte von vieren, zu meinen 45 Quadratmetern aufschloß. Es war kein Trost, daß hier zu Heinrich Zilles Zeiten wahrscheinlich eine zehnköpfige Familie gelebt und das Bett, das ich, wenn überhaupt, nur mit einer einzelnen Frau teilte, tagsüber vermietet hatte. Seit dem heuschreckenartigen Einfall der Bratzen aus dem internationalen Mittelstand war mir klar, daß ich den Bezirk über kurz oder lang würde verlassen müssen; mit meinem geringen und höchst ungeregelten Einkommen war das jedoch faktisch unmöglich.

Der einst von den Verdammten dieser Erde bevölkerte Weichselplatz vor meiner Tür war ein riesiger Kinderspielplatz geworden, und die Eltern dort waren nur anhand ihrer Körpergröße von den Kindern zu unterscheiden, denn sie sahen genauso niedlich aus wie diese. Es hatten bereits ein kindgerechtes Café und ein pastellfarbener Eisladen eröffnet, und die Weichselstraße war ein heißer Tip für Gourmets geworden. Haute cuisine in Neukölln, das muß man sich mal vorstellen! Es war schon fast so schlimm wie im Prenzlauer Berg.

Am Anfang dachte ich noch, es läge vielleicht an meinem Beruf, daß mir die Schnuckeligkeit, die sich da draußen breitmachte, ebensosehr auf die Nerven ging wie die Plüschgemütlichkeit, die nicht weniger spießig aussieht, wenn die Polstergarnituren vom Sperrmüll kommen, statt frisch aus dem Möbelhaus. Als Architekt steht man nun mal ganz und gar nicht auf Rüschchen an Stehrumchen aus buntem Filz, die horrend teuer sind, dabei aber aussehen wie selbstgemacht. Maximal unsexy für mich, der ich bereits im ersten Semester den Aufsatz „Ornament und Verbrechen" von Adolf Loos hatte auswendig lernen müssen. Wenn unser Bürgermeister nicht schwul wäre, dachte ich oft, dann hätte man es ihm nicht durchgehen lassen, daß er die Malaisen der Stadt, für die er doch sorgen sollte, so mal nebenbei mit „arm, aber sexy" wegwedelte. Immer ne kesse Lippe, diese schwulen Buben, und so herrlich respektlos! Und gleichzeitig fanden es die Horden aus den Suburbs von jenseits des Atlantiks und vom Mittelmeer vermutlich gerade aufregend, daß es den Leuten hier egal ist, was einer in seinem Schlafzimmer treibt, weil hier nach wie vor „jeder nach seiner Fassongmanier" gilt, was die Entrechteten früherer Jahrhunderte herzog, die Entrechteten, wohlgemerkt, nicht die Überfressenen. Aber jetzt … Irgendwann ist Schluß mit lustig. Und mit billigen Mieten.

Flugblätter verteilte vor dem Podium eine Frau in meinem fortgeschrittenen Alter, deren vollkommen unangestrengte Schönheit mich umwarf. Sie trug ein dunkelblaues Kostüm, das nicht nach Karstadt am Hermannplatz aussah, aber auch nicht nach Grunewald. Keine Goldknöpfe. Solche Frauen kannte ich bislang nur aus Paris. Sie aber sprach: „Junger Mann, bitteschön, lesense dit hier" und überreichte mir ein Flugblatt. Dessen Überschrift lautete: „Wir sind keine fiktiven Subjektivitäten, wir sind echt", und darunter befand sich eine Bleiwüste in Acht-Punkt-Schrift. „Dafür brauche ich meine Brille", sagte ich, und sie lächelte. „Ja, in dit Alta kommwa nu alle; solliks Ihn' so erklärn?" – „Ich bitte darum", sagte ich voller Vorfreude auf eine wunderbare Freundschaft, und sofort gesellte sich ein Mann zu uns. Er trug die Haare kurzgeschoren, ein Aufkleber auf seiner Bomberjacke teilte links, wo das

Herz ist, „I ❤ Kotti" mit, und trotz ihrer Gegensätzlichkeit merkte ich gleich, daß sie ein Paar waren. Er war nicht wegen der gerechten Sache zu uns getreten, sondern um darauf aufmerksam zu machen, daß der Weg zu dieser Frau über seine Fäuste führte.

„Ick bin der Ralf" sagte er und streckte mir die Hand hin. Ich nahm sie und sagte: „Freut mich. Wolfgang." Zwar freute es mich in Wirklichkeit überhaupt nicht, daß die schöne Frau ihn so anstrahlte, aber immerhin stellte sie sich mit demselben Strahlen nun auch mir vor. Sie hieß Emma (und später, als wir eine ganze Nacht lang um die Häuser zogen und Buttersäure nicht nur in alle Läden mit niedlichem Namen, sondern auch in die Lüftungsanlagen sämtlicher Flagship-Stores kippten, erzählte sie, daß es schon blöd sei, so zu heißen wie heutzutage die kleinen Mädchen, daß sie aber nach Emma Goldman benannt worden sei, weil ihre Eltern linksradikal waren, „noch sind", verbesserte sie, „aber schon emeritiert").

„Also, die Sache is die", sagte der Ralf, „wir ham die Schnauze voll von die fiktivn Subjektivitäten, wir wolln keene Niedlichkeit und keene Jeschichtsvajessenheit, weil, wir sin' nämlich ooch wer, und wir warn schon da, wie die Fiktivn noch nich jebohrn warn. Wir sin' nämlich Berliner." Das hatte ich mir allerdings vorher schon gedacht. „Der Ralf is unsa Rädelsführa", sagte Emma und legte leise ihre Hand an seine Hüfte. Um es kurz zu machen: Sie hatten die Schnauze voll, und nachdem sie das Buch „L'ordre règne à Berlin" des italienischen Soziologen Francesco Masci („unsa jeistja Brandstüfta", ergänzte Emma verträumt) gelesen hatten, war ihnen klargeworden, daß die internationale Niedlichkeit, die sich gerade in Neukölln versammelte und den Stadtteil in Turbogeschwindigkeit in einen zweiten Prenzlauer Berg verwandelte, in ihrem absoluten Desinteresse an der Herkunft dieser Stadt, an den bestehenden

109

Strukturen und an jeder anderen außer Klimapolitik Berlin am Ende unbewohnbar machen würde. Denn in Kreuzberg und Schöneberg seien sie auch schon, von Friedrichshain ganz zu schweigen, sie streckten ihre gierigen kleinen Hände auch nach Moabit und Weißensee aus, nicht einmal der Wedding sei mehr sicher!, und darum Widerstand das Gebot der Stunde. Sonst werde es am Ende nur noch Brot und Spiele geben, und Berlin werde so aussehen wie Campanellas Sonnenstaat oder Paris. „Wir verachten die absolute Kultur!" schloß Ralf, der so in Rage geraten war, daß er plötzlich hochdeutsch sprach.

Nun strahlte auch ich, denn mir waren während seines Vortrags die eisernen Ringe des Grolls von der Brust gesprungen, und es durchwallte mich eine Woge des Glücks, so frei fühlte ich mich mit einem Schlag. Das waren meine Leute!

Als erstes machten wir uns an die Mobilisierung der Massen von nichtfiktiven Berlinern, und das war ein Kinderspiel. Es dauerte keine zwei Wochen, bis alle wußten, was angesagt war: Krieg.

Es wurde ein Flächenbrand.

Icke & Er, das Rap-Duo aus Spandau, schrieben den Text zu ihrem Hit „Ick brauch keen Hawaii (weil, dit jefälltma hier)" um zu „Ick will keen Neukölln / wenn dit so is wie ihr / Haut endlich ab / Berlin is mein Revier". Das wurde die Hymne unseres Aufstands, und sie wurde von den Herthanern im Olympiastadion ebenso gegrölt wie von den Unionern an der Alten Försterei. Es gab auch sofort eine russische Version im Humta-Techno-Beat, die den vielen zehntausend einstigen Bürgern der Sowjetunion von Radio Russkij Berlin täglich stündlich eingebleut wurde (dort lautete der Refrain „Зачем мне ваша иллюзия / уже не в Советском Союзе я"). Wie unglaublich schnell das alles ging, wurde uns klar, als zum kostenlosen Soli-Konzert, das die Berliner Philharmoniker mit Nina Hagen als Frontfrau zwei Monate später unter dem Motto „Herz mit Schnauze voll" auf dem Tempelhofer Feld gaben, fünfhunderttausend Zuhörer kamen. All die Leute, die sonst nicht weiter auffielen, weil sie emsig und grau ihren Alltagsgeschäften nachgingen, all die Busfahrer und Krankenschwestern, die Klempner und Grundschullehrer, die Verwaltungsfachangestellten und Droscherieverkäuferinnen, die … ich werde schrecklich sentimental, wenn ich daran denke.

Es war über die Maßen erhebend, als diese Masse, die sich aus all denen zusammensetzte, die wußten, wie es war, als die Mauer noch stand und größtenteils hier geboren worden waren, „wir sind nicht sexy!" skandierte. Mit diesem Schlachtruf wurde anschließend, was einmal ein Flughafen war, so chaotisch wie möglich geräumt, nämlich über die schmalen Straßen im gleich angrenzenden Neukölln, und als die viele Stunden später wieder leer waren, gab's kein einziges Sperrmüllcafé mehr, keinen Laden für grobgestrickten Firlefanz, keinen Projektraum und nirgends WLAN, nichts.

An diesem Abend sah ich alte Anarchisten weinen.

Noch in derselben Nacht begann die Flucht. Wer Kinder hatte, ging sofort, wer keine hatte, in den folgenden Tagen. Die Bahn setzte alle verfügbaren Sonderzüge ein und sämtliche Fluggesellschaften flogen ein paar Tage lang nur noch nach Frankfurt, von wo es weiterging nach Denver, Chicago, Madrid und Rom. Dann lagen Neukölln und Friedrichshain verlassen da, die Rütli-Schule requirierte gleich mehrere der nunmehr leerstehenden Häuser, um ein Internat mit Migrationshintergrund aufzubauen, und es harrten nur noch jene Unverdrossenen der fiktiven Subjektivitäten aus, denen „absolute Kultur" nie *Five Minute Table Theater* bedeutet hatte, sondern stets *Party 'Till You Drop*.

Die Diskotheken („Klubs") in den aufgegebenen Fabrikanlagen waren also voll wie eh und je, und weil wir keine halben Sachen machen wollten, beschlossen wir, den Berghain zu belagern, um die letzten verbliebenen Subjektivitäten persönlich nach Schönefeld zu geleiten, wo die halbe Easyjet-Flotte bereitstand, um sie nach Katowice, Kiew und Odessa zu neuen Party-Locations zu bringen; die polnischen und ukrainischen Fremdenverkehrsämter kooperierten mit uns und hatten schon in mehreren alten Stahlwerken und Lagerhallen Stadionlautsprecher installiert sowie russische DJs eingekauft, es konnte dort sofort weitergehen.

Wir haben uns nachts um halb vier am Berghain getroffen, unbemerkt, denn der Disko-Eingang ist der vormalige Hinterausgang des einstigen Heizkraftwerks. Dort sieht es aus wie auf einer Baustelle oder halt wie märkische Streusandbüchse, aber der Haupteingang und der Hof sind ordentlich gekehrt. Der Sven hat uns alles gezeigt. Jetzt steht er wieder auf seinem Posten draußen vor der Hintertür.

Ich bin mit dem Taxi gekommen, weil ich den Weg nicht kannte. Der Taxifahrer hat, auf meine Bitte hin, zwar sein Grölradio ausgestellt, dafür aber während der ganzen Fahrt über das Rauchverbot in Lokalen geschimpft, so daß ich einigermaßen entnervt ankam, zumal er zum Abschied auch noch sagte, nun habe er sich den Psychiater gespart. Als ich das erzählen wollte, sagten Ralf und Emma, das sei nun gerade echt nicht angesagt, wir hätten Wichtigeres zu tun. Nur besteht dieses Wichtigere offenbar darin, daß sie im Biergarten hinten im Hof sitzen und schon mal den Sieg feiern. Sie sind alle ganz schön betrunken.

Mir macht das sehr schlechte Laune. Zur Stimmungsaufhellung habe ich das Gebäude bereits fünfmal umrundet. Ich habe die Häufen von riesigen Pflastersteinen auf der anderen Seite des Berghains begutachtet; vielleicht wird das ein neuer

Parkplatz für den Aldi-Markt nebenan, vielleicht plant das Bezirksamt Friedrichshain-Kreuzberg einen Aufmarschplatz für die Techno-Jugend, wer weiß. Die Ordnung herrscht in Berlin.

Die Rüdersdorfer Straße liegt still da, am Tor zum Berghain weist ein blaues Schild in fünf Sprachen auf die Kameraüberwachung hin, weiter hinten sitzen meine Gefährten auf Holzbänken und erzählen sich, was sie eh wissen, weil sie es gemeinsam erlebt haben. Ich beginne mich zu fragen, ob das wirklich meine Leute sind. Als ich vorhin sagte, es sei noch nicht vorbei, es gebe noch nichts zu feiern, hat Emma mich angefaucht und einen Miesepeter genannt und Ralf hat dazu gegrinst.

Darum denke ich nun daran, daß es hier nicht nur rührende Krankenschwestern und fleißige Klempner gibt, sondern auch unverschämte Taxifahrer und schnippische Verkäuferinnen, und zwar in Mengen. Will sagen: es gibt auch ein außerordentlich entnervendes Berlin. In Wirklichkeit pflege ich, wie die meisten, eine Haßliebe zu dieser Stadt. Und heute nacht überwiegt der Verdruß.

Eigenartig, so kurz vor dem Ziel.

Es ist schon längst wieder hell.

Nein, wir sind wirklich nicht sexy. Wir sind nur viele auf einem Haufen, die sich im Groben in Ruhe lassen, sich im Feinen aber grob benehmen. Heute kommt es mir schon komisch vor, daß ich „wir" sage und mich dazuzähle. Das habe ich, als ich herkam, viele Jahre lang nicht getan; wirklich dazugezählt habe ich mich wahrscheinlich erst, seit mir die neuen Neuankömmlinge so tierisch auf den Senkel zu gehen begannen. Womöglich ist das alles nur der gute alte Generationenkonflikt.

Nach Wiesbaden will ich trotzdem nicht zurück. Kann ich ja gar nicht. Nein, das geht nicht mehr. Das geht auf gar keinen Fall. Lieber in Neukölln verrecken! Ich werde schon wieder sentimental, „wo wird einst des Wandermüden / letzte Ruhestätte sein", diese Tour. Ach, sollen sie doch ihren Berghain haben und ihren Biergarten zum Betrinken. Ich werde jetzt mit dem Bus nach Hause fahren. Der Kampf geht natürlich weiter. Fragt sich bloß, welcher.

II

Nach der Rückkehr aus New York machte Berlin einen geradezu ländlichen Eindruck auf sie. Die Stadt wirkte wie eine unbewohnte offene Landschaft. Zwar waren Häuser und Straßen deutlich als städtische erkennbar, aber alles war weit, man konnte frei atmen, und der Himmel war keine rare Kostbarkeit, sondern umfing sie überall. Es gab Bäume, Büsche, Erde an Orten, die kein Zaun umfing und die auch nicht „Park" hießen, sondern einfach ein Stück unbebauter Grund waren, undefiniert, Brache. Noch immer gab es solche Flächen in Berlin; zwar wurden sie weniger, aber es gab sie noch, obwohl alles Geld der Welt gerade fleißig damit beschäftigt war, sie durch Bebauung mit normierten Eigentumswohnkasernen zu vernichten und dergestalt aus der aktuellen Welthauptstadt der Jugend eine ganz gewöhnliche, vom Geld plattgewalzte Metropole der westlichen Welt zu machen. Doch noch immer wirkten die Straßen leer, und die Passanten verloren sich in der Weite. Wie leer Berlin war, war ihr schon vor langer Zeit aufgefallen, als sie einmal aus Japan zurückkehrte und bei der Rückkehr ebenjene Leere fand, nach der sich in Tokio alle sehnten und die sie zum Beispiel im ohrenbetäubenden Lärm der Pachinko-Spielhallen zu finden suchten.

Eigentlich hatte sie ihre New Yorker Gewohnheiten beibehalten und jeden Tag ein weites Stück gehen wollen, aber zum Gehen war Berlin nun wirklich nicht gemacht – eben weil die Stadt so weit war und so leer. Sie war nicht wie Paris oder eben New York, wo man in einem fort auf etwas Interessantes stößt, wo man auf Schritt und Tritt vom Leben umfangen ist, ganz im Gegenteil. Die vielen, ursprünglich natürlich nicht geplanten, sondern durch Kriegseinwirkung und die sich anschließende schwachsinnige Stadtplanung entstandenen Brachen sträubten sich mit aller Kraft gegen das Flaneurswesen, das doch von einem Berliner erfunden worden war.

Lange Zeit hatte Berlin sogar, wie Tokio, eine leere Mitte gehabt, auch wenn sich die nicht in der geographischen Mitte der Stadt befand, sondern die Gestalt einer von der einen Seite schwerstbewachten, von der anderen Seite aber vollkommen ungeschützten Mauer hatte, die sich als einhundertfünfundfünfzig (155) Kilometer (km) langes Zentrum der Bedeutung um den westlichen Teil der Stadt wand. Diese Mauer war der Wesenskern der Stadt in jenem Moment ihres Daseins, ihres immerwährenden Werdens, gewesen, ohne diese Mauer hatte man sie seinerzeit gar nicht denken können. Nach ihrem Fall und ihrer materiellen Beseitigung gab es für eine Weile noch mehr große leere Flächen, als es zuvor schon gegeben hatte, dazu entleerte Gebäude, nämlich Fabriken, die nicht mehr betrieben wurden, weil mit ihnen kein Mehrwert zu erzeugen war, und Lagerhäuser, die nicht mehr gebraucht wurden, weil die Fabriken nichts mehr lieferten. Die leeren Flächen indes waren geschaffen worden, indem wichtige Institutionen des Staates, der untergehen mußte, um das nächste Kapitel der Geschichte dieser Stadt aufzuschlagen, entfernt worden waren, darunter sein Außenministerium und sein Volksversammlungshaus. Die hatten dicht beieinander gestanden, und so wurde durch ihren Abriß mitten in der Stadt, im tatsächlich so genannten Stadtteil Mitte, eine weitere Brache geschaffen.

Die ist jetzt nicht mehr leer, doch das scheint nur so, es ist rein äußerlich, denn just in jener Zeit, von der wir hier berichten, wurde sie mit überflüssiger Architektur zugemüllt.

Niemand brauchte das dort entstehende Gebäude, eine aufgehübschte Kopie des Schlosses, das einst dort gestanden hatte, denn es war bloß eine Reminiszenz an einen mehrere Kapitel zurückliegenden ganz anderen Abschnitt der Geschichte. In der Zwischenzeit waren schon mehrere weitere Kapitel geschrieben worden, gewaltige, und es hatten schon mehrere gequälte Generationen ihren Lauf beendet, seit das Originalschloß nicht mehr gebraucht wurde. Bei Baubeginn der Kopie war schon fast ein Jahrhundert vergangen, bei Fertigstellung war es wirklich ein Jahrhundert her, seit die letzten Bewohner das Original verlassen hatten, und es war auch schon ein langes Menschenleben her, seit dessen leere Hülle beseitigt worden war.

Das bedeutete, daß alles so bleiben würde, wie es war, daß die Stadt mit diesem bedeutungsleeren Gebäude also weiterhin ein leeres Zentrum haben würde, aber auch das schien nur so. Tatsächlich konnte man dem neuen Gebäude nämlich durchaus eine Bedeutung abgewinnen: man konnte es als steinerne Bekräftigung des Willens zur Bedeutungslosigkeit begreifen, obgleich die für den Bau Verantwortlichen natürlich anderes behaupteten. Sie glaubten sich nicht vom Willen zur Bedeutungs-, sondern vom Willen zur Harmlosigkeit geleitet. Doch ist das ein gefährliches Vorgehen, weil sie, indem sie es harmlos halten wollten, dieses Gebäude schutzlos denen auslieferten, die grimmig nach Bedeutung suchen und diese, sobald sie die Mittel dazu hätten, diesem Gebäude ebenso aufpfropfen würden wie der es umgebenden Stadt, dem es umgebenden Land. Ihre nur fiktive, darum umso brutalere Bedeutung würden sie ihm einrammen. Mit anderen Worten: dieses Gebäude war als Zentrale für einen neuen Faschismus perfekt geeignet. Weil es nichts als harmlos sein wollte.

Für den Moment ist festzuhalten, daß die Stadt sich, was ihren Inhalt angeht, entleert hatte. Als schämte sie sich ihrer

Bedeutung. Als wollte sie lieber bleiben, was sie während der Zeit, als ihre Mauer den Weltzustand materiell faßbar machte, war – im Westen ein großer Spielplatz, im Osten ein grotesker und terroristischer Nachklang des Verbrechens, aus dem der damalige Weltzustand entsprungen war.

Was allerdings die Bevölkerung angeht, hatte sich die Stadt keineswegs entleert, sondern es wuchs, ganz im Gegenteil, ihre Einwohnerzahl, und es wuchsen zahllose gesichtslose, zumeist nur für die Gutbetuchten bezahlbare Wohnbauten empor, und da sie zudem unendlich viele Besucher hatte, konnte man sie für geradezu überfüllt halten – aber nur theoretisch, nur, wenn man sie mit früher verglich und nicht mit den Hauptstädten und Metropolen anderer Länder.

BERLIN war zum Radfahren wie gemacht und Sophonisbe geradezu gierig auf ihr Fahrrad. Sie freute sich bei der Rückkehr aus New York am meisten, wenn nicht als einziges darauf, endlich wieder Fahrrad fahren zu können. Nicht, daß ihr die Rückkehr schwergefallen wäre – ihr war eigentlich jeder Ort recht, solange es sich dabei um eine Stadt mit mehreren Millionen Einwohnern handelte –, doch erfreute sie sich durchaus an den Unterschieden, fand es also in New York großartig, jeden Tag lange Gänge zu machen, in Berlin aber großartig, jeden Tag weite Strecken mit dem Rad zu fahren.

Alkeste hatte sie am Morgen vom zur allgemeinen Freude noch immer nicht geschlossenen Flughafen Tegel abgeholt und war dann ins Büro gefahren, nachdem sie sie zu sich nach Hause gebracht hatte. Die Übergabe von Mitbringseln wurde auf den Abend verschoben, und da auch Sophonisbes Schwager schon lange in der Kanzlei war, hatte sie das ganze Haus für sich und hätte ungestört viele Stunden schlafen können. Doch dazu war sie zu aufgeregt, und sie wollte auch nicht im Jetlag versinken. Darum ging sie nicht ins Bett, sondern holte ihr Fahrrad aus der Doppelgarage, putzte es in der Frühlingssonne und fuhr dann zum nächstgelegenen Fahrradreparateur, um die Kette ölen und nachschauen zu lassen, ob auch sonst alles in Ordnung war.

Am folgenden Tag radelte sie gut elf Kilometer von der Bogotastraße in Schlachtensee in die Charlottenburger Mommsenstraße, um Roxana und ihre neue Behausung kennenzulernen, singend, weil sie glücklich war, wieder in Berlin zu sein, einer Stadt, die man nie mehr verlassen kann, wenn man sie erst einmal liebgewonnen hat.

So gelangen wir vom grünen Südwesten am Stadtrand in den westlich des Neuen Westens gelegenen einst allerneuesten Westen, in eine Nebenstraße des Kurfürstendamms.

Das Haus lag zwischen Schlüter- und Bleibtreustraße. Ein Bentley war direkt davor schräg auf dem Gehweg geparkt, und zwar auf eine solche Weise, daß jeweils nur eine Person daran vorbeigehen konnte und dabei vorsichtig sein mußte, um nirgends anzustoßen. Neben dem Auto stand ein Mann im Rentenalter, der jedem, der sich daran vorbeizwängte, mitteilte, daß er die Polizei bereits informiert habe und daß es die Russen seien, die so etwas täten, die so parkten, und daß sie das seinetwegen in Moskau tun könnten, aber nicht hier.

Keiner hörte ihm zu, alle gingen weiter, nur Sophonisbe mußte verweilen, weil sie etwas suchte, an das sie ihr Fahrrad anschließen könnte.

Polleßei, infamiert, Russen, Moskau, hia nich.

Sie achtete streng darauf, dem Mann den Rücken zuzukehren, damit er sie nicht direkt anspräche und sie nicht unhöflich werden müßte, und es gelang ihr. Sie klingelte. Durch die Gegensprechanlage wurde ihr „zweiter Stock!" zugerufen, und sie dachte, daß es nicht gut anfange. Als sie oben ankam, stand die große Tür, die nun ihre werden und „daheim" bedeuten, durch die sie täglich gehen, unter der sie ihre Freunde empfangen und dem Paketboten den Empfang von was auch immer schriftlich bestätigen würde, weit offen und eine fremde Frau stand darin und schaute sie prüfend an. Genauso aufgeregt wie ich, dachte Sophonisbe, aber besser angezogen.

„Herzlich willkommen!" sagte Roxana. Das war eine korrekte Begrüßung, aber sie wurde nur von einem halben Lächeln begleitet.

Sophonisbe lächelte ganz, denn sie freute sich sehr auf ihre neue Behausung.

„Vielen Dank! Guten Tag."

Roxana trug eine gutsitzende Wollhose und eine locker sitzende Seidenbluse, das sah elegant und teuer aus, und ihr dunkelgraues Haar war zu einem akkuraten Bubikopf, einem unaufdringlichen, aber klaren Rahmen für ihr Gesicht geschnitten, ganz glatt.

Es wird nicht gutgehen, dachte Sophonisbe.

Ihre neue Hausherrin trat einen Schritt zur Seite und wies mit einer graziösen Öffnung des linken Arms in die Wohnung hinein.

„Tritt ein", sagte sie, „gib mir deine Jacke. Komm erst mal an."

Dann standen sie einander gegenüber und betrachteten sich, bis endlich auch Roxana lächelte, fast lachte.

„Ja, so sehen wir aus. Jetzt kennen wir uns zumindest schon von außen. – Ich zeig' dir mal die Wohnung. Hier vorne wohne ich, das ist mein Arbeitszimmer, Küche, Bad. Ich habe die Küche nach vorne verlegt und dafür hinten ein zweites Bad einbauen lassen, das gehört zu deinem Zimmer." Eine Tür war zwar nur angelehnt, wurde aber nicht geöffnet; die führte in Roxanas Schlafzimmer, das auf den Hof ging.

Das Berliner Zimmer war erstaunlich hell, sein Fenster

nämlich riesengroß. Es standen Sessel und Sofas darin, der Couchtisch war zum Kaffee gedeckt. Mit Wohlgefallen bemerkte Sophonisbe, daß *Petits fours* bereitstanden.

„Das ist das Wohnzimmer, etwas anderes kann man aus diesem Zimmer ja nicht machen. Ich habe nach Thorwalds Auszug alles neu streichen lassen und gründlich ausgemistet."

„Da habe ich ja Glück", sagte Sophonisbe, die sich indes nicht vorstellen konnte, daß sich bei Roxana Dinge ansammeln könnten, die ausgemistet werden müßten.

„Ich mache das sowieso regelmäßig, aber du kommst genau im richtigen Moment. Wenn man nicht regelmäßig möglichst viel Krempel wegschmeißt, erstickt man. Das wäre dein Zimmer."

„Oh."

Es war das letzte Zimmer am Flur nach hinten, es war lichtdurchflutet, man schaute auf den großen Baum im Hof, und es war riesig.

„Das waren einmal zwei Zimmer."

„Es ist so hell! Und man kann den Himmel sehen! Und überhaupt, deine Wohnung ist ja noch größer als die von Alf und Deborah!"

Roxana lächelte jetzt wirklich.

„Ich habe Glück gehabt", sagte sie, und daß sie nun schon seit über dreißig Jahren hier wohne und nicht mehr wegkönne, weil die Wohnung so toll war. Und daß sie froh sei, so viele Zimmer zu haben, weil sie nicht gerne alleine wohne.

„Da habe ich nun auch Glück. Doppelt Glück. So ein schönes Zimmer!"

„Na ja, Glück. Ich freue mich wirklich, daß das klappt, und ich freue mich, daß alles in der Familie bleibt, also daß Bedolf dich vermittelt hat, der ist ja Thorwalds bester Freund."

„Er heißt jetzt Alf."

„Wie auch immer." Roxana hustete ein Lachen. „Seine Frau hat ihm diesen Namen gegeben, sie hat ihn sich für sich zurechtgebogen. Sie hat ihn praktisch erfunden. – Komischer Vorgang, daß Frauen sich ihre Männer nach ihren Vorstellungen gestalten. – Leicht unappetitlich."

Darauf reagierte Sophonisbe nicht, was ihr etwas Unbehagen bereitete, immerhin war ihr Deborah sehr lieb, und sie hätte sie verteidigen sollen. Aber sie stritt sich sowieso nicht gerne, um nicht zu sagen, sie vermied jeden Streit, so gut es ging, und gerade bei der ersten Begegnung mit Roxana wollte sie gewiß keine Kampflinien ziehen. Also blieb sie still, denn ihr schien, daß Roxana sich gerne ausführlich darüber ausgelassen hätte, warum Alf jetzt so hieß, wie er hieß, und gerne ein bißchen schlecht über Deborah geredet hätte, vielleicht auch über Alf, nein, über Alf wahrscheinlich nicht. Sie vermutete, daß da mal was war zwischen Alf und Roxana, denn anders war nicht zu erklären, wie jemand Deborah anders als zauberhaft finden konnte. Was Roxana von Deborah hielt, wollte Sophonisbe nicht hören, und darum wurde der Weg ins Wohnzimmer, Berliner Zimmer, schweigend zurückgelegt.

Sobald sie auf dem Sofa saßen, jede auf einem eigenen kleinen Sofa, Kaffee eingeschenkt war, auf jedem Teller ein *Petit four* lag und Sophonisbe gerade ihre Gabel in ihres hineinstechen wollte, sagte Roxana, sie habe ihre Gedichte gelesen. Da erschrak die Autorin, und nicht nur, weil es streng klang.

Sie setzte sich zurück und legte die Hände zusammen; die Gabel stach aus der doppelten Faust der ineinander verschränkten Hände hervor. Zwar wies sie nicht auf Roxana, sondern an die Decke, war jedoch klar als Waffe zu erkennen. Sophonisbe konzentrierte sich, sie war auf einen Angriff gefaßt, aber Roxana sprach nicht weiter. Sophonisbe nahm die Gabel wieder richtig in die Hand.

„Und ich habe einen deiner Ratgeber gelesen."

„Na, da schau her. Welchen denn?"

„Den über den Umgang mit Verrückten und Wütenden."

„Ach." Roxana lächelte. „Warum denn gerade den?"

„Weil ich mit einem Verrückten und Wütenden zu tun hatte."

„Ach so. Na, ist ja eigentlich klar."

So konnte kein Gespräch stattfinden. Gott erkannte, daß er eingreifen mußte. Er wirkte leicht verpeilt, als er aus seiner Maschine trat, als habe man ihn aus dem Schlaf gerissen, das heißt, so war es auch, denn er hatte sich gerade zu einem Nickerchen hingelegt. Gott also, aus dem Schlaf gerissen, trat aus seiner Maschine heraus, wedelte mit den Händen und sagte:

„Kollege kommt gleich."

Nein, das hat er natürlich nicht gesagt, ich mach' nur Spaß. In Wirklichkeit flüsterte er beiden gleichzeitig ins Ohr (denn auf diese Weise wird Gotteswort übermittelt):

„Leute! So kann kein Gespräch stattfinden!" Damit erzeugte er absolute Einigkeit, was genau der Sinn der Übung war, und brachte die Maschine wieder zum Laufen – nicht die Gottesmaschine, sondern die soziale Maschine.

„So kann kein Gespräch stattfinden", sagte Sophonisbe,

„ja, stimmt", fiel ihr Roxana geradezu ins Wort und sprach ohne Pause sofort weiter:

„Was rate ich in so einem Fall? Laß mich nachdenken."

Sophonisbe entspannte sich wieder und stach endlich in ihr *Petit four*, Roxana hingegen nicht in ihres, sie dachte wirklich nach.

„Das ist doch eigentlich mein Lieblingsthema, *communicado, incommunicado* … und jetzt mach' ich's selber falsch."

„Ist ja auch aufregend, wenn man sich gerade erst kennengelernt hat und dann gleich zusammenwohnen will."

„Damit hat das nichts zu tun, diese Situation kenne ich schon. Es geht um Gesprächsführung."

Ach so.

„Nicht gleich mit der Tür ins Haus fallen, das war es wohl. Tut mir leid. Aber nun bin ich schon mit der Tür ins Haus gefallen, darum können wir auch so weiterreden."

Aha.

Sophonisbe wurde es etwas warm.

„Deine Gedichte gefallen mir sehr gut."

„Das freut mich."

„Vor allem dein erstes Buch hat mich überzeugt. Daß du zwar mit Liebesgedichten anfängst, also so jugendlichem Kram, aber den zugleich in der Mythologie verankerst und diese dabei neu interpretierst."

Mythen in Tüten, dachte Sophonisbe. Es war so lange her, daß sie dieses Buch veröffentlicht hatte, und es war derartig vorbei, was sie seinerzeit beschäftigt hatte, daß ihr dieses Buch gar nicht mehr wie eines ihrer eigenen erschien. Es war ja überhaupt vorbei mit der Lyrik, aber das hatte sie noch niemandem gesagt und wollte sie überhaupt nicht allgemein verkünden, bevor sie nicht anderes als Lyrik vorlegen konnte, und jetzt im Moment wollte sie das, um nicht neue Fragen zu provozieren, schon gleich gar nicht bekanntmachen. Sie hätte sehr gerne der auf ihrer Gabel liegenden Hälfte ihres *Petit four* die Aufmerksamkeit geschenkt, die es verdiente. Sie hätte sich sehr viel lieber mit dem Schaffen des Konditors beschäftigt als mit ihrem eigenen.

„Ist lange her", sagte sie.

„Ja, der Liebeskrempel geht vorbei." Roxana lachte wieder kurz auf, und wieder klang es böse. „Auch der Leibeskrempel."

„Ich schreibe jetzt gar keine Gedichte mehr."

Nun hatte sie es doch gesagt. Es geschah ihr oft, daß sie

genau das tat oder sagte, von dem sie wußte, daß sie es gerade jetzt gewiß nicht tun oder sagen sollte. Je strenger sie sich vornahm, etwas nicht zu tun oder zu sagen, desto sicherer tat oder sagte sie es.

„Jetzt schreibst du gar keine Gedichte mehr. – Ja, es geht alles vorbei. – Warum denn nicht?"

War ja klar. Die schwierigsten Fragen gleich am Anfang.

„Bitte nicht", sagte Sophonisbe, „nicht die schwierigsten Fragen als allererste stellen."

„Gut", sagte Roxana, zu deren Ratgebern keiner gehörte, der auf den Umgang mit Dichtern und anderen Künstlern vorbereitet hätte. Doch empfand sie dies nicht als Mangel.

„Auch ich habe das Sujet geändert", sagte sie, „ich schreibe keine Ratgeber mehr. Ich ruhe mich auf meinen Lorbeeren aus."

Und auf deinem Geld, dachte Sophonisbe, die nicht nur sah, wie groß diese Wohnung war, sondern auch ihre geschmackvoll gediegene Ausstattung und Einrichtung wohl bemerkt hatte.

Sie war froh, daß ihr Schaffen als Thema beendet war, auch wenn das mit der inhärenten Aufforderung, nach Roxanas neuem Sujet zu fragen, geschehen war. Ihr schien, daß ihre künftige Wohnungswirtin gerne über sich selbst sprach, zumindest ihre Ansichten gerne mitteilte, da sie natürlich welche hatte. Aber das taten nun die meisten, und das war eigentlich gut so, weil Sophonisbe, die keine Ansichten hatte, sowieso lieber zuhörte, als selbst zu reden, wenn sie sich überhaupt mit jemandem unterhielt. Gespräche mit ernstem Inhalt waren nicht ihre Lieblingsbeschäftigung. Aber nötig, um Material zu sammeln. Oder es war umgekehrt: sie schrieb überhaupt nur, um das Material loszuwerden, das sich ohne ihr eigenes Zutun in ihr ansammelte, bis es ihr das Hirn verklebte, weil die anderen immer so gerne ihr vieles Material loswerden wollten. Roxana zum Beispiel wäre gerne gefragt worden, welchem neuen Sujet sie sich zugewandt hatte, und Sophonisbe wußte sich nicht anders zu helfen, als zu willfahren. Sie hielt weiterhin die beladene Gabel in der Hand.

„Was hat es denn mit ‚*communicado, incommunicado*‘ auf sich?", fragte sie also brav, „schreibst du jetzt darüber einen Ratgeber?"

„Nein, ich schreibe überhaupt keine Ratgeber mehr, habe ich doch gerade gesagt."

So strikt müßte ich das auch sagen können, dachte Sophonisbe, einfach „ich schreibe überhaupt keine Gedichte mehr" sagen und basta – so muß man das machen! Aber solche klaren Ansagen, Aussagen gelangen ihr nicht leicht, um nicht zu sagen, gar nicht.

„Das ist mehr so eine Dauerbeobachtung über allgemeines Gesprächsverhalten", fuhr Roxana fort, „ich habe festgestellt, daß die Leute in der Regel gar nicht miteinander sprechen, daß sie sich vor allem die wichtigen Dinge nie sagen, sondern immer daran vorbeireden und aneinander vorbei. Darum müssen sie ja Ratgeber lesen, um überhaupt irgendwie zurechtzukommen. Aber einen Ratgeber kann man daraus nicht machen, will ich auch nicht, ich beobachte das halt nur. Das heißt, als erstes bin ich natürlich in den gewohnten Ratgebermodus verfallen und dachte, es müsse einer werden, aber das geht nicht; das ist zum einen zu schwierig, zum anderen zu läppisch. ‚Wie muß ich mit meinem Friseur reden, damit er mir die Haare so schneidet, wie ich es mir vorgestellt habe?‘, so in der Art, aber ich habe, wie gesagt, keine Lust auf Ratgeber mehr. Mich beschäftigt es halt, wie die Leute miteinander reden, das heißt, nicht miteinander, sondern nur so aneinander hin, aber das müßte man irgendwie anders verarbeiten."

In Gedichtform natürlich oder als Roman, dachte Sophonisbe, die ganz dieselben Beobachtungen schon ihr Leben lang machte, deren gesamte Berufslaufbahn im Grunde auf diesen Beobachtungen beruhte, und um zu verhindern, daß Roxana sich als künftige Kollegin präsentierte oder gar die Rollen verkehrte und sie um Rat fragte, sagte sie, daß sie es schon gut fände, wenn sie wüßte, wie genau man mit einem Friseur sprechen müsse, damit er einem die Haare richtig schneidet; immerhin habe sie so manch schlimme Erfahrung mit Friseuren gemacht.

„Zzzzz", machte Roxana, „klar, wer hätte solche Erfahrungen nicht gemacht? Das meine ich doch mit ‚läppisch‘!"

„Ja, aber gerade hier brauchen die Leute doch Rat. Weil die meisten doch in einem fort über ihre Haare nachdenken, und trotzdem geschieht es ihnen regelmäßig, daß sie vom Friseur entstellt werden."

„Ach komm, wer denkt denn in einem fort über seine Haare nach!"

„Ich zum Beispiel."

„Also gut. Ich tue das nicht, und ich wollte jetzt auch bestimmt nicht über Haare sprechen."

Wieder so eine klare Ansage!

„In Wirklichkeit interessiert mich natürlich der schwierige Teil, das Gespräch zwischen Freunden und in der Familie, wo *communicado* nötig wäre und *incommunicado* geschieht, und daraus kann ich keinen Ratgeber machen und auch kein populäres Sachbuch."

„Hm", machte Sophonisbe und schaute dabei auf ihren Teller, wobei sie daran dachte, wie gerne sie Kuchchen aß. Dabei dachte sie zugleich, wie stets, wenn kleiner Kuchen sich ihr ins Bewußtsein schob, an Georg Herrmann, von dem sie dieses Wort gelernt hatte, und fragte sich einmal wieder, wie er darauf gekommen war, ob die Leute wirklich einmal so geredet und Kuchen wirklich Kuchchen genannt hatten oder ob das nur ein Privatwort in seiner Familie gewesen war.

Roxana erkannte, daß Sophonisbe nicht darüber sprechen wollte, welche Form sich für schwierige Themen am besten eignete, darum kam sie nun doch auf deren Werk zurück, das war am einfachsten.

„Ich habe auch deine anderen Bücher gelesen, in der Reihenfolge ihres Erscheinens, aber dieses hat mich schon besonders beeindruckt. Vor allem die Neuinterpretation des Mythos von Echo und Narziß hat es mir angetan. – Siehst du, jetzt sage ich es auch schon in dieser Reihenfolge."

Ja, die Neuinterpretation des Mythos von Echo und Narziß! Die war interessant! Von der waren seinerzeit auch die Rezensenten äußerst angetan gewesen, und die war überhaupt der Grund dafür, daß die Neuinterpretin genug Stipendien bekam, um ihren Lebensunterhalt davon zu bestreiten. „Echo und Narziß" war das Etikett, das auf ihr klebte, sie war die, die es umgedreht, die weibliche Seite in den Vordergrund gestellt, den akademischen Feministinnen schönes Material geschaffen hatte usw., sie, Sophonisbe, deren Name zugleich auf diese ganz außergewöhnliche Malerin des 16. Jahrhunderts verwies, auch ein schönes Forschungsthema, aber in erster Linie war es der Mythos von Echo und Narziß, womit sie geschlagen war. Gut, es gibt Schlimmeres.

„Eben weil ich das Gesprächsgebaren der Leute beobachte – darum hat es mir so gut gefallen, wie du Echo beschreibst. Daß sie keine Kommunikation verweigern kann, aber nie selbst das Wort ergreift, daß sie immer antworten muß, aber nie etwas anderes sagt, als was die anderen zuvor gesagt hatten."

„Ja", sagte Sophonisbe. Was sollte sie auch sonst sagen, Roxana hatte korrekt dargestellt, was ein Echo ist, das seinen Namen von jener Nymphe herleitet.

„Und wie würdest du so *communicado-incommunicado*-technisch unser gerade stattfindendes Gespräch beschreiben?"

„*Touché*", sagte Roxana, und Sophonisbe konnte endlich ihr *Petit four* essen.

ES MACHTE IHR WENIGER FREUDE, als sie erwartet hätte. Das lag an der langen Verzögerung des Verzehrs, wodurch sich die unschuldige Vorfreude in das Gefühl eines Mangels verwandelt und das kleine Gelüst auf etwas Süßes sich zu einem veritablen Wunsch gesteigert hatte. Das aber war zuviel für so einen kleinen Kuchen und den höchst alltäglichen Vorgang, ihn zu verzehren; darum artete er in die Frustration der Wunscherfüllung aus, Sophonisbe war es wohl bewußt. Zudem hatte auch Roxana in ihr *Petit four* gestochen, und zwar mit solch freudloser Präzision, daß man meinen konnte, sie sei zum Kuchenessen vertraglich verpflichtet und erfülle nur ihre Pflicht als soziales Wesen, das in seiner deutschen Ausprägung gerne am Nachmittag für einen Moment innehält und dabei ein Stück Kuchen und eine Tasse Kaffee zu sich nimmt. Ach, da bleiben einem leicht die Kuchenbrocken im Halse stecken, und gerne würde man daran ersticken, statt jemals noch irgendwelchem sozialen Brauch zu huldigen! Wenn das Gegenüber ihn so verachtet.

Da beide wohlerzogen waren und mit vollem Mund nicht sprachen, ergab sich ein Moment der Stille. Den wollen wir nutzen, um den Leser endlich davon in Kenntnis zu setzen, was es nun eigentlich mit Echo und Narziß auf sich hat:

>*Ein Kind, das man damals schon hätte lieben*
>*können, gebar aus schwangerem Schoß die herrliche Nymphe.*
>*Und sie nennt es Narcissus. Befragt, ob diesem bestimmt sei,*
>*daß er nach langer Zeit die Reife des Alters erlebe,*
>*sprach der zukunftwissende Greis: „Wird sich selber er nicht schauen!"*
>*Eitel erschien der Spruch des Sehers lange: Des Knaben*
>*Ende, die Art seines Todes, sein neuer Wahn, er bewies ihn.*
>*Denn schon hatte der Sohn des Cephisus zum fünfzehnten Jahre*
>*eines gefügt und konnte so Jüngling scheinen wie Knabe.*
>*Jünglinge haben ihn viele begehrt und viele der Mädchen.*
>*Doch solch harter Stolz war gesellt seiner lieblichen Schönheit:*
>*Keiner der Jünglinge hat ihn gerührt und keines der Mädchen.*
>*Als in die Netze er trieb die scheuen Hirsche, erblickte*
>*einst ihn die Nymphe, die weder gelernt, einem Anruf zu schweigen,*
>*noch zu reden als erste, des Widerhalls Ruferin Echo**

Echo kann die Klappe nicht halten, kann die Kommunikation nicht verweigern; sie muß immer antworten, hat aber nichts zu sagen, wie es scheint. Ein klarer Fall von *incommunicado.* Jedenfalls sagt sie nicht, was sie zu sagen hätte, sondern antwortet immer nur und sagt dann genau dasselbe wie der, der zuerst gesprochen hat und sie womöglich gar nicht meinte, womöglich gar nicht mit ihr reden wollte, so wie Narcissus. Der will nicht mit ihr reden, der will sie sowieso nicht, und zwar ganz und gar nicht, und seine Zurückweisung wirft sie als Einladung zurück, denn so hätte sie es gerne verstanden. Höchstens im Mißverstehen kann sie sich äußern, aber dazu gibt es wenig Gelegenheit.

Damals war Echo noch Leib, nicht Stimme nur, doch ihrer
Sprache
hatte nur d e n Gebrauch die Geschwätzige, den sie noch jetzt hat,
daß sie von vielen Worten die letzten nur kann wiederholen. *

Sie sagt nichts Neues, nie etwas Neues, nicht und nichts Neues, sie sagt immer und ausschließlich dasselbe wie das soeben
Gehörte, wie das zuvor schon Gesagte. Es scheint, sie hätte
keine eigene Meinung. Aber das ist nicht wahr. Sie kann sie
nur nicht mitteilen, denn dafür haben die Götter sie nicht gemacht. Und mit der Zeit gewöhnt sie sich daran und vergißt,
was sie selber denkt. (Frauenschicksal.)
   Die immer antwortende Echo, die sich nie vordrängt, aber
immer das letzte Wort hat – und daraus folgt dann dies:

nimmer ruhender Kummer verzehrt den kläglichen Leib, und
dörrend schrumpft ihre Haut, die Säfte des Körpers entweichen
all in die Lüfte. Nur Stimme und Knochen sind übrig. Die Stimme
blieb, die Knochen sind, so erzählt man, zu Steinen geworden. *

Doch auch Narcissus vergeht, und zwar als erster:

Man fand eine Blume statt seiner, dem Crocus
gleich, die mit weißen Blättern umhüllt das Herz ihrer Blüte. *

Echos Leib verdorrt, es bleiben nur ihre Knochen, das Gerüst,
und die Knochen werden Steine. Narcissus hingegen stirbt an
Entkräftung, er liebt sich zu Tode. Siehe Caravaggios Darstel-
lung: hypertrophierter Pimmel, übergroßes Begehren seiner
selbst. Nicht auszuhalten, darum schlägt er sich – als wolle
er sich wieder zur Vernunft bringen. Aber die hat nichts zu
melden, wenn der Trieb erwacht ist, um so weniger, wenn das
zum ersten Mal geschieht, wie in Narcissus' Fall. Echo wirft

Narcissus' Klagen und das Geräusch seiner sich selbst geißeln-
den Schläge zurück. Sie klagen gemeinsam, es ist eine gespie-
gelte Stimme; wenn Narcissus klagt, dann auch Echo, wenn
Narcissus' Stimme verklingt, dann auch ihre, und von beiden
bleibt nichts übrig außer ein paar Steinen, einer Blume – und
Echos Echo.

Dieses erste Gespräch oder sagen wir: dieser Anfang des Gesprächs, das sie in der Folgezeit laufend führen würden, weil es kaum anders geht, wenn man eine Wohnung teilt, war holprig, aber das fanden sie beide nicht schlimm. Zwar gab er ihnen zu denken, dieser Anfang, doch waren sie alt genug, um zu wissen, daß es keine Liebe auf den ersten Blick sein muß, um sich gut zu vertragen, und daß es fürs gedeihliche Zusammenleben womöglich sogar besser ist, wenn es nicht als große Liebe anfängt, sondern als gefühlsfreies, rein aus praktischen Gründen geschlossenes Bündnis. Sophonisbe brauchte eine Unterkunft, Roxana jemanden, der ihre übergroße Wohnung belebte, das war alles.

Roxana schrieb in ihr Tagebuch:
Ich weiß nicht, mal schauen. Es sind keine Katastrophen zu befürchten, sie wird nichts kaputtmachen. Mit Bedolf hatte sie nichts, da bin ich ziemlich sicher, dafür hat sie auch nichts gegen seine Frau. (Herrgott! Tempi passati!!)

Sophonisbe schrieb in ihr Tagebuch:
Diesem Anfang wohnte kein Zauber inne, aber die Wohnung ist toll.

Mehr als sich gut zu vertragen (sich nicht im Weg zu stehen, sich nicht auf die Nerven zu gehen), wollten sie nicht voneinander, und was sonst noch geschieht – ob sonst noch was geschieht, wird sich weisen. Vorerst war nur wichtig, daß sie beide dieselben Vorstellungen von Ordnung und Sauberkeit hatten und die Haushaltsgeräte sicher bedienen konnten. Beide schätzten eine aufgeräumte Wohnung, sahen Staub auch in geringen Mengen, erwarteten dasselbe von der Putzfrau, und beide gehörten nicht zu den Leuten, die das Geschirr abfleien, bevor sie es in die Spülmaschine stellen. Vor allem aber wußte Sophonisbe, daß man in fremden Küchen alles genau so machen muß, wie es der Besitzer dieser Küche tut, und zwar ganz genauso. In der Küche sind neue Ideen am schwersten zu verwirklichen, dort ist Veränderung nicht erwünscht, und Revolutionen müssen leider draußenbleiben.

Sophonisbe hatte das im Verlauf der vielen Jahre, in denen sie bei immer anderen Leuten gewohnt und in fremden Küchen gewirtschaftet hatte, gelernt, aber sie hätte es auch aus Roxanas Manierenratgeber erfahren können:

Fremde Küchen

In fremden Küchen die dort geltenden Regeln einhalten und keineswegs die eigenen durchzusetzen versuchen!

Höchstens, und zwar nur, um wirtschaftlichen Schaden oder allgemeine Gefahr abzuwenden, von den eigenen Regeln *berichten*. Keinesfalls mehr, nicht drängen, nichts vorschreiben!

☝ Die Küche ist so intim wie die Unterwäsche.

So lebten sie hin.

Ein langes, die meiste Zeit vollkommen ziellos erscheinendes Studium hatte Roxana auf ihr so erfolgreiches Geschäft vorbereitet. Sie hatte mehrere Male das Fach gewechselt, bevor sie im Alter von dreißig Jahren die Universität geradezu plötzlich mit einem ordentlichen Diplom verließ; da war ihr nämlich die Idee mit den Ratgebern gekommen. Der erste

Wie kommt die Butter aufs Brot?

Tischmanieren für Stadtbewohner
— Schließt auch Stehtische ein! —

erschien nur wenige Monate nach ihrer letzten Prüfung im Fach Soziologie, zu dem sie am Ende gewechselt war, um von der Uni loszukommen; dort hatte sie am wenigsten Schwierigkeiten, und es wurden dort die meisten ihrer an anderen Instituten erworbenen Scheine anerkannt. Sie hatte mit Philosophie und Religionswissenschaft begonnen, war dann zur Volks- und Betriebswirtschaftslehre gewechselt, worauf ein kurzer Ausflug zu den Juristen folgte, bevor sie einfach überall hinging, zu den Kunsthistorikern, den Archäologen, den Ethnologen, den Literaturwissenschaftlern und in andere Orchideeninstitute. Ihre Diplomarbeit hatte sie über Georg Simmels in Tageszeitungen veröffentlichte Arbeiten geschrieben („Die Popularisierung der Soziologie am Beginn ihrer Existenz als eigene Wissenschaft"), denn die erschienen ihr eine gute Vorbereitung für ihr Vorhaben, die Königin der Ratgebertanten zu werden.

Diese Ratgeber waren mittelformatige dünne Büchlein mit flexiblem Umschlag in stets derselben Gestaltung. Ursprünglich sollten sie „Die roten Ratgeber" heißen, aber nachdem sie bei einer Gründerbörse mit einem Werbepsychologen ins Gespräch gekommen war, hatte sie sie „Rosis Rote Ratgeber" genannt. („Roxis Ratgeber" ging nicht, das hätte eher nach

Spaßbüchern für Nachtclubbesucher geklungen, und „Roxanas Ratgeber" ging schon gleich gar nicht. Mit so einem Namen wie dem ihren mußte man vorsichtig sein. Die Leute hielten einen leicht für entweder arrogant oder überkandidelt, wenn man schon bei der Vorstellung aus dem Rahmen fiel, auch wenn man in Wirklichkeit gar nichts dafür konnte.)

„Menscheln ist das A und O im Geschäft, und in diesem natürlich besonders", hatte der Werbepsychologe gesagt, und das war schon der wichtigste Ratschlag, den er ihr hatte geben können. Es war auch der einzige, wie sie gleich ahnte, weswegen sie auf weitere Beratung verzichtet und keinen Termin mit ihm vereinbart hatte.

Eigentlich sollte er ein Prozent des Umsatzes bekommen, dachte sie später manchmal bei der Betrachtung ihrer überwältigend guten Geschäftszahlen, aber sie hatte seinen Namen vergessen. Allerdings konnte man sich das mit dem Menscheln nun wirklich selber denken, und sie hatte es sich ja auch selber gedacht; er hatte es ihr nur bestätigt. Sie hatte es nur einmal von jemand anderem hören müssen, um dieser Maxime folgen und hemmungslos menscheln zu können.

Der Erfolg ihrer Ratgeber beruhte darauf, daß sie ihre von überallher reich zusammengesammelte Bildung bei deren Abfassung nicht verheimlichte. Sie unterfütterte ihre Ratschläge also nicht mit Anekdoten aus dem belanglosen eigenen Leben, sondern damit, wie die Römer, die Griechen, die Ägypter usw. im gerade behandelten Fall verfuhren, auch die Neandertaler und der französische Hof vor der Revolution kamen vor, aufgrund der bei den Ethnologen besuchten Seminare zudem zentralafrikanische und südostasiatische Stämme, die bei irgendwelchen Gelegenheiten irgendetwas Spezielles machten oder aber es genauso hielten, wie es auch der moderne Mensch heute noch tat oder doch tun sollte. Außerdem konnte sie stets mit Erkenntnissen der Soziologie aufwarten und wählte zur Illustration gerne Fotos von Bildern und Skulpturen (dafür hatte sie eine Zeitlang sogar eine Kunsthistorikerin beschäftigt). Das gefiel den Leuten, denn sie hatten das Gefühl, mehr zu lernen als nur das, was der Buchdeckel versprach, und solange es außerhalb der dafür vorgesehenen Institutionen geschieht, macht Lernen auch denen Freude, die Bildung lächerlich finden.

Vor allem aber wandte Roxana sich nicht an den genormten Idealbürger, wie ihn die Fernsehwerbung oder die sogenannten sozialen Medien darstellen. Sie tat also nicht, was die lustigen Unterhaltungsromane tun, sie unterstellte nicht, daß es diesen vorschriftsgemäßen Idealbürger auch in einer herrlich verpeilten Form gäbe, vielmehr betrachtete sie eine solche Unterstellung als besonders perfide Methode, den Leuten einzutrichtern, wie sie zu sein hätten; denn der herrlich verpeilte Idealbürger ist ja doch derselbe wie der sachlich agierende, nur andersherum, nur ein Spiegel der vorgeschriebenen Norm – womit die tatsächlich vorhandene allgemeine Wesensform des tatsächlichen vorhandenen Menschen grundlegend negiert wird. Ihr aber war wohl bewußt, daß es für das menschliche Wesen keinen goldenen Schnitt gibt, sondern sich die meisten Leute mit mehr oder weniger stabilen Hilfskonstruktionen über Wasser halten. Und sie wußte, daß Verpeiltsein in Wirklichkeit nicht herrlich, sondern grausig anstrengend ist.

Darum waren ihre Ratschläge nicht genormt und eben gerade nicht in Frauenzeitschriften zu finden. Gegen Überdruß zum Beispiel empfahl sie nicht verstärkte Aktivität, sondern dies:

Gegen Überdruß hilft ein Wechsel der Perspektive

Betrachten Sie Ihre gewohnte Umgebung einmal von einem ganz anderen Punkt aus.

Nähern Sie sich vertrauten Orten von anderswoher.

Steigen Sie aus der U-Bahn nicht am gewohnten, sondern an einem anderen Ausgang aus.

Fahren Sie mit dem Bus nicht bis zur nächstgelegenen Haltestelle, sondern eine weiter.

Machen Sie mit dem Auto einen Umweg.

Fahren Sie die Wege, die Sie sonst mit dem Auto fahren, mit dem Fahrrad.

Gehen Sie dort zu Fuß, wo Sie sonst Fahrrad fahren.

👍 Gehen Sie Ihre Wege einmal hinten herum!

Das stand in ihrem Ratgeber übers Verreisen, der mit dem Rat begann, sich zu fragen, ob man überhaupt verreisen wolle: ob das wirklich nötig sei oder man sich nur dem allgemeinen Zwang unterwerfe – oder eben aus Überdruß auf diese Idee gekommen sei. Sie hatte durchaus Verständnis für die, die es daheim am schönsten finden.

Auch ihr zweiter Ratgeber

Mit wem habe ich das Vergnügen?
Umgangsformen für Stadtbewohner
— Hilft auch auf dem Dorf! —

schrieb sich wie von selbst und lag bald, zusammen mit dem ersten, in jeder Bahnhofsbuchhandlung neben der Kasse. Das sehr kurze Vorwort endete jeweils mit dem Hinweis auf die erste Regel guter Manieren: die schlechten der anderen zu ignorieren.

Es folgte eine Reihe mit konkreter Lebenshilfe:

Sie sehen aber gut aus!
Kleidung und Körperpflege in der Stadt

Was soll ich mitnehmen?
Stadt, Land, Fluß: verreisen, statt verzweifeln!

deren Bände sich alle als Longseller erwiesen, und darauf die Reihe

Über den Umgang mit …

die sich noch besser verkaufte als die Manierenbücher. Sie begann, aus leidvoller eigener Erfahrung, mit dem Band

Über den Umgang mit Arroganten und Eitlen

Darauf folgten der Umgang

… mit Betrübten und Verzweifelten,

… mit Verrückten und Wütenden,

… mit Aggressiven und Egomanen,

… mit Müden und Überarbeiteten,

… mit Kindern und ihren Angehörigen,

und schließlich, das war die Krönung, der Band

Über den Umgang mit Eltern und Geschwistern

mit dem sie sich, da war sie schon über vierzig Jahre alt geworden, endlich ihre eigene Familie vom Leibe schaffte.

Damit hatte sie alles gesagt. Haushaltsratgeber wollte sie nicht schreiben (**Daunenkissen können Sie leicht selber waschen!**), auch über Ernährung wußte sie nichts zu sagen (**Kokosöl ist ein Wundermittel!**), zudem wuchs das Ingwernetz herauf, in dessen Rhizomen sich bald mehr Ratschläge fanden, als irgendwer hätte haben wollen.

Sie hatte alles gesagt, und dann erlosch der Trieb.

Sie übersiedelte in die Untotenkammer, in der jene Leute

aufbewahrt werden, deren Körper zum Sterben noch nicht bereit, die aber trotzdem schon tot sind.

Jeden Morgen hatte sie denselben Traum:

> Ich bin auf dem Weg zum Bahnhof, ich bin jeden Tag auf dem Weg zum Bahnhof, aber ich komme nie hin; immer geschehen Dinge, die verhindern, daß ich zum Bahnhof gelange, und es ist ein Problem, das mittlerweile schon allgemein bekannt ist. Auf dem Weg zum Bahnhof habe ich gute Geister kennengelernt, freundliche kleine Leute, hilfsbereite Kobolde, die mich abholen, um mich sicher zum Bahnhof zu geleiten. Inzwischen werde ich jeden Morgen von einer großen Menge solcher Kobolde vor dem Haus erwartet. In Wirklichkeit wollen sie mir aber gar nicht helfen, sondern sind bloß neugierig, ob es mir heute wohl gelingen, ob ich heute wohl hingelangen, ob ich es vielleicht heute endlich zum Bahnhof schaffen werde, zu dem ich mich jeden Tag begebe und zu dem sie mich jeden Tag begleiten, denn tatsächlich helfen sie mir überhaupt nicht, sondern stehen Spalier, freundlich grinsend. Das nützt nichts, ich komme nicht zum Bahnhof. Und natürlich stellt sich nicht nur den Kobolden, sondern auch mir die Frage, warum ich dort hinwill, was ich eigentlich vorhabe, ich will ja nicht verreisen. Was will ich am Bahnhof? Warum bleibe ich nicht einfach daheim? Und überhaupt: warum fahre ich nicht mit dem Auto?

Mit dieser berechtigten Frage wachte sie jeden Morgen auf, und natürlich war sie alt genug, um sich den Traum erklären und diese Frage beantworten zu können, denn natürlich hatte sie irgendwann einmal aufbrechen wollen, hatte fortgewollt, und zwar für immer, und war dann auch fortgegangen, für immer, und dieses Immer währte nun wirklich schon sehr lange – schon über drei, bald vier Jahrzehnte. Aus Immer war längst Jetzt geworden, ihr Alltag, der beides zugleich war, immer und jetzt. Sie war schon lange fort, und wo sie damals angekommen war, da war sie jetzt daheim.

Es war halt die Zeit für einen neuen Aufbruch gekommen, das war alles, ganz einfach. Darum träumte sie vom Bahnhof und nicht vom Auto, das zum Fortfahren viel bequemer gewesen wäre, weil es direkt vor der Tür stand, und in dem sie all ihre Koffer leicht hätte verstauen können. (Doch nahm sie gar keine Koffer mit, wenn sie davon träumte, zum Bahnhof zu gehen, nicht einmal ihre Handtasche, sondern trug nur ihren nicht zugeknöpften Mantel, der offen um sie herumwehte, weil das schick aussah.)

Ein Bahnhof paßt besser zu so einem Aufbruch als ein Auto, denn sobald der Zug abgefahren ist, gibt es kein Zurück mehr. Den Zug kann man nicht anhalten, man kann höchstens früher aussteigen als geplant, aber wer macht das schon? Damit würde die Reise ja zu einer halben Sache, denn man käme nicht in der gewünschten Fremde an, sondern in einer völlig beliebigen. Das aber wäre wahrlich deprimierend.

Es ging nicht ums Wegfahren, nicht um eine Reise, das war ihr klar, sondern um einen Aufbruch; es ging darum, noch einmal von vorne anzufangen, aber nun ganz anders. Sie hatte ja erst die Mitte ihres Erwachsenenlebens erreicht, es lagen noch viele Jahre vor ihr, denn in ihrer Familie wurde man sehr alt.

In Wirklichkeit vergaß sie diesen Traum immer sofort. Sie erinnerte sich am Morgen daran, daß sie ihn zuvor schon geträumt hatte und überhaupt jede Nacht träumte. Sobald sie die Füße aus dem Bett auf den Boden setzte, vergaß sie ihn, und wenn sie dann ganz wach war, dachte sie nicht mehr an Veränderung und wußte gar nicht, daß Veränderungen möglich sind, zumindest theoretisch, weil sie ihr Leben doch sehr in Ordnung fand, objektiv betrachtet.

Manchmal vielleicht ein bißchen langweilig.

Aber, dachte sie, so ist es halt, wenn man alles erreicht hat.

Ihr Leben hatte seine endgültige Form erreicht, und die war total in Ordnung. Dachte sie.

Das einzige Interessante, was sich noch ereignen würde, dachte sie, würde ihr Tod sein.

Sie schätzte, daß bis dahin weitere drei, fast vier Jahrzehnte vergehen würden. Manchmal war ihr das ein bißchen unheimlich, denn manchmal fürchtete sie, daß alles noch langweiliger werden könnte.

Das mußte hingenommen werden.

So ist das Leben halt, dachte sie, und bemühte sich, es immerhin interessant zu finden, daß alles in Ordnung war und ihr Leben seine endgültige Form erreicht hatte. Sie hatte nicht gewußt, daß es das gibt: eine endgültige Form. Ob sie das wirklich interessant fand, hätte sie nicht sagen können, doch gab sie sich wirklich große Mühe, die Sache so zu betrachten.

Das also bedeutet Älterwerden!

Wußte ich nicht.

Ist ja interessant.

Und weil sie dachte, daß es total normal sei, was sie gerade erlebte, kam sie gar nicht auf den Gedanken, daß es auch anders sein könnte.

Unabhängig davon jedoch, ob es interessant ist oder nicht, ob es so ist, wie es sich ihr darstellte, oder doch ganz anders – der entscheidende Vorteil des Alterns, das, was es der Jugend ganz klar voraushat, ist, daß man sich darauf vorbereiten kann.

Denn die es schon erlebt haben, können berichten, wie es ist. Dadurch erweisen sie der Menschheit einen Dienst – auf den die zwar nicht unbedingt gewartet hat, zur Kenntnis nimmt sie diese Berichte aber auf jeden Fall (geht ja nicht anders, die reden ja von kaum etwas anderem, die alten Leute). Man weiß theoretisch, was geschehen wird, und auch wenn man sich das praktisch für sich selbst gar nicht vorstellen kann, ist man doch nicht unvorbereitet, wenn es einem selbst dann ganz genauso ergeht wie den anderen zuvor.

Immerhin glaubte Roxana, daß auch ihr körperlicher Verfall bevorstünde, wenn sie nichts dagegen unternähme (weil sie dessen erste Anzeichen schon lange vor der Menopause festgestellt hatte) und hielt sich darum in Bewegung, um ihm vorzubeugen und eventuelle Schmerzen möglichst lange fernzuhalten. Auch ernährte sie sich gut, damit zur Langeweile keine Gebrechen hinzukämen, denn das wäre doch unerträglich. All das war rein praktisch gedacht. Sie hatte keine Süchte, die sie hätte bekämpfen müssen, die drei Pilatesstunden pro Woche absolvierte sie wie eine Pflicht, ebenso ihre Spaziergänge an den pilatesfreien Tagen, auf denen sie regelmäßig überlegte, ob sie sich einen Hund anschaffen sollte, um die Idee jedesmal zu verwerfen. Sie mochte Hunde, aber sie wollte nicht die Dame mit dem Hündchen sein. Dabei dachte sie weniger an Čechovs Erzählung, die war ihr nicht präsent, sondern eher an einsame alte Frauen, die kein anderes Lebewesen zum Lieben haben als ihren Hund. (Hätte sie an Čechovs Erzählung gedacht, hätte sie vielleicht doch die Dame mit dem Hündchen sein wollen.) Sie hatte zwar niemand anderen zum Lieben, also, sie hatte wirklich gar niemanden zum Lieben, aber das ging nun keinen etwas an, fand sie, und von außen und für Fremde sollte das schon gleich gar nicht zu erkennen sein. Es war ihr etwas peinlich, so alleinzusein.

Alles begriffen, alles gesagt, was soll da noch kommen, da kommt doch nichts mehr.

Sobald sie erkannt hatte, in welcher Verfassung sie sich nunmehr befand, da sie im sechsten Lebensjahrzehnt angekommen war, hatte sie begonnen, einen Ratgeber fürs Klimakterium zu schreiben (Arbeitstitel: Von der Reproduktion befreit – geschenkte Zeit! Feier und Freude der späten Jahre). Für sie war das ein natürlicher Reflex, und als sie feststellte, wie unfreundlich die Frauen in ihrem Alter von sich selber sprachen, wie sie sich regelmäßig selbst für Müll erklärten und dabei nicht scherzten, sondern wiederholten, was ihnen in einem fort und von allen Seiten eingeredet wurde, fühlte sie sich geradezu in der Verantwortung für ein solches Buch. Ihre treuen Leserinnen, denen sie ihr angenehmes Leben zu verdanken hatte, sollten nicht auf solch trostlose Weise dem Alter entgegengehen. Sollten sich nicht selbst hassen, nur weil sie den von Männern entworfenen Regeln für Püppchen nicht mehr entsprachen. Wer mußte denen schon entsprechen! Und, das vor allem: wer wollte das schon?

Sie hatte auch schon mit der Arbeit begonnen. Lustlos zwar, doch ordentlich und gewissenhaft. Als sie sich jedoch vor die Aufgabe gestellt sah, auf appetitliche Weise zu schildern, wie Natriumbicarbonat, das einzige Mittel, das gegen den infolge hormoneller Verschiebungen im Klimakterium penetrant werdenden Schweißgeruch half, zuverlässig und ohne Reizung der umliegenden Haut unter den Achselhöhlen aufzubringen sei, empfand sie einen derartigen Widerwillen gegen die Schilderung solcher doch recht intimer Manipulationen (noch intimer als eine Küche!), daß sie das Projekt wieder aufgab und beschloß, sich der eigenen Feier und Freude der späten Jahre zu widmen und nur noch Dinge zu tun, die ihr eben Freude machten. Doch das war schwer, und es war ein letzter matter Widerschein ihrer Berufslaufbahn, als sie sich als nächstes vornahm, ein Buch übers allgemeine Gesprächsgebaren zu schreiben, wie sie Sophonisbe erzählt hatte. Sie arbeitete nur lustlos daran, denn es war ihr eigentlich egal, wie die Leute miteinander redeten, solange sie nicht mit ihr redeten. In Wirklichkeit interessierte es sie nicht mehr, gute Ratschläge zu geben, und sie wollte auch nichts von ihren Beobachtungen mitteilen; in Wirklichkeit war es ein Notwehrprojekt, an das sie sich immer nur dann erinnerte, wenn eine Begegnung mit anderen Leuten mal wieder gründlich schiefgegangen war. Darum hatte sie sich bislang auch nur zu einem einzigen Punkt Notizen gemacht, nämlich zu diesem:

Gesprächstechniken, um sein Gegenüber zu erschöpfen

- das vom Gegenüber Erzählte sofort wieder erzählen, es also wiederholen und dergestalt dem anderen in den Hals zurückstopfen
- auf ein beliebiges Stichwort hin und ohne jeden Zusammenhang irgendetwas aus dem eigenen Leben erzählen, ohne Einleitung, also ohne auch nur den Versuch zu unternehmen, einen Zusammenhang herzustellen, und zwar wirklich irgendetwas, und auf jeden Fall sehr ausführlich
- diese Technik kann verfeinert werden, indem man sich beim Reden selbst Stichworte gibt, von denen aus man zu weiteren solchen zusammenhanglosen Erzählungen springt wie von einem Trampolin
- falls das Gegenüber ein Problem anspricht, sofort darauf verweisen, daß man dieses Problem sehr gut kenne, und dann groß und breit berichten, wie es an irgendeinem Punkt im eigenen Leben zu diesem Problem kam, wie man daran verzweifeln wollte, welche Lösung sich am Ende als die richtige erwies; die Lösungen, die nicht funktionierten, ebenfalls sehr ausführlich darstellen

- diese Technik kann verfeinert werden, indem man sofort sagt, daß man dieses Problem noch nie gehabt habe, dafür aber ein anderes; dann genauso verfahren, wie zuvor dargestellt: damit treibt man sein Gegenüber zuverlässig in den Wahnsinn
- Fragen nicht beantworten, sondern erst einmal weitschweifig und ohne erkennbaren Zusammenhang herumreden
- generell gilt: selbst immer etwa zehnmal so viel reden wie der andere, also nie mit dem anderen reden, sondern immer nur an den anderen hin, den anderen immer nur als schallaufnehmende Wesenheit betrachten

An geschlechtliche Begegnungen hatte sie in den letzten Jahren nur gedacht, weil die eine angenehme Methode des Beckenbodentrainings gewesen wären. Beckenbodentraining wurde in ihrem Alter empfohlen, um Inkontinenz vorzubeugen.

Mit dem Erlöschen des Triebes wird man wieder schamhaft wie eine Jungfrau. Sexuelle Träume handeln von Masturbation, sofern sie sich überhaupt noch ereignen, und es wächst ein Abscheu dagegen, sich öffentlich über körperliche Details und Tätigkeiten auszubreiten.

An Verliebtheit hätte sie nur gereizt, daß die die Spannung erhöht, vielmehr überhaupt eine hergestellt, einen gewissen Druck erzeugt hätte, der sie wachgehalten – der sie aufgeweckt hätte, und dann wäre das Leben doch wieder interessant gewesen, überhaupt die Welt.

So stellte sie sich das vor, dachte aber nicht weiter darüber nach, weil es sie ja in Wirklichkeit gar nicht interessierte.

Ihr Leben war bloß noch so ein Zustand. Sie stand darin herum, das Gesicht in die falsche Richtung gewandt.

III

„Hast du eigentlich irgendwo einen großen Spiegel?" fragte Sophonisbe, die sich mit den am Vortag aus Zehlendorf herbeigeschafften Klamotten zum ersten Sommerspaziergang des Jahres hergerichtet hatte, in die Wohnung hinein, „vielleicht in deinem Schlafzimmer?"

„In meinem Schlafzimmer zuallerletzt", antwortete Roxana aus ihrem Arbeitszimmer heraus, „für Ganzkörperbetrachtung gibt's nur den in der Abstellkammer. Das ist der größte hier."

„Okay", sagte Sophonisbe und ging in die Abstellkammer, um sich anzuschauen, und von dort zu Roxana, die an ihrem Schreibtisch saß.

„Was hast du gegen Spiegel?" fragte sie.

„Spiegel sind die Geißel der Menschheit", erklärte Roxana sofort, schon bevor sie die Augen vom Bildschirm gehoben hatte, denn sie hatte ihre Gedanken zu dieser Frage schon lange vollständig gesammelt und konnte sie darum jederzeit wohlgeordnet mitteilen, „die Welt wäre eine bessere, wenn es keine Spiegel gäbe. Wenn man nicht in einem fort wüßte, wie man aussieht, wenn man sich nicht in einem fort seines Äußeren bewußt wäre. Wenn man sich von innen besser kennte als von außen. Wenn keiner wüßte, wie er eigentlich aussieht, könnten sich die Leute mehr umeinander kümmern als immer nur um sich selbst. Denk an deinen Narziß."

„Ja", sagte Sophonisbe und dachte an ihre Echo. „Narziß war aber schon vorher ein komischer Typ und unerreichbar für alle."

„Er hätte überlebt, wenn er sich seiner Schönheit nicht bewußt geworden wäre."

„Ah, es geht um Leben und Tod! Wahnsinn."

Da schaute Roxana sie mitleidig an.

„Es geht um die Frauen", erklärte sie, „um die Zurichtung der Frauen, denen in einem fort gesagt wird, daß sie nicht schön genug seien. Und das hat ja jetzt auch schon auf die Männer übergegriffen, die machen den ganzen Scheiß jetzt ja auch schon mit. Als wäre Schönsein das Wichtigste auf der Welt."

„Ach so."

„Und in Wirklichkeit weiß man ja auch durch Betrachtung im Spiegel nicht, wie man aussieht, dem Spiegel zeigt man ja immer nur sein schönstes Gesicht, und darum zeigt einem Spieglein, Spieglein an der Wand auch immer nur das schönste Gesicht, das man hat, und das ist starr. Im Spiegel sieht man nur sein Fotogesicht, sein starres Fotogesicht ohne Mimik. Das nervt mich am allermeisten. Allerdings verbreiten die Leute sowieso nur noch ihr Fotogesicht, in den sogenannten sozialen Netzwerken und so."

„Manchmal mit Grimassen."

„Sicher manchmal mit Grimassen, aber die sind doch nur Fratzen des schönen Gesichts. Das ist der Humor von Facebook, daß man auch mal anders ausschauen kann als immer nur fabelhaft. Wirklich ungemein lustig. Mit dem wahren Gesicht haben auch die Grimassen nichts zu tun. Und am Ende geht es auch nicht ums Schönsein, sondern um diesen ausdauernden, nie endenden, ausweglosen Blick auf sich selbst. Das ist wie Pingpong mit dem eigenen Gesicht, und das bringt einen um. Also, mich ja nicht, aber die Leute, die das mitmachen. Die bringt das um. Schau dir die Zombies an, die draußen herumlaufen."

„Okay, okay, *point taken*", sagte Sophonisbe, „wie seh' ich aus?"

Sie breitete ihre Arme auf die Weise aus, die sie einst in der Ballettschule gelernt hatte, und drehte sich ein wenig nach links, ein wenig nach rechts, und Roxana verdrehte die Augen.

„Ich geh' jetzt mal los."

„Wo gehst du hin?"

„Spazieren."

„Spazieren. Gut. Bis später!", sagte Roxana und wandte sich wieder ihrem Bildschirm zu, dem einzigen Spiegel, den sie akzeptierte, weil er ihr nichts anderes zeigte, als daß sie alles wußte und immer recht hatte, und wenn sie einmal etwas doch nicht wußte, dann recherchierte sie es sofort im Internet, so wie jetzt gerade.

Sophonisbe wußte auch alles, aber sie wußte nie, ob sie recht hatte. Und sie konnte auch nicht so klar sagen, was sie wußte. Überhaupt konnte sie immer erst dann etwas sagen, wenn sie die richtigen Worte dafür gefunden hatte und dann auch noch die richtige Form. War nicht so leicht, wie sie regelmäßig feststellte. Zum Beispiel fand sie Roxanas Verdammung von Spiegeln und des Wunsches, schön zu sein, unmenschlich, aber daß es das war, was sie an deren Ausführungen gestört hatte, die Unmenschlichkeit, fiel ihr erst im nachhinein ein. Während sie mit ihr gesprochen hatte, hatte sie, was Roxana sagte, nur unbestimmt falsch, und zwar grundfalsch, gefunden (nicht bloß unmenschlich, sondern verbohrt – geradezu ideologisch – weltfremd), das aber nicht auf den Begriff bringen können. Und hätte sie es gekonnt, hätte sie es wahrscheinlich doch nicht gesagt, denn schon die Möglichkeit von Streit bereitete ihr geradezu physisches Unbehagen.

Es ist nicht so, daß ich alles weiß, dachte sie, während sie auf den Bus wartete, es ist nur so, daß ich nicht nur enorm vernunftbegabt bin, sondern auch voller Mitgefühl mit der leidenden Menschheit. *Somewhere along those lines,* milderte sie das ab, es war doch ein bißchen viel des Eigenlobs. Sie fragte sich, ob sie diesen idiomatischen Ausdruck korrekt verwendete, ob es überhaupt einer war, und dachte zugleich an die amerikanischen Überlandleitungen, vielmehr die normalen Stromleitungen, die nicht in der Erde verlegt waren, sondern an Masten hingen. Kaum saß sie im Bus, schrieb sie in ihr Notizbuch:

somewhere along those lines
I found my happiness
in the shrubbery

Als sie das Notizbuch wieder einsteckte, war der Bus erst an der Joachimstaler Straße angekommen, und es war noch ein langer Weg bis nach Kreuzberg, dem letzten Ort, an dem sie in einer eigenen Wohnung gelebt hatte. Seit sie die verlassen hatte und nunmehr nurmehr bei anderen Leuten wohnte, war sie dort immer nur zu Besuch gewesen, machte aber regelmäßig Spaziergänge durchs Quartier, eher Kontrollgänge, um zu sehen, was sich veränderte, was blieb, um sich zu verankern, um wenigstens einen Ort zu haben, den sie so gut kannte, daß sie sich dort daheim fühlte. Wohnen wollte sie dort zwar nicht mehr, das fand sie inzwischen zu anstrengend, aber heimisch ist man nun einmal, wo die Erinnerungen sind. Sie wollte vom Oranienplatz bis an die Schleuse am Ende des Landwehrkanals, kurz vor seiner Einmündung in die Spree, gehen, einmal quer durch SO 36.

So war ihr Plan. Nicht dem Pfeile gleich lenkte ihre Schritte sie, nicht geradeaus. Kein Lineal zog ihr den Weg durch das bestens und längst schon bekannte Quartier, sondern es folgte alleine ihrer Laune sie. Sonnenschein samt weißen Wolken waren ihr Kompaß und Plan, und sie brauchte nichts weiter mehr.

Diese Straßen, in all ihrer Herrlichkeit, hatten ihr Heimat
einst geheißen, Leben gar. Ganz war vergangen schon und
fast auch vergessen die Zeit, da dies Kreuzberg Alltag, die Welt
ihr
war und Lebenshaltung auch. Denn so war das seinerzeit.
Ideologisch mußt' alles erklärt werden können, bloßes
Existier'n und des Lebens froh zu sein, das war no-go,
war verboten, ging echt nicht, ging überhaupt, ging ganz und
gar nicht.

Mit diesem wirklich langen Spaziergang wollte sie auch das
New-York-Gefühl wiederherstellen und sich auf ihr Treffen
mit Josh vorbereiten, von dem sie sich zuletzt im U-Bahnhof
Union Square verabschiedet hatte, im Winter. Nun aber war
es angenehm warm geworden und die Erde für Spaten leicht.
Auch die allgemeine Bekleidung war leicht geworden, aber
noch vorhanden. Noch liefen die Leute nicht praktisch nackt
herum, wie sie es im Hochsommer taten, doch waren ihre vielen scheußlichen Tätowierungen schon zu sehen; sie krochen
unter kurzen Ärmeln heraus und in weite Ausschnitte hinein,
auch mancher Nacken war so markiert, wie einstmals vielleicht
Schlachtvieh es war.

Sie wollten sich am hinteren Ende der Reichenberger Straße
vor der teuren Eisdiele neben dem extrem teuren Kosmetik-
laden treffen, denn in jener Gegend hatte Josh über Airbnb
ein Quartier gefunden. Das war logisch, da die Mieten dort
gerade raketengleich in die Höhe gingen, nachdem – nein, gerade weil sie dort einst so niedrig waren, daß man sich wie
in einem Slum fühlen konnte. Damals, als Sophonisbe noch
eine eigene Wohnung hatte, hatte es dort in der Nähe, in der
Wiener Straße, eine Discothek gegeben, das einzige Tanzlokal
im vergnügungstechnischen Niemandsland dieser hintersten
Ecke West-Berlins. Die befand sich in dem als Supermarkt

geplanten Erdgeschoß eines mit Waschbetonplatten verkleideten Neubaus, den man äußerlich wie innerlich durchaus für eine bundesrepublikanisch abgemilderte Variante der gruseligen New Yorker *projects* halten konnte, und sie hieß „Bronx" – ein aus dem wohligen Zynismus jener Jahre geborener Gruß an die Verdammten dieser Erde, die seinerzeit in der South Bronx täglich um ihr Leben fürchten mußten. Ein renovierter Slum ist nun aber genau die Art von Coolness, die die Reichen mögen. Da sie aufgrund der Niedrigzinspolitik nach der Finanzkrise nicht wußten, wohin mit ihrem Geld, kauften sie gerne Immobilien in dieser Gegend, wo die Straßen nach den Herkunftsorten ihrer Bewohner benannt worden waren, schlesische Weber, die auf der Suche nach etwas Besserem als dem Tod in die große Stadt gekommen waren. Für die waren Wohnungen mit langweiligen Grundrissen und dünnen Wänden gebaut worden, die sich nun verkauften wie geschnitten Brot. Der Reichenberger Straße geschah also gerade das, was Manhattan und Brooklyn schon hinter sich hatten: sie wurde vom Geld planiert, und wenn man keins hatte, konnte man dort nur wohnen, wenn man seine Wohnung bei jeder Abwesenheit, und sei es nur für eine Woche, untervermietete. Man konnte auch nicht woanders hinziehen, weil es woanders gar keine Wohnungen zu mieten gab. Josh war nach Europa gereist, als die amerikanischen Universitäten ihre Pforten für den Sommer schlossen. Berlin war seine erste Station auf dem Weg nach Osten, ins Forschungsgebiet.

SOPHONISBE SAH SCHON BALD, daß es zwischen den frisch renovierten Mietskasernen und den Lokalen mit den *fancy names* für die internationale Jeunesse dorée immer noch einige Brachen gab und dazu auch manches Straßenstück, an dem nichts bemerkenswert und wo absolut überhaupt total gar nichts los war. Der Anblick undefinierbarer Brachen machte ihr teuflisch gute Laune. West-Berlin war noch nicht ganz verschwunden!

Vielleicht ist Berlin wirklich nicht totzukriegen, dachte sie, hoffte sie; sie hatte das schon sehr oft gedacht und gehofft.

Es gefiel ihr, durch altbekannte und doch irgendwie unspezifische Gegenden zu gehen, und vor allem gefiel ihr, wie sich der Himmel über ihr spannte, daß er überall präsent war und sie nicht den Kopf heben mußte, um ihn zu sehen. Außerdem war er nicht viereckig.

Vom Mariannenplatz kommend, gelangte sie durch die Wrangelstraße auf die Skalitzer Straße, bog links ab und ging an der Hochbahntrasse entlang zum Schlesischen Tor. An der nächsten Kreuzung verweilte sie. Von links mündete die Köpenicker Straße ein, und rechts, hinter der Hochbahnstation, war die vom Krieg erzeugte Brache noch nicht neu bebaut. Die Oberbaumstraße, die von der Ecke, an der sie stand, in einer Diagonale zur Oberbaumbrücke führte, war wieder eine Durchgangsstraße geworden und vielbefahren, denn die Spree, die einst das Ende der westlichen Welt markiert hatte, konnte nunmehr ohne Passierschein überquert werden.

Im Eckhaus befand sich ein billiger Blumenladen, vor dessen Tür ein paar Pflanzen zur Balkonverschönerung angeboten wurden. Die waren nichts Besonderes, und auch die Präsentation war hochgradig unspektakulär. Es waren bloß ein paar Blumenkästen auf Bretter gestellt worden, und die Bretter lagen auf umgedrehten Eimern; man hatte halt genommen, was gerade da war. Das erinnerte sie an das Kreuzberg vor dem Mauerfall, an die Coolness der vorsätzlich Armen, die, wenn sie schon Geld für etwas nicht Lebensnotwendiges ausgaben, das mit einem gewissen Trotz taten, was in diesem Fall bedeutete: wenn schon Blumen kaufen, dann nur die Blumen selbst. Jegliche Anstrengung des Verkäufers, einem den Kauf irgendwie schmackhaft zu machen, war abzulehnen, das heißt, in einem hübsch hergerichteten Laden wurde gar nichts gekauft. Auch hätten die Blumen so billig wie nur irgend möglich sein müssen – wenn es welche gegeben hätte. Der eigentliche Unterschied zu früher war nämlich, daß man am Schlesischen Tor jetzt überhaupt Blumen kaufen konnte. Diese Veränderung war bemerkenswert, und sofort öffnete Sophonisbe ihre Tasche, um ihr Notizbuch herauszuholen und hineinzuschreiben, wie Veränderung in allerkleinsten Schritten geschieht und sich an den allerkleinsten Dingen zeigt. So war ihre Aufmerksamkeit für einen Moment nicht auf die Umgebung gerichtet, und sie sah nicht, sondern hörte erst nur, wie sich ihre Welt mit einem Schlag veränderte. Denn:

Bös angelockt von der Ampel erstem Grün, kam ganz
scheußlich
schnell herangerast solch ein Gefährt, das im Kriege trefflich
wohl zu brauchen wär', doch in der Stadt, herrjeh, gänzlich
fehl am
Platze ist. Nicht begehrte der Mann, der ihn fuhr, in seines
BMW Umpanzerung Sitte und Anstand zu folgen,
noch den Regeln, die väterlich sorgend uns schuf der Staat,
sondern es interessierte ihn nichts als das eig'ne
Fortkommen. Nicht bedachte er gleiches Verlangen der
andern.

Er ignoriert' und verhöhnte, verlachte wohl, daß die andren auch vorankommen wollen, als er, jeder Rücksicht bar, über diese unübersichtliche Kreuzung den Wagen schnellen ließ. So geschah's. Sophonisbe gleich fragte sich: Was ist los? Woher rühren Getös und Bewegung, warum der Lärm? Es hatten Reifen gequietscht, und es hatte einen dumpfen Schlag getan. Als schlüge der Weltgeist auf einen Gong, so knallte Metall auf Metall, dann gleich Körper auf Asphalt, was klingt, wie wenn man einen vollen Mehlsack aus einiger Höhe auf seine Breitseite fallenläßt. Von der Köpenicker Straße her war ein Mann auf einem Fahrrad herangerast und schon bei rotem Glüh'n in die Kreuzung eingefahren, während durch die Oberbaumstraße ein Mann in einem weißen Buckelpanzer herangerast und schon vor dem ersten Hauch von Grün in die Kreuzung eingefahren war, worauf in deren Mitte ihre Wege sich nicht kreuzten, sondern auf fatale Weise miteinander kollidierten. Den Mann auf dem Fahrrad hatte es in die Luft geschleudert, dann war er auf die Straße gefallen, wie eben ein Mehlsack fiele. Sein Fahrrad lag unter dem Privatpanzer, und einen Moment lang war es ganz still, weil alles und jeder innehielt. Alle anderen Autos hatten scharf gebremst, alle Fußgänger waren stehengeblieben, alle hielten die Luft an. In diesem Moment schaute Sophonisbe auf und sah, daß der einstige Mann ihres Lebens vor ihr im Dreck lag und sich nicht rührte. Sie schaute genauer hin, um sich davon zu überzeugen, daß wirklich er es war, denn er lag auf dem Bauch und sie hatte ihn sehr lange nicht gesehen. Aber es bestand kein Zweifel: er war es wirklich. Sie stand wie erstarrt, denn sie konnte nicht glauben, daß wahrgeworden war, was sie so oft sich gewünscht hatte: daß nämlich dieser Mann, der ihr die schönen Jugendjahre verdorben hatte, im Dreck vor ihr lag und verreckte. Dabei fiel ihr als erstes ein, daß sie von diesem Wunsch alle hatte wissen lassen, weil sie in den letzten Jahren jedesmal, wenn sie von ihm gesprochen, die Erzählung damit beendet hatte, daß sie keinen Finger rühren würde, wenn er im Dreck vor ihr läge und verreckte. Allerdings fragte sie sich nun, ob sie wirklich so hartherzig sein durfte. Sie konnte das nicht entscheiden und beließ es bei der klaren Feststellung, daß sie tatsächlich ganz und gar keinen Impuls verspürte, auf die Straße zu stürzen, um zu helfen.

Diese Überlegungen beanspruchten insgesamt etwa zwei Zehntelsekunden.

Die Stille wurde beendet, indem der BMW-Fahrer aus seinem Panzer ausstieg, vor seinen Wagen trat und, nachdem er dessen Kühlervorderseite betrachtet hatte, auf den vor ihm am Boden liegenden, sich noch immer nicht rührenden, offenbar schwerverletzten Mann hinunterschaute und sagte:

„Du Arschloch."

Zwar teilte Sophonisbe diese Meinung ganz und gar, fand es aber doch unangemessen, sie von diesem rowdyhaften Autofahrer, der das in Wirklichkeit gar nicht beurteilen konnte, weil er den einstigen Mann ihres Lebens gar nicht kannte, zu hören. Jener hatte das wie eine Feststellung gesagt, ganz so, wie auch sie es gesagt hätte, und damit neue Stille erzeugt, die aber kürzer als einen Lidschlag nur vorhielt, weil gleich eine Passantin diesen Autofahrer anzubrüllen begann, wobei sie mit „du Drecksack" zu ihrer Tirade anhub. Dieses Geschrei war nun das vorherrschende Geräusch. In seinem Schutz ging eine andere Passantin zu dem Verletzten, ihr folgten weitere Passanten, die anderen Autofahrer stiegen auch aus ihren Autos aus, und so mancher zog sein Telefon aus der Tasche und filmte, was hier geschehen war und weiter geschah, während die Blumenhändlerin bekanntgab, sie habe die Polizei gerufen, und Sophonisbe fassungslos auf diesen bewegungslosen Körper starrte, den sie einmal sehr gut gekannt hatte und der nun im Dreck vor ihr lag. Sie stellte fest, daß sein Haupthaar grau geworden und seine Kleidung abgenutzt und billig war. Wie er sich anzog, hatte sie schon gestört, als sie noch in ihn verliebt war. Sie hatte ihm darum oft Hemden und Hosen geschenkt und ihm jeden Tag gesagt, was er tragen sollte, wenn er unter die Leute ging, und was nicht.

Es wuselte nun um sie herum und auf der Straße. Es wurde weitergebrüllt, dabei aber nicht nur ge- und beschimpft, sondern es wurde auch gebrüllt, daß nun einmal die Schnauze gehalten und geholfen werden solle. Jemand drehte den Verletzten in die stabile Seitenlage und schob ihm einen zusammengerollten Pullover unter den Kopf. Bald hörte man Sirenen, die Polizei war früher da als der Krankenwagen; doch kam auch der bald, und rotgekleidete Rettungssanitäter versperrten ihr die Sicht. Starr starrte sie weiter auf den Dreck vor ihr auf der Straße, bis ein Polizist ihr an den Arm langte und sie bat zurückzutreten, der Unfallort werde abgesperrt.

Diese Berührung schob sie an. Ihre Beine bewegten sich von ganz alleine, schlenkerten abwechselnd nach vorne, das linke, das rechte, und sie ging, wie sie nun gehen mußte, unter der Hochbahn hindurch und in die Oppelner Straße hinein, um zum Görlitzer Park zu gelangen, den sie durchqueren mußte, um in die Reichenberger Straße und zum verabredeten Treffpunkt zu kommen.

Während sie ging, mechanisch, wie eine Marionette, wollte sie nachdenken, dachte aber nicht nach, sondern dachte nur, daß sie jetzt wirklich mal nachdenken müßte. Doch konnte sie an weiter nichts denken, als an das Wort, das ihr angesichts des BMW-Panzers und seines Fahrers eingefallen war: Potenzpotenzierungskapazität. Sie sprach es sich immer wieder innerlich vor, jede Silbe deutlich betonend, weil sie überlegte, ob und wie man es in ein Gedicht einbauen könnte. Das geschah aus alter Gewohnheit. Nach einer Weile fiel ihr wieder ein, daß sie keine Gedichte mehr schreiben wollte, und sie bedauerte es. So ein schönes Wort! Natürlich angelehnt an Odo Marquards Inkompetenzkompensationskompetenz, aber trotzdem. Schließlich begriff sie, daß sie so angestrengt an dieses eine Wort dachte, um nicht daran zu denken, und vor allem nicht darüber nachzudenken, daß sie diesen Unfall irgendwie vorhergesehen, ihn praktisch prophezeit hatte. So hatte sie es nicht gemeint! Außerdem und vor allem fand sie es ziemlich billig, daß ihr Wunsch in Wirklichkeit überführt worden war, denn das war weit unter ihrem Niveau und gar nicht *sophisticated*, vielmehr in seiner Plattheit geradezu beleidigend. Das geht echt nicht, dachte sie, vielmehr ist es eine ziemliche Frechheit des Weltgeistes mit nun seiner Potenzpotenzierungskapazität, ihren Abscheu so eins zu eins in Wirklichkeit zu überführen. Es war doch nur ein Bild, eine Art Metapher, es war doch praktisch Dichtung gewesen!

In Wirklichkeit war sie entsetzt, daß der einstige Mann ihres Lebens nun womöglich tot war, nur weil sie ihm das gewünscht hatte. Dabei war das doch ganz was anderes! Das war doch nur so lockeres Gerede gewesen und hatte nichts mit der Wirklichkeit zu tun! Hätte sie ihm den Tod wirklich gewünscht, hätte sie doch selbst etwas unternommen, ihn herbeizuführen! Es war doch nur so eine Redensart, „wenn er im Dreck vor mir läge und verreckte, würde ich keinen Finger rühren", damit hatte sie doch nur verdeutlichen wollen, wie sehr er sie anwiderte, wie sehr sie es ihm (und sich und dem Weltgeist) übelnahm, daß sie so viele Jahre mit ihm vergeudet hatte, mit seinen Launen, seiner Egomanie und seinem emsigen Bemühen, sie zu vernichten. Außerdem war das alles so lange her, daß es schon gar nicht mehr wahr war. Genau, das war es: es war alles schon gar nicht mehr wahr, und darum hätte es diesen schlimmen Unfall gar nicht gebraucht. Der einstige Mann ihres Lebens hätte doch auch einfach so friedlich vor sich hin verrecken können.

Es WAR GUT, daß ihr Körper sich bewegte, daß sie all dies im Gehen dachte, wobei sie die Welt um sich herum nicht weiter bemerkte. Die Bewegung half ihr, das Geschehen in ihre persönliche Weltkonstruktion einzuarbeiten. Denn dadurch machte sie es in gewisser Weise ungeschehen. Was sich gerade ereignet hatte, verwandelte sich wieder zurück in weiter nichts als ihre bösen Wünsche, die sie natürlich nie in Handlung umgesetzt hätte, wie sie überhaupt und generell nichts von dem, was ihr so einfiel, wenn der Tag lang war, in Handlung umsetzte, denn das war nicht kunstvoll. Nicht ihr Niveau und nicht ihr Stil.

So lernte sie wieder einmal etwas über Kunst und Leben, Dichtung und Wahrheit, und begriff an diesem Beispiel (wieder einmal), daß Dichtung großartig ist und die Wirklichkeit platt, anstrengend und blöd, und daß es viel schöner ist, sich etwas auszudenken, als es in die Tat umzusetzen.

Sie fühlte sich erfrischt von der neuen Erkenntnis und hatte sich gelockert, als sie an dem Eisladen ankam, vor dem Josh schon auf sie wartete, in ein Buch vertieft, weswegen sie ihn in Ruhe betrachten konnte, bevor sie den Faden der Bekanntschaft wiederaufnehmen und gemeinsam weiterspinnen würden.

Es rührte sie zutiefst, daß er ein Buch las. Das sah so traulich aus und machte ihn noch jünger, als er eh schon war, machte ihn zu einem kleinen Jungen, der wissen will, wie die Welt funktioniert, wie man sie erklären kann und was da draußen und allgemein überhaupt los ist. Es war ein selten gewordener Anblick. In der Öffentlichkeit sah man vor allem Leute seines Alters so gut wie nie etwas auf Papier Gedrucktes lesen, die glotzten sonst immer nur auf ihre Miniaturbildschirme. Dabei waren sie aber genauso konzentriert, wie er es jetzt war, und sie fand es immer besonders abstoßend, daß soviel Konzentration auf das Betrachten eines Miniaturbildschirms verschwendet wurde, wenn doch um einen herum die ganze herrliche Welt wogte, in der es viel mehr zu sehen gab, als auf so einen winzigen Bildschirm paßte! Zumindest theoretisch.

Als er bemerkte, daß er angeschaut wurde, hob er den Blick, und als er sah, daß sie es war, die ihn anschaute, verwandelte sich sein Gesicht in das olympische Strahlen, das sie in New York so verstört hatte. Daran erinnerte sie sich jetzt und fragte sich, warum sie sich darüber eigentlich geärgert hatte. Er konnte doch nichts dafür, wie er aussah!

"Hi, Sophi. How are you?"

Er konnte aber etwas dafür, daß er wußte, wie er aussah, und sich so malerisch hingesetzt hatte, daß er aufschauen konnte wie im Film.

"I'm fine. Actually, I'm extremely fine. How are you?"

Vielleicht war sie ungerecht, immerhin war Lesen in gewisser Weise genauso sein Beruf, wie es ihrer war. Seiner war es womöglich noch mehr, recht betrachtet, sie mußte die Bücher ja nicht nur lesen, sondern außerdem noch schreiben.

"I'm fine. — What do you mean, you're extremely fine?"

Das war keine kalkulierte Frage. Vielleicht hatte sie ihn aus dem Konzept gebracht, vielleicht hatte er gar keines gehabt. Und wenn doch, dann hatte es jedenfalls nicht sehr weit gereicht.

Also Schluß jetzt. Normal reden.

„Ich habe gerade etwas begriffen", sagte sie, „ich habe den Unterschied zwischen Kunst und Wirklichkeit begriffen und den Unterschied zwischen Wunsch und Wunscherfüllung. Kunst ist viel besser als die Wirklichkeit."

Tell me something new. Sein Strahlen verschwand, weil er nicht wußte, ob sie im Ernst redete oder einen Witz machte. Immerhin verschwand mit seinem Stirnrunzeln sein gutes Aussehen.

„Aber jetzt sind meine Ferien", sagte er.

Das verstand nun sie nicht.

„Im Augenblick ich bin nicht gewöhnt an große Gedanken. Auch ich habe viel getrunken in die letzten Tage."

Ja, Berlin. *Yale is a whale,* aber Berlin ist ein Knaller. Sie lachte.

„Tut mir leid", sagte sie, „ist auch ziemlich banal, was ich begriffen habe. Eigentlich wußte ich das vorher schon, aber es ist mir gerade noch einmal richtig klargeworden."

„Wie ist das passiert?"

„Ich habe gerade gesehen, wie der einstige Mann meines Lebens überfahren wurde und auf der Straße vor mir lag und verreckte."

„Ich verstehe nicht. Welcher Mann? Was heißt ‚verreckte'?"

„Verrecken. Ja, was heißt ‚verrecken'? Hm. Wie soll ich das erklären …"

"I can look it up."

„Ja, das wäre vielleicht besser. Ich glaub', ich kann's nicht erklären."

„Aber du mußt erklären ‚Wunsch' und ‚Wunscherfüllung'. Nicht die Wörter, aber welcher der Wunsch war."

„Mach ich. Laß uns erst einmal ein Eis kaufen."

Er schien ihr entspannter als in New York, er war wirklich in den Ferien. Als er dann einen Pappbecher mit drei Kugeln Eis in der Hand hielt und sie einander auf der Holzbank vor der Eisdiele gegenübersaßen, breitbeinig, ungebührlich und unelegant, hatte er seine Wißbegier von seiner Lektüre auf sie verschoben. Er war so konzentriert und erwartungsfroh, als habe sie einen Vortrag angekündigt und versprochen, ihm die Welt zu erklären.

Sie schaute ihn angestrengt an, bis sie schließlich die Augen erst zusammenkniff und dann aufriß, und das noch einmal wiederholte, bevor sie ihn ganz normal anschauen konnte.

„Laß uns erstmal unser Eis essen", sagte sie, „Zucker zuführen, das Hirn füttern, danach erkläre ich dir alles, was du willst."

„Alles, was ich will?" Er strahlte noch mehr. *"Deal!"*

Er stieß mit seinem kleinen Plastikspatel tief in den Pappbecher in seiner Hand hinein, baggerte einen großen Brocken Eiscreme heraus und verschlang ihn so entschlossen und mit solcher Geschwindigkeit, als sei der Eisverzehr etwas, das man schnell hinter sich bringen müsse. Das brachte Sophonisbe gleich wieder aus der soeben zurückgewonnenen Fassung. Nachdem er diesen Vorgang zweimal exekutiert hatte, hielt er den Eisspatel wie einen Zeigefinger in die Höhe und sagte mit gespieltem Ernst:

„Ich will wirklich alles wissen!"

„Okay", sagte sie, „okay. Soll ich dir erklären, warum die Sonne jeden Tag neu aufgeht?"

„Sie aufgeht nicht neu, die Erde dreht sich."

„Echt?"

Wieder löste sich die Anspannung in Gelächter auf, aber sie lachten aus Verlegenheit, und Sophonisbe begann sich zu fragen, wie sie diesen Nachmittag wohl überstehen würde. Die Sache mit dem Mann ihres Lebens, und daß er vermutlich gerade verreckt war, und warum sie ihm das gewünscht hatte, und was es mit Wünschen und ihrer Erfüllung auf sich hat – von all dem, schwante ihr, konnte sie mit ihm nicht reden, denn all dies würde er nicht verstehen. Oder falsch verstehen. Was aufs selbe hinausliefe und in diesem Fall enorm kränkend wäre; immerhin ging es um die tiefen Schichten ihres Lebens. Sie glaubte nicht, daß ihn die interessierten. Okay, es war ja sowieso Quatsch, solche Sachen erzählen zu wollen, denn wen, außer ihr, interessierten die überhaupt? Er hatte ja nicht einmal Freude an seinem Eis, dabei ist so ein Eis doch eine der schönsten unter den kleinen Freuden des Alltags. Wie sollte er dann das komplizierte Geflecht ihres Seelenlebens verstehen und dessen unwägbare Abhängigkeit von den Geschehnissen der äußeren Welt?

War das logisch? Irgendwie nicht, aber egal. Sie wollte nicht mit ihm über Verrecken und Wunscherfüllung sprechen, es verstörte sie sein brachialer Eisverzehr. Der erinnerte sie an Roxana, die ebensowenig Freude an kleinen Genüssen hatte und allgemein keine Achtung fürs Essen und mit der sie auch nicht über die Fährnisse ihrer Existenz sprach.

Mach was draus. War das Material für ein Gedicht? Nein. Das war nur eine weitere Übung in Contenance, die einen, wenn zu oft praktiziert, zum Erstarren bringt. Man ist dann mit einer Schicht aus anderem Eis überzogen, aus hartem Eis, Gletschereis, und die kann nur durchdrungen werden, wenn man mit einem Pickel so hineinsticht, wie er mit seinem Spatel in dieses weiche Speiseeis stach. Das er nun komplett in sich hineingeschaufelt hatte.

"Delicious", sagte er und faltete ratzfatz den Becher klein.

Sie hatte ihr Eis noch lange nicht aufgegessen. Er warf einen mißbilligenden Blick auf die noch vorhandene halbe Portion in ihren Händen. Und die war sowieso nur zwei Kugeln groß gewesen!

"You're a slow eater."

„Nein", sagte sie entschieden, denn was sie ihm hier hätte erklären müssen – den Unterschied zwischen Schlingen und Genießen, zwischen Essen und blanker Ernährung –, war ja völlig lächerlich. Sie war nun weder seine Mutter, noch seine Lehrerin, aber von gleich zu gleich konnte sie auch nicht mit ihm umgehen, denn sie waren gar nicht gleich, der Altersunterschied war zu groß, dazu die kulturelle Differenz … „Nein, bin ich nicht."

„Du ißt mit Achtsamkeit. Ich schaue das gerne zu."

„Mit Achtsamkeit? Wo hast du denn dieses Wort gelernt?"

Das Strahlen erlosch. Er schaute sie bestürzt an.

„Ist dieses Wort nicht gut?"

„Doch, ist schon okay. Es ist nur erstaunlich, daß du es kennst. Ich habe es selbst erst vor kurzem gelernt, das gibt's noch nicht sehr lange." Und schon strahlte er wieder.

Vielleicht, dachte Sophonisbe, sollte ich ihn als Studienobjekt betrachten. Dann würde ich jetzt festhalten: der junge Mensch macht gerne konkrete Aussagen über andere. Tatsächlich behandelt nämlich er mich wie ein Studienobjekt. Vielleicht würde es helfen, die Aufmerksamkeit auf ihn zu lenken.

„Was treibst du denn so hier in Berlin? Ich meine, außer Trinken."

„Was meint ,treiben'?"

„Was du machst. Was machst du hier in Berlin?"

„Ich lerne Deutsch. Kannst du das nicht bemerken?" Er bestrahlte sie mit der Sonne seines Witzes.

„Doch, das kann ich bemerken", sagte sie, „dein Deutsch ist beeindruckend. Aber was machst du außerdem?"

„Sonst ich mache Ferien! – *Meeting friends, partying* … Ich war in Berghain elf Stunden, und ich war in KitKatClub." Diese Erinnerung verwandelte das Strahlen in ein Leuchten. „Ich genieße Berlin sehr. Dieser Jude ist ein glücklicher Mann."

Sophonisbe fühlte sich sehr alt. Wie eine Tante ohne jeden Kontakt zur Jugend, wobei sie jedoch nicht entscheiden konnte, ob die stete Unwucht in diesem Gesprächsgeholper tatsächlich von ihrem Altersunterschied herrührte oder ob es an ihnen persönlich lag, an ihren so unterschiedlichen Lebensweisen. Sie aß ihr Eis noch langsamer, und er erwies ihr die Gnade seiner Geduld. Sein schönes Gesicht war erwartungsfroh und undurchdringlich; sie konnte nicht einmal raten, was dahinter vorging. Und hätte er ihr nicht bei früherer Gelegenheit vorgeführt, wieviel er wußte, wieviel er schon in seinen Kopf hineingestopft hatte, ohne daß er geplatzt war, und daß er es auch klar gegliedert vortragen konnte, hätte sie ihn für einigermaßen dumm gehalten. *He was ready to be entertained,* aber er war nicht bereit, selbst zur Unterhaltung beizutragen. Wie ein Hund, dachte sie, so freundlich, so aufmerksam, aber aus einem ganz anderen Bezugssystem.

Dabei ist gerade der Mann verunglückt, ich fasse es nicht. Ich würde es gerne aufschreiben, ich muß das bald aufschreiben. Ich würde auch gerne mit jemandem darüber reden, es jemandem erzählen, aber keinem Fremden, und einem Hund schon gleich gar nicht.

Den Mann hatte sie seit vielen Jahren schon nicht mehr bei seinem Namen genannt, denn das wäre zuviel der Ehre gewesen. Auch wäre er dann weiterhin eine Person gewesen und nicht einer, der zu vergessen war, *obliviscundus.* Dieses Wort hatte sie in ihrer anhaltenden Wut einmal extra ermittelt, aber es war zu kompliziert für nonchalante Verwendung. *Love calls you by your name,* aber wenn die Liebe vorbei ist, kann man das, was sie ausgelöst hat, nicht mehr benennen, denn dann ist da ein Loch, wo die Liebe war. Erst ist es ein bestialischer Schmerz, aber wenn die Wunde an der Stelle, wo sie einem herausgerissen wurde, vernarbt ist, dann ist da bloß noch ein Loch. Erst ein Wundkrater, dann ein Narbenkrater, an den man sich gewöhnt hat. (Da war mal was. Jetzt ist da nichts mehr.)

Sie hatte ihr Eis aufgegessen, und sein Gesicht veränderte sich. Er wurde ungeduldig und verstand offenbar nicht, warum er nicht unterhalten wurde, was hier vor sich ging.

Josh ist auch ein Loch, dachte sie, ein schwarzes Loch. Ich kann hineinschauen, aber ich sehe nichts, und es kommt nichts heraus. Ich kann alles in ihn hineinwerfen, es kommt nichts zurück.

„Wir fahren nach Odessa", sagte er, und sie fiel in das schwarze Loch hinein. Es wirkten bislang unbekannte Kräfte, die ihre Glieder in die Länge zogen und ihr mit einem Gummiknüppel aufs Hirn hauten.

Nein, das ist völlig übertrieben.

Auf jeden Fall vertrieb diese Mitteilung die tantenhafte Ratlosigkeit und führte sie zu einer anderen Baustelle, fort von ihrem Seelenleben und dem daraus resultierenden Scheiß.

„Nach Odessa? Wer – mit wem fährst du nach Odessa?"

„Mit Deborah und Alf. Sie werden kommen nach Berlin, und später sie werden kommen nach L'viv, wenn ich bin dort, und dann wir fahren nach Odessa zusammen."

„Deborah und Alf kommen nach Berlin? Davon weiß ich ja noch gar nichts. Ach, wie schön!"

„Ich soll auch grüßen an Roxana."

„Roxana? Woher kennst du die denn?"

„Ich kenne nicht sie, Alf hat gesagt, ich soll an sie grüßen."

Jetzt schaute er sie sehr aufmerksam an, als dürfe er nichts verpassen, als sei ihre Reaktion auf diese Mitteilungen irgendwie von Bedeutung. Für einen Moment kam sie sich vor wie bei einer Prüfung, dann erkannte sie den Ausweg.

„Ja, wenn du Roxana grüßen sollst, dann solltest du sie am besten mal kennenlernen. Ich schlage vor, wir fahren nach Charlottenburg" (dort stand ihr Schreibtisch), „und bei der Gelegenheit kann ich dir auch die Stadt ein bißchen zeigen. Ich hoffe, du hast heute noch nichts weiter vor?"

„Ich habe vor etwas, aber es ist Zeit."

„Gut, dann laß uns gehen."

ES KLAPPERT DIE MÜHLE am rauschenden Bach
   klipp-klapp, klipp-klapp, klipp-klapp
   es fahren die beiden im Doppelstockbus
   klipp-klapp, klipp-klapp
   von der Ohlauer bis zur Bleibtreustraße, klipp-klapp

sitzen auf dem Oberdeck ganz vorne und fahren eine halbe Stunde lang mit dem 29er durch die Stadt

da gibt es was zu sehen

da kann man was erzählen

schau, hier, die Oranienstraße, die war ganz grau zu der Zeit, als ich hierherkam, da warst du noch gar nicht geboren; wir haben dann Transparente aufgehängt, seither ist sie bunt

schau, hier, die Otto-Suhr-Siedlung, die wurde dort gebaut, wo alles weggebombt worden war, im Krieg, da war auch ich noch nicht auf der Welt

und dort, hinter dem Springer-Hochhaus, da stand die Mauer, die hielt die Eltern fern; darum war's so schön in West-Berlin: die Stadt war ein großer Abenteuerspielplatz; wir konnten machen, was wir wollten, und nichts konnte uns geschehen

hier, das ist jetzt alles neu, der Potsdamer Platz wurde erst nach dem Mauerfall wiederaufgebaut

der erste Bezugspunkt ist der Krieg, vorher & nachher, der zweite ist der Mauerfall, vorher & nachher, und davon kann ich aus eigener Anschauung berichten, DAS HABE ICH SELBST ERLEBT, es ist jetzt alles anders

hier an der Neuen Nationalgalerie beginnt der Alte Westen, und gleich, schnell, kommt das schönste Gebäude Berlins, das Shell-Haus, hast du es gesehen?, schon vorbei

was jetzt drin ist, weiß ich nicht

das hier ist jetzt der Neue Westen, aber ich weiß nicht genau, ob der wirklich so heißt, Tauentzien, Gedächtniskirche, Kurfürstendamm, jetzt müssen wir aussteigen

IV

Als Roxana nach Hause kam, hörte sie Stimmen aus der Küche, und als sie ihren Schlüssel neben die Tür gehängt hatte und ihre Einkaufstasche in die Küche trug, sah sie ein neues Gesicht, und der Weltenhammer schlug auf den Schicksalsgong oder umgekehrt der Schicksalshammer auf den Weltengong. So oder so: in diesem Moment wurde alles anders. Man könnte sagen, es war, als habe sie einen Elektroschock erhalten, der ihren Körper an die Grenzen seiner Belastbarkeit brachte, oder, es habe der Planet plötzlich die Richtung gewechselt, wovon ihr schwindlig wurde. Man könnte auch sagen, die Erde habe sich geöffnet und das Höllenfeuer lodere ihr um die Beine; oder der Himmel sei aufgebrochen und göttliches Strahlen blende sie. Ein Komet sei eingeschlagen; das Eis unter ihren Füßen sei aufgerissen; sie sei in ein neues Universum geschleudert worden; ein Schwerbelastungskörper sei ihr auf den Kopf gefallen – irgendwie so in der Art. Es war einfach die Guillotine ausgelöst worden, deren Fallbeil in dem Moment, da sie das neue Gesicht sah, einen präzisen Schnitt durch die Epochen ihres Lebens machte. Ab sofort gab es ein Vorher und ein Nachher, und sie würde den Moment, in dem sich ihr Leben radikal änderte, immer exakt benennen können: als ich vom Einkaufen nach Hause kam, saß er in der Küche, und von da an war alles anders.

„Hallo, da bist du ja", wurde sie begrüßt, „Roxana, das ist Josh." Der stand sofort auf („Josh, das ist Roxana"), strahlte sie an und streckte ihr die Hand hin, um sie vom Vorher ins

Nachher hinüberzuziehen. Doch es war nicht so leicht, diese Hand zu ergreifen, denn jetzt war nichts mehr normal, auch die kleinste Handlung verlangte nun sorgsame Überlegung und Planung, bevor sie ausgeführt werden konnte.

Als erstes mußte sie ihre Einkäufe abstellen. Dafür mußte sie sich von diesem neuen Gesicht abwenden, und das dauerte sie, denn sie wollte nichts anderes mehr vom Leben, als immerzu nur dieses Gesicht anzuschauen. Es erforderte einige Kraft, sich umzudrehen und ihre Tasche auf die Arbeitsfläche zwischen Herd und Kühlschrank zu stellen. Doch hatte sie nun die Hände frei und konnte sich zu ihm zurückwenden und seine Hand nehmen, die sie sicher und endgültig ins Nachher hinüberzog. Das hatte sich bereits ins Jetzt verwandelt, in endlose Gegenwart.

„Hallo", sagte er, „ich bin Josh."

„Hallo", sagte sie, „Roxana. Freut mich." Sie ließ seine Hand nicht gleich wieder los, um dieses Gesicht, das von nun an alles bestimmen würde, ganz in sich aufnehmen zu können. Doch konnte sie es nicht genau erkennen, es war etwas zu nah für ihre altersbedingte Sehschwäche. Also löste sie ihre Hand dann doch aus der seinen und setzte ihre Lesebrille auf, um sein Gesicht genau zu studieren. Sie sah all seine Poren, Falten, Härchen, Hautunebenheiten ganz scharf. Das half aber nicht, es war halt ein Gesicht. Nur bohrte es sich in eine Stelle in ihr, von der sie nicht gewußt hatte, daß es sie noch gab. Sie nahm die Brille wieder ab, wodurch sich Joshs Gesicht in das eines jungen Prinzen zurückverwandelte.

„Setz dich doch", sagte Sophonisbe und stand selber auf, weil die anderen beiden auch standen. Nun standen sie alle. „Willst du einen Kaffee?" fragte sie und hatte schon eine Tasse aus dem Schrank genommen, die sie auf den Tisch stellte, an dem Roxana gerade vorsichtig Platz nahm. Erst als sie saß, setzte Josh sich wieder. „Und ein Glas Wasser", sprach Sophonisbe als guter Geist im Hintergrund, nahm ein Glas, trug es zum Wasserhahn, füllte es, stellte es vor Roxana hin, goß Kaffee in Roxanas Tasse, setzte sich selbst auch wieder und versuchte herauszufinden, warum die Stimmung so merkwürdig war. Da, von außen betrachtet, gar nichts geschehen war, wunderte sie sich und dachte, sie täusche sich vielleicht.

Josh und Roxana saßen einander gegenüber. Er war erwartungsfroh wie immer, doch weil keiner etwas sagte und Roxana sogar angestrengt nachzudenken schien, erlosch seine Welpenfröhlichkeit, und er runzelte die Stirn genau wie sie, die nun ganz nach innen gewandt war, weil sie gerade begriff, was es war, das sie an seinem Gesicht verstörte. Wenn ich dreißig Jahre jünger wäre, dachte sie nämlich, dann würde ich mich wie wahnsinnig in den verlieben, und ihm so lange hinterherrennen, bis es zu geschlechtlichen Aktivitäten käme, die aber nicht lange ausgeführt würden, weil ich mich wie ein Klumpen Lehm an ihn hängen würde, weswegen er mich nach spätestens zwei Wochen verließe, woraufhin ich in einem Ozean von Verzweiflung versänke.

Solche wie er hatten stets den Sturz in schwerste Depression eingeleitet. Diesem Sturz war immer eine Phase größter Manie vorausgegangen. Solche wie er hatten sie zuverlässig verrückt gemacht und so unglücklich, wie es nur geht.

Genau so einer ist das, dachte sie, genau so einer, an dem ich wahnsinnig würde, wenn ich dreißig Jahre jünger wäre.

Sie hätte nicht erwartet, noch einmal so einem zu begegnen.

Sie hätte nicht gedacht, noch einmal so konkret an ihre verkorkste Adoleszenz und die fatalen Ausflüge in den Wahnsinn erinnert zu werden. Die waren so lange her.

Es war doch schon gar nicht mehr wahr.

Sie war aus dem Gleis gesprungen.

Und da saßen sie nun.

Sophonisbe fand die Stille, die sich wie ein sanfter Nebel von der Mitte her über den Tisch ausbreitete, nicht unangenehm. Josh jedoch war verwirrt, schaute stirnrunzelnd zwischen den beiden Frauen hin und her und suchte eine Antwort von Sophonisbe, die aber keine gab, sondern sich entspannt, mit einem Hauch von Lächeln um die Lippen, zurückgelehnt hatte, die Hände im Schoß gefaltet, das an diesem Tisch sich gerade ereignende unerhörte Geschehen auskostend. Roxana indes war so verwundert, daß sie die Stille gar nicht bemerkte. Die war ihr vielmehr ganz recht, mußte sie doch nachdenken. In Wirklichkeit dachte sie aber gar nicht nach, sondern es fuhr Karussell in ihrem Kopf die Frage, was das solle, das hier gerade geschah. Was jedoch weiter geschehen würde, könnte oder sollte, daran dachte sie nicht, denn das war die Zukunft, und die würde grauenvoll sein, das immerhin wußte sie genau. Was hier aber stattfand, war die Vergangenheit, und die war die Hölle. Warum, warum fand hier Vergangenheit statt? (Vom Anblick eines neuen Gesichts sofort in einen vollkommen anderen Geisteszustand geschleudert werden, aus sich herauskatapultiert werden, um sofort im Reich des Wahns zu wandeln und nicht mehr mit sich selbst, sondern nur noch mit diesem neuen Gesicht beschäftigt zu sein. Ein neues Gesicht sehen und sofort denken „der da wär's, der wär's, der ist genau der, der's wär'".)

So ich habe gedacht nicht mehr schon sehr lange; schon mehrere zehn Jahre ich habe nicht mehr gedacht so. Darum wirklich ich habe vergessen, daß man kann denken so. Daß man kann sehen neues Gesicht und kann denken, daß jetzt man will immer sein mit dieses Gesicht und will anschauen dieses Gesicht jeder Tag. Auch wenn man weiß noch gar nicht, was ist in Kopf hinter dieses Gesicht, man denkt schon, daß man will sehen es jetzt immer.

Sie war auf grausame Weise in die unerbittliche Gegenwart geschleudert worden. Es war kein sanfter Nebel, der sich in ihrem Kopf langsam ausgebreitet hätte, vielmehr hatte sich ihr Hirn insgesamt in einen Wirbel von Maelstromqualität verwandelt, und mehr noch als über das Gesicht, das die Dämme gebrochen hatte, wunderte sie sich über die Wiederkehr des Maelstroms in ihrem Hirn; sie hätte gedacht, der sei längst trockengelegt. Es erschütterte sie, daß die Tür zum Wahn nicht verrammelt und auf ewig verschlossen worden war, als sie das dreißigste Jahr hinter sich gelassen hatte, sondern daß sie einfach so wieder aufspringen konnte, als wäre das die leichteste Übung. Sie hatte ein neues Gesicht gesehen, und das Tor zur Hölle hatte sich wieder geöffnet.

Die Stille war geduldig, aber dick wie Watte. Endlich begriff Sophonisbe, daß die weitere Unterhaltung in ihre Zuständigkeit fiel, immerhin hatte sie den jungen Mann angeschleppt. Sie war für die Beendigung der Stille verantwortlich und für das Wohlergehen ihrer Zimmerwirtin.

„Ich habe Josh im Winter in New York kennengelernt."

„Ich soll an Sie grüßen von Alf."

„Von Alf? Du mußt mich nicht siezen. Bedolf. Wie kommt das denn? Sag du zu mir. Aber warum denn?"

Diese Frage konnten weder Josh, noch Sophonisbe beantworten. Josh verstand nicht, was eigentlich gefragt worden war, Sophonisbe nicht, was eigentlich gesagt worden war, Roxana nicht, worauf sich die Frage bezog. Josh schaute wieder hilfesuchend Sophonisbe an, die ihm weiterhin, selbst wenn sie es gekonnt hätte, nicht hätte helfen wollen, weil es sie so begeisterte, einmal miterleben zu dürfen, wie bei jemand anderem der Liebeswahn ausbrach. Bislang kannte sie dieses Ereignis nur von innen. Es freute sie, nunmehr zu erfahren, wie es sich von außen darstellte, und sie war gespannt auf alles, was nun folgen würde. Roxana schaute weiter Josh an, beziehungsweise von ihm weg und wieder zu ihm hin und wieder weg und wieder hin und wieder weg und wieder hin. Schließlich stand sie auf und verließ die Küche.

„Ich bin ja noch im Mantel", sagte sie im Hinausgehen.

Zwar ging es gen Sommer, doch leichte Mäntel trug man noch. In der Bekleidungsindustrie hieß die Jahreszeit, in der sie sich gerade befanden, „Übergangszeit", eine Zeit der Wandlung also.

Da sie nicht nur ihren leichten Mantel an die Garderobe hängte, sondern auch einen Abstecher in die Abstellkammer machte, dauerte es etwas länger, als zu erwarten gewesen wäre, bis sie zurückkehrte. Derweil lächelte Sophonisbe Josh an, der aussah, als würde er vierstellige Zahlen im Kopf multiplizieren.

Der Spiegel in der Abstellkammer diente Roxana weniger dazu, sich herzurichten, vielmehr wollte sie sich vergewissern, daß sie noch dieselbe Gestalt wie am Morgen hatte, daß sich rein äußerlich nichts verändert hatte und sie, rein äußerlich, intakt noch vorhanden war. Der Blick in den Spiegel verschaffte ihr einen Anhaltspunkt, um wen es sich bei ihrer Person handelte, wer es eigentlich war, deren Gestalt sie täglich durch die Gegend trug, einen Haltepunkt, einen Moment der Ruhe. Während sie sich im Spiegel betrachtete, schien ihr die Wirklichkeit durchaus noch vorhanden, die gewohnte Gegenwart, das gleichmäßige Fließen ihres wohlgeordneten angenehmen Lebens. Sie zog die Lippen nach und sah damit so aus, wie sie immer aussah, wenn sie das Haus verließ und sich mit der Welt konfrontierte; freilich ist es seltsam, sie nicht mehr zu bewohnen.

Sie wirkte, weil sie sich mit einer titanischen Anstrengung zusammenriß, sehr gefaßt, als sie sich wieder hinter die volle

Kaffeetasse und das volle Wasserglas setzte. Beides rührte sie nicht an. Sie saß sehr gerade auf ihrem Stuhl. Man kann es nicht unbedingt hören oder sehen, wenn Welten zusammenbrechen. Kommt aber auch auf die Welten an.

Sophonisbe probierte nun im Geiste verschiedene Möglichkeiten, die Unterhaltung wiederaufzunehmen, aber keine schien ihr passend. Sie wollte nichts sagen, in dem Alf vorgekommen wäre, weil dann vor allem Deborah hätte vorkommen müssen – immerhin war die es, die sich für die Ukraine interessierte und darum Josh noch einige Male zum Essen eingeladen hatte, wobei sie schließlich auf die Idee zu einer gemeinsamen Reise nach Odessa gekommen waren. Sie wollte auch weiter nichts von Josh erzählen, denn der saß mit ihnen am Tisch und konnte selbst für sich sprechen; das gleiche galt für Roxana. Leute, die man gerade miteinander bekannt gemacht hat, einander anzupreisen, war nicht ihre Art, und von sich selbst wollte sie schon gleich gar nicht sprechen. Sie hatte Josh von dem überwältigenden Ereignis am Schlesischen Tor ansatzweise erzählt, das reichte, und Roxana wußte nichts von dem Mann, dem sie den Tod, den er nun gefunden, gewünscht hatte. Und in Wirklichkeit wollte sie im Moment sowieso niemandem von dem Unfall erzählen, vielmehr wollte sie diese unerhörte Begebenheit endlich aufschreiben, deswegen hatte sie Josh ja überhaupt in die Wohnung gelockt: damit der Weg zum Schreibtisch möglichst kurz wäre.

„*Denn die Wünsche verhüllen uns selbst das Gewünschte*", sagte sie schließlich, „*die Gaben / Kommen von oben herab, in ihren eignen Gestalten.*"

Das brachte Leben in die Bude. Josh strahlte sie an, darum lenkte auch Roxana ihr Starren von ihm auf Sophonisbe um.

„Was?" fragte sie.

„Goethe", antwortete Sophonisbe.

„Was?"

„Wußtest du, daß Zar Nikolaus II. mit diesen Worten auf den Lippen gestorben ist? Sie haben ihm in diesem Keller in Jekaterinburg sein Todesurteil vorgelesen, und er hat's nicht kapiert und hat ‚Was?' gefragt, zweimal, also: ‚Schto? Schto?', und dann haben sie schon geschossen, und er war tot."

„Und wußtest du, daß Nikolaus II. ein so unfähiger Zar war, daß er sogar selber die Briefmarken auf seine Briefe geklebt hat? Aber ich meinte doch die Gestalten. Also Goethe. Was denn für Gestalten?"

„Die Gaben kommen von oben herab, in ihren eignen Gestalten."

„Wiederholen erklärt es nicht. Was denn für Gaben?"

„Die Gaben halt. Was sich keiner gewünscht hat, weil die Wünsche uns selbst das Gewünschte verhüllen; ich hab's doch gerade gesagt."

„Ja, du wolltest erklären über Wünsche und Wunscherfüllung", mischte Josh sich ins Gespräch. „Meinst du, Menschen sind die Gaben? Ich meine, die Gestalten – sind sie Menschen, und die Menschen – sind sie, wofür wir wünschen?"

„So in etwa, aber nicht ganz so konkret", sagte Sophonisbe. „Eine Gabe kann die Gestalt eines Menschen haben, und ein Mensch kann die Wunscherfüllung sein – wenn man sich einen Menschen gewünscht hat. Aber das ist, wie gesagt, zu konkret. Ich glaube, Goethe meinte es abstrakter. Obwohl es, genau betrachtet, in ‚Hermann und Dorothea' durchaus um Wunscherfüllung in Form eines Menschen geht."

„Ein Mensch ist keine Wunscherfüllung", sagte Roxana, „ein Mensch ist des Schrecklichen Anfang."

„Nein, da verwechselst du was, Rilke meinte es anders. Bei ihm heißt es, das Schöne sei nichts als des Schrecklichen Anfang."

„Na, das mein' ich doch!" Roxana war so aufgeregt, daß sie mit der flachen Hand auf den Tisch schlug.

„Wo hat Rilke geschrieben vom schrecklichen Anfang?" fragte Josh und hatte schon sein Telefon gezückt, um eine Notiz hineinzutippen.

So kommen wir nicht weiter.

Wieder einmal kommen wir so nicht weiter, denn es werden von drei Personen drei verschiedene Unterhaltungen geführt, und jede dieser Personen hat andere Bedürfnisse, denen sie gerne entsprochen gewußt hätte. Weil der Grund der Unterhaltung nicht klar ist, von einem Ziel ganz zu schweigen, reden sie nicht miteinander, sondern gegeneinander. Auch eine Form von *incommunicado*.

Nachdem Sophonisbe eingesehen hatte, daß sie so nicht weiterkamen, nahm sie beherzt das Heft in die Hand und sprach zu Josh: „Kein schrecklicher Anfang, sondern ‚des Schrecklichen Anfang‘. Erste Duineser Elegie", und dann zu Roxana: „Josh promoviert gerade in Osteuropäischer Geschichte. Ich habe ihn mit Alf und Deborah bekannt gemacht, weil Deborahs Vorfahren aus der Ukraine kamen und Josh über die Ukraine forscht. Darum haben sie sich nach meiner Abreise noch ein paarmal getroffen, und jetzt wollen sie alle zusammen nach Odessa fahren. Alf und Deborah kommen bald nach Berlin."

„Aber hier ist doch nicht die Ukraine."

„Nein, hier ist nicht die Ukraine. Josh reist in fünf Wochen nach Lemberg, und von dort fahren sie zusammen weiter nach Odessa."

„Fünf Wochen? Du bleibst nur fünf Wochen hier?"

Das war eine schlimme Nachricht. Nur fünf Wochen hatte sie Zeit, mit dem Wahn fertigzuwerden.

„Ich bin in Berlin für Ferien und für zu lernen Deutsch. In Lemberg ich arbeite in den Archiven."

„Ach so, und darum mußt du Deutsch können – um die Nazi-Akten lesen zu können?"

„Nein, meine Forschung ist nicht über den Nazizeit. Ich arbeite über den ukrainischen Nationalbewegung in dem neunzehnten Jahrhundert."

„Aha."

Wieder waren sie in einer Kommunikationssackgasse gelandet. Sophonisbe erwog, nunmehr vielleicht doch Roxana zu preisen, um das Gespräch weiterholpern zu lassen, aber zum Glück fiel der selbst ein, wie es weitergehen konnte.

„Ich weiß ja kaum etwas über die Ukraine."

Josh nahm das dankbar auf, denn nun konnte er sagen, was er jedesmal sagen mußte, wenn er von seiner Promotion erzählte.

„Ja, das ist ein Problem. Die Leute wissen nur über den Majdan-Revolution, aber nicht über die Geschichte vorher. Aber es gibt eine Geschichte vorher. Darum ich schreibe meine Dissertation über das. Es ist ein – wie sagt man? *It's a rewarding field of research.* Darum ich habe es gewählt. Es gibt nicht viel Literatur."

„Darum mußt du in die Archive."

„Genau."

„In Lemberg. Ich wußte gar nicht, daß es das noch gibt."

„Viele denken so." Josh lächelte.

„Ja, wir können uns immer gar nicht vorstellen, daß östlich von Polen überhaupt noch etwas stehengeblieben ist", sagte Sophonisbe, „ich kannte Lemberg auch nur aus der Vergangenheit, Joseph Roth und so, Galizien, Ostjuden."

Ach, das war die falsche Richtung, das merkte sie gleich. Mit der Ukraine und der Geschichtswissenschaft war das Gespräch doch schon in ein – wenn auch rostiges – Gleis gelangt und hätte friedlich weiterknirschen können, aber sie hatte es reflexhaft schon wieder in Richtung auf den Nazikram umgelenkt. Zum Glück interessierte der Josh gar nicht, er lenkte das Gespräch ganz woandershin.

„Alf hat mir viel erzählt von dir", sagte er nämlich und strahlte sie an, „ich möchte alles wissen über den Ratgeber-Business!"

Da konnte Roxana wenigstens mal kurz lachen.

„Das Ratgeber-Business", sagte sie, „ach je. Damit ist es doch schon lang vorbei."

„Und welchen Business machst du jetzt?"

„Jetzt?" Jetzt fällt mir gar nichts ein. „Tja, was mache ich jetzt?"

„Du arbeitest an einem Buch über Kommunikation", sprang Sophonisbe ihr bei.

„Ach so. Ja, ich arbeite an einem Buch über Kommunikation. Aber nur halbherzig."

„Warum nur halbherzig?"

„Tja, warum nur halbherzig?" fragte Roxana sich nun selbst. Daß die Leute die schwierigsten Fragen immer als erstes stellen müssen!

„Ja", sagte Sophonisbe, die fand, daß sie nun genug Sozialarbeit geleistet habe, „da werde ich euch jetzt mal alleine kommunizieren lassen, ich muß nämlich dringend an meinen Schreibtisch", und verschwand und hinterließ eine kleine Blase aus Stille, die Roxana jedoch glücklicherweise schnell zum Platzen bringen konnte.

„Möchtest du noch Kaffee? Ich habe Kekse gekauft."

"*I love cookies!*" rief der junge Prinz und lehnte sich in strahlender Erwartung zurück.

Wie ein junger Hund, dachte Roxana. Oh, wie süß!

Wie unerträglich süß.

Und dann dachte sie: des Schrecklichen Anfang, wobei sie,

die Kekspackung in der Hand, versteinerte und Josh anstarrte. Der schaute beunruhigt zurück. Ihm machte das Angst, sie machte ihm Angst, sie merkte es wohl. Besser wäre es, den Raum zu verlassen, dachte sie, aber ihr fiel keine Entschuldigung dafür ein, darum blieb sie.

Ja, da steht was quer, läuft was schief, stimmt was nicht. Wer, wenn ich schriee usw., und warum sich ausgerechnet Rilke hier ausbreitet, ist auch komisch. Diese Küche war nämlich ganz funktional eingerichtet und stand voller Maschinen, die der eiligen Hausfrau und Köchin das Leben erleichterten. In dieser Küche wurde nicht geschrien, es gab dort nichts zu schreien, diese Küche war ein ganz friedlicher Ort.

Roxana rettete sich selbst.

Du bist kein Engel, dachte sie, du bist nur ein goldiges kleines Kerlchen, weiter nichts. Ganz normal. Halt so ein Kerlchen.

„Cookies", sagte sie, „Kekse", und riß die Packung auf und legte die Kekse auf einen Teller und setzte sich wieder hin und lächelte ihn an, wie man so ein goldiges kleines Kerlchen anlächelt.

„Diese Wörter haben eine Ähnlichkeit", sagte Josh.

„Der Geschmack jedoch ist derselbe, egal, welches Wort man wählt."

Dann nahmen sie sich beide einen Keks und aßen ihn auf ihre je eigene unangenehme Art. Josh verschlang den seinen in einem Haps wie ein Grundnahrungsmittel, das ihm lange gefehlt hatte, weswegen er gleich einen zweiten nachschob, während Roxana den ihren in vielen kleinen Bissen wegknabberte, die Pflicht zum Genuß gewissenhaft erfüllend. Das war ähnlich blöd, dauerte aber viel länger. Josh lächelte fürstlich gelassen, während er ihr zusah. Jetzt war soweit alles in Ordnung.

Im weiteren Verlauf des Nachmittags lernte Roxana, weil sie ihm die Gesprächsleitung überließ (was natürlich nie geschehen wäre, wäre sie nicht aus dem Gleis gesprungen), eine neue Form des Nichtkommunizierens kennen. Josh konnte durchaus zuhören, denn er war wißbegierig und stets gewillt, etwas zu lernen und Neues zu erfahren, aber er war nicht zum Gespräch bereit, sondern stellte ungerührt wie eine Maschine ausdauernd Fragen. Wenn die sich allgemein auf Berlin oder auf Deutschland oder auf ihre Ratgeber bezogen, dann konnte Roxana sie ohne große Anstrengung beantworten, weil das nicht mehr bedeutete, als Auskunft zu geben. Gar manche seiner Fragen jedoch bezog sich auf sie selbst, und das auf eine Weise, die ihr unbekannt war, weil sie nicht in seinem Alter war, sondern in dem seiner Mutter. Er verlangte Selbstdefinition von ihr. Wie sie auf die Idee mit den Ratgebern gekommen sei. Warum die so erfolgreich waren. Warum sie keine mehr schreiben wolle. Was ihr an Berlin gefalle. Wann und warum sie ursprünglich hierhergekommen sei. Warum sie geblieben sei. Ob sie für immer hierbleiben wolle. Woher sie Alf kenne. Ob sie ihn manchmal in New York besuche. Ob sie Kinder habe. Warum nicht. Ob sie Geschwister habe. Wie viele. Wie die heißen. Wie das Verhältnis zu ihnen sei. Wie das zu ihren Eltern. Oh, schon gestorben, das tut mir leid.

Es war ein soziales Verhör. Er arbeitete einen Fragenkatalog ab, als sei er blind und habe keinerlei Gespür für das, was die Leute ausstrahlen (er war zwar nicht blind, aber er hatte tatsächlich keinerlei Gespür für das, was die Leute ausstrahlen), das heißt, er machte Konversation oder was er dafür hielt. Dabei versuchte er nicht, sich selbst in ein gutes Licht zu stellen. Das war auch gar nicht nötig, da er als Prinz nicht darauf angewiesen war, gemocht zu werden; er herrschte ja sowieso über alle. Wenigstens kannte er es nicht anders, denn alle waren immer sofort von seiner Schönheit wie erschlagen und darum sofort sprachlos, auch fühlten sie sich stets, des eigenen Mangels an Schönheit plötzlich überdeutlich gewahr, etwas unbehaglich, so daß es stets ihm oblag, für gute Stimmung zu sorgen und das Gespräch am Laufen zu halten. Die Leute auszufragen, war kein Zeichen edler Großmut, sondern schlichte Notwendigkeit. Er erwies ihnen die Gnade seiner Zugewandtheit und hätte anders überhaupt kein Sozialleben gehabt. Mit Gleichaltrigen klappte das, aber er hatte keine Erfahrung mit neuen Bekanntschaften, die im Alter seiner Eltern waren. Er wußte einfach nicht, wie man sich mit dieser ganz anderen Alterskohorte unterhielt.

Hier muß festgehalten werden, daß Roxana gar nicht aufgefallen war, wie gut er aussah. Zum einen hielt sie es für normal, mit ungefähr dreißig so auszusehen wie er, zum anderen und vor allem aber hatte sie ja, als sie seiner ansichtig wurde, durch ihn hindurchgeschaut und sofort erkannt, daß er ein Gespenst aus der Vergangenheit war, der Typ Mann, der sie in der Vergangenheit mehr als einmal wahnsinnig gemacht hatte. Mit seinem Aussehen hatte das nichts zu tun, um die schöne Larve ging es wirklich nicht. Auch in der Vergangenheit war es darum nie gegangen, die Männer, die jetzt Gespenster geworden waren, hatten ganz verschieden ausgesehen.

Das Gespräch oder wie man es nennen will – der Informationsaustausch mit ihm strengte sie sehr an. Solange er in ihrer Küche saß, bemerkte sie ganz deutlich, daß sie gar nichts miteinander anfangen konnten und sich nichts zu sagen hatten, da kam sie sich hauptsächlich ziemlich alt vor. Das war aber nicht schlimm, sondern in Wirklichkeit sehr gut, denn in Verbindung mit der Anstrengung, seine Fragen richtig zu beantworten oder ihnen auszuweichen, bewirkte es, daß sie, solange er anwesend war, tatsächlich fast vergaß, daß sie einstmals, als sie in seinem Alter war, an ihm wahnsinnig geworden wäre. Schlimm wurde es erst, als er gegangen war.

ABER DAS GESCHAH NICHT GLEICH, noch nicht an diesem Tag, das fing erst später an. Zunächst stellte sie nur fest, daß sie aus ihr unbekannten Gründen in die schreckliche Jugendzeit zurückversetzt worden war, indem sie auf einen Mann so reagierte, wie sie reagiert hätte, wenn sie in dessen Alter gewesen wäre. Zunächst war es nur „als ob (ich wieder Mitte zwanzig wäre)" und „so wie damals (als ich noch jung und unglücklich war)". Zunächst fragte sie sich nur, warum sie einen Zustand von früher wiederholte, warum in ihrem Hirn etwas so ablief, wie es vor dreißig Jahren abgelaufen wäre.

Warum wiederhole ich Zustand von dreißig Jahre zurück?

Es ist kein Grund für Wiederholung, denn bin ich zufrieden mit mein Leben. Es ist nicht Notwendigkeit von neues Gesicht und totale Veränderung in mein Leben.

Als hätte sie sich verliebt.

Als wäre sie wahnsinnig geworden.

Am Anfang ich habe nicht verstanden, was ist passiert. Am Anfang ich habe gedacht, ich wiederhole Zustand von Zeit, wenn ich war sehr junge Frau, und ich habe nicht verstanden, warum.

Die ersten zwei oder drei Tage, nachdem sie ihn kennengelernt hatte, waren ihre Karenzzeit, erst dann traf sie das Elend mit voller Wucht, erst dann wurde ihr klar, daß das hier kein „als ob" und „so wie damals" war, sondern daß sie sich tatsächlich verliebt hatte. Daß es keine Erinnerung war, sondern eine Wiederholung, daß der Trieb zurückgekehrt war mit all seiner Gewalt – die darin bestand, daß er den Geschlechtsapparat, der ihr so lange Zeit als überflüssige Körperregion erschienen war, zurück ins Bewußtsein rückte. Am Anfang dachte sie, es sei ein hypertrophierter Trieb, einem Krebsgeschwür vergleichbar, es sei ein Triebgeschwür (eine schlimme Krankheit), was da plötzlich aufgebrochen war, als hätte es nur geschlummert, sich nun aber in ihr festgesetzt, als gäbe es sonst nichts auf der Welt. Aber so war es ja wirklich: es gab sonst nichts mehr auf der Welt als allein ihr Sehnen nach diesem einen Mann; dieses Geschwür fraß alle sonstigen Lebensäußerungen auf, der Trieb beutelte sie, als gäbe es kein Morgen. Zugleich war er nur theoretisch, denn sie war zwar wahnsinnig geworden, aber nicht verrückt.

Sie grub in ihrem Hirn nach Erinnerungen. War es denn früher auch so gewesen? Soweit sie es rekonstruieren konnte, unterschied sich dieser Ausbruch von früheren dadurch, daß er sie auf eine bestimmte einzelne Person klatschte – als wucherte das Triebgeschwür nicht in ihr, sondern als wäre sie selbst dieses Geschwür. Früher hatte sich der Trieb nur selten auf einen konkreten einzelnen Mann gerichtet, sondern war immer ganz allgemein gewesen. Er hatte nach allen Seiten von ihr abgestrahlt, und im Prinzip war jeder, der zufällig in diese Strahlung geriet, erwünscht gewesen. Im Prinzip. Denn so ist das in der Jugend: erst einmal alles mitnehmen, im Nachgang dann die Spreu vom Weizen trennen.

Bald begriff sie, daß es falsch war, die aktuelle Ausformung des Triebes für hypertrophiert zu halten. Ganz im Gegenteil: hypertrophiert war er in ihrer Jugend gewesen, jetzt war er so normal, wie er halt ist, der Quälgeist der Menschheit.

Eigenartig war nur, daß dieses Verlangen, der Trieb oder was, sich nur ausbreitete, sie nur von ihm besessen wurde, wenn das Objekt der Begierde abwesend war. In seiner Gegenwart nämlich war sie in erster Linie angestrengt. Josh strengte sie an mit seiner Gesprächsverhinderungstechnik, seinen unvermittelten Fragen, die höchstens zu Nachfragen führten, aber sonst nirgendwohin, die eben nie ein Gespräch eröffneten, sondern es immer nur verhinderten. Frage, Antwort, Nachfrage, Ergänzung der Antwort, fertig, nächste Frage.

WIR WISSEN, daß Verliebtheit immer ein Ausflug in den Wahnsinn ist. Im glücklichen Fall wird dieser Wahnsinn geteilt und verwandelt sich bald in eine frohe Zweisamkeit, die, im noch glücklicheren Fall, währt, bis der Tod sie endet. Im unglücklichen Fall erlebt man den Wahnsinn alleine, und es ist schwer, sich aus ihm zu befreien. Bis zum Tod wird er in der Regel nicht dauern, aber ein, zwei Jahre durchaus. Das Herz kann Knall auf Fall in einen völlig neuen Zustand versetzt werden, es kann sich von einem Moment auf den anderen einem neuen Gesicht unterwerfen, und zwar vollkommen, und weil es auf Dauerbelastung ausgelegt ist, weil es unerschütterlich tagein, tagaus so arbeitet, wie es einmal festgelegt wurde, braucht es dann sehr lange, bis man es wieder umtrainiert hat. Ach, das gute Herz!

IHREN ALLERERSTEN MANIERENRATGEBER hatte Roxana mit einem allgemeinen Rat beendet, und womöglich war der es gewesen, der ihren großen Erfolg begründet hatte. Er handelte von der Liebe:

Dinge aus Liebe tun

Alles, was man für andere tut, sollte aus Liebe geschehen.

Dinge aus Liebe tun, bedeutet nicht, geliebt werden zu wollen. Es bedeutet nicht, mit Liebe belohnt werden zu wollen. Es ist, ganz im Gegenteil, völlig egal, was der, dem man etwas aus Liebe getan hat, davon hält. Es geht um einen selbst. Dinge, die man aus Liebe tut, tut man für sich selbst.

Wenn man etwas aus Liebe tut, dann macht man sich selbst damit glücklich.

☝ Wenn es einen nicht glücklich macht, dann hat man nicht aus Liebe gehandelt. Womöglich hat man dann doch versucht, die Liebe des anderen zu erringen. Dadurch aber kann man sich sehr unglücklich machen.

☝ Alles, was aus Liebe getan wird, ist wohlgetan.

Das wußte sie also, und das wußte sie genau. Darum wollen wir als erstes festhalten, daß das, was Roxana nun erlebte, nichts mit Liebe zu tun hatte, sondern vielmehr wirklich Wahnsinn war.

Nun werden wir im folgenden zwar von Roxanas Wahn handeln, wollen aber dessen Ausformungen, die konkreten Handlungen, zu denen er führte, nicht im einzelnen beschreiben, denn das wäre ungerecht. Wir wollen im allgemeinen bleiben. Wir wollen nicht beschreiben, wie sie im Internet nach ihm recherchierte, ohne viel zu finden, wie sie ihm über den für ihre Ratgeber eingerichteten Account auf Facebook hinterherzuspionieren versuchte, wir wollen auch die Briefe an ihn, die sie teils im Geiste, teils in ihrem Josh-Buch entwarf, hier nicht wiedergeben, nichts davon! Sowieso wendete sie den Wahn vollkommen nach innen und verbarg ihn sorgfältig, wenn sie sich mit seinem Verursacher – seinem Auslöser traf. (Da er nun wirklich nichts dazu getan hatte, war er tatsächlich nur ein Auslöser, kein Verursacher.) Bei diesen Begegnungen wahrte sie eisern Schein und Contenance und benahm sich ganz ihrem Alter gemäß; da war nicht zu bemerken, wie schrecklich jugendlich es in ihr zuging. Vielmehr tat sie da so, als könne sie ihm eine kluge mütterliche Freundin sein, als nähme sie alles Irdische freundlich zur Kenntnis, aber keinesfalls daran teil. Bei ihren Begegnungen war sie diesem Irdischen geradezu entrückt, obwohl sie doch den Rest der

Zeit, also jeden Moment, den sie nicht mit ihm verbrachte, nichts anderes interessierte als nur dieses Irdische und dieses Irdische allein.

Wenn ich habe gesehen sein Gesicht erstes Mal, alle Schrauben in mein Kopf waren gezogen fest. In mein Kopf war stabile Konstruktion in guter Zustand, war keine Gefahr von Erschütterung oder daß geht kaputt. Mein Leben sehr war in Ordnung. So ist oft bei Leute in mein Alter: sie haben erreicht Zufriedenheit mit ihr Leben. Auch zwar sie sind jung nicht mehr, auch aber sie sind alt nicht ganz; sind sie noch gesund und haben sie keine Schmerzen. Ist alles gut. So war bei mir: alles gut.

Daß sie aufgewacht war, stellte sie am Morgen daran fest, daß sie wieder an IHN dachte, das heißt, sie dachte an IHN und bemerkte erst dann, daß sie nicht mehr schlief (der Schlaf war nur eine Unterbrechung ihrer unausgesetzten Beschäftigung mit IHM).

Um der Aufregung Herr zu werden, legte sie ein Buch an, auf das sie „JOSH" schrieb und in dem sie jeden Aspekt ihres Liebeswahns, sobald sie ihn entdeckt hatte, festhielt, um das Buch anschließend sofort wieder ganz weit hinten in einer Schreibtischschublade zu verstecken. Da sie allerdings oft, kaum hatte sie es weggeräumt, schon wieder das Bedürfnis hatte, etwas hineinzuschreiben, wurde diese Schublade in einem fort aufgezogen und zugeschoben. Dabei stellte sie fest, daß sie ein bißchen klemmte, und brachte etwas Kerzenwachs auf, um sie wieder leichtgängig zu machen. (Diesen Tip hatte sie aus dem Internet, denn solche Ratschläge waren nicht ihr Stil. Das nur nebenbei.) In dieses Buch schrieb sie:

Mein Herz ist wie so ein Motor, der immer knallt und rattert.

Mit meinem Herzen liege ich so im Dunkeln, so früh um halb sechs, wenn ich mich genug beruhigt habe, um endlich das Licht löschen zu können, und meine Glieder sind so kribbelschwer, und ich denke, hier kommt der Schlaf, und ich denke, ahoi, du schöner Schlaf, komm her zu mir, da, zack!, knallt mein Herz und springt der Motor wieder an & rattert & rattert, die Ratte!, und gleich bin ich hellwach, total lebendig, und lag nur zwanzig Minuten im Dunkeln mit meinen dem Schlaf entgegenkribbelnden Gliedern. Und mache das Licht gleich wieder an, es hat ja keinen Sinn. Wie soll ich denn schlafen, wenn mein Herz reisefertig ist und schon mal den Motor anwirft, weil's doch jetzt gleich losgeht oder vielleicht nicht?

UND WANN WIRD das erste Liebesgedicht geschrieben? Nein, das geht zu weit. Gedichte wurden keine geschrieben, das laufende Protokoll jedoch wurde minutiös geführt. Was anderes hätte sie tun können?, da sie den ganzen Tag an nichts anderes dachte als an ihn, bzw. an das, was er in ihr ausgelöst hatte. Das war anstrengend für ihren Kopf, zugleich recht eintönig. Nicht nur das hypertrophierte Gefühl war anstrengend, auch die Eintönigkeit. Sie konnte zwar viele Nuancen dieses einzigen Gedankens vermerken („beim Heben der Kaffeetasse die Vorstellung, wie ich ihm beim Frühstück eine Tasse reichen würde"; „beim Heimkommen Enttäuschung, ihn nicht in der Wohnung zu finden"; „beim Ausziehen Depression, weil mein Bett leer ist und ich es selbst würde wärmen müssen" – so Zeug halt), aber in der bis zu zehn Minuten währenden Zeitspanne, bis sie eine weitere Nuance ihrer Liebe („Liebe") zu ihm entdeckt hatte, mußte sie sich anderweitig beschäftigen. Manchmal machte sie das Buch gar nicht wieder zu, sondern malte Kringel hinein, die dann übergangslos zum nächsten Vermerk, ihre Liebe betreffend, führten. Manchmal schrieb sie nur seinen Namen in allen möglichen Varianten (Joshua, Yehoshuah, Jehoschua, Josua, Jesus), wobei sie sich daran erfreute, daß sie ihn schreiben konnte, ohne abzusetzen, weil er keine Umlaute und kein „i" enthielt, so daß kein Punkt gemacht werden mußte. Konnte man in einem Zug durchschreiben: Josh. Konnte man auch klein schreiben: josh. Dann aber doch mit Punkt, und zwar gleich mit Doppelpunkt und Erläuterung: *josh* — Neckerei, Hänselei; *to josh* — *vt* aufziehen, veräppeln, verulken; *vi* Spaß machen *(all informal).* Das, diese Bedeutungen hätten ihr zu denken geben können. *Josh around (Josh all over the place). Another One Bites the Dust.* Sie suchte auf YouTube nach diesem Lied von *Queen,* und dann gab es ihren weiteren Eintragungen den Rhythmus vor, gab überhaupt allem den Rhythmus vor (denn, einmal gehört, haftet dieses spezielle Stück Musik für immer und ewig). Es ließ sie den Altersunterschied vergessen, *headbanging* verfaßte sie den nächsten Eintrag: *another one bites the dust.* Aber das war nur kurz lustig, in Wirklichkeit war das nur für einen ganz kurzen Moment lustig, so lange nämlich nur, bis sie sich den Refrain durch Übersetzung verdeutlicht hatte, worauf sie ihn natürlich auf sich selbst bezog. Gleich fiel sie wieder ins große Ach! – kein Entkommen, ausweglos, hoffnungslos. Statt sich dem Headbanging (ohnehin nicht gut für die Halswirbelsäule) hinzugeben, wäre es angemessener gewesen, den Kopf einfach gegen die Wand zu schlagen. Sie ließ ihn sinken, den Kopf, der zu keiner sinnvollen Arbeit mehr zu gebrauchen war. Daß sie diesen ganzen Scheiß noch einmal erleben mußte!

Das Leben ist kein Ponyhof. Aber echt nicht.

Manchmal war sie sehr glücklich. Da genügte ihr schon, daß es ihn gab, daß er zugleich mit ihr auf der Welt war. Am glücklichsten war sie, wenn eine Begegnung mit ihm bevorstand. Da spürte sie ihren ganzen Körper, es floß ihr das Glück durch alle Glieder als ein leicht prickelnder warmer Strom und weitete ihr die Brust, und es freute sie, daß es auch sie gab, gerade jetzt, in diesem Moment. Das war das Glück.

Die Begegnungen selbst allerdings waren schwere Arbeit, denn die fanden nicht in ihrer Parallelwelt statt, sondern in der Wirklichkeit. Zum Beispiel besuchten sie ein Museum, sagen wir, die Gemäldegalerie, und die befand sich in der Wirklichkeit, in einem Gebäude mit Adresse, und auch die Bilder, die dort hingen, waren alle materiell vorhanden. Doch waren sie alle schon alt und so voller Bezüge, daß ihre Betrachtung auch dann schon anstrengend gewesen wäre, wenn sie nicht gleichzeitig noch den Ansprüchen und Erfordernissen der Parallelwelt.hätte genügen müssen. Die Bilder selbst waren nicht unbedingt voller Bezüge, aber weil sie aus anderen Epochen kamen, trugen sie ein völlig anderes Bezugssystem mit sich, in das man sich begeben mußte, um sie überhaupt zu verstehen, das war auch eine Art Parallelwelt, und dazu stand dann noch das Kerlchen neben ihr, seine Hand vielleicht eine Handbreit von ihrer entfernt, so nah, daß sie sich manchmal versehentlich berührten, und war einerseits der Gegenstand all ihrer Gedanken und andererseits ein Vertreter der Generation ihrer nicht gezeugten und darum nicht vorhandenen Kinder. Hinzu kamen der kulturelle Unterschied und die Fremdsprache, in der sie sich zwar gut ausdrücken, in der sie aber nicht denken konnte. Schon aus diesem Grund war sie nicht sehr klug, wenn er in der Nähe war. Meist fingen sie das Gespräch auf deutsch an, ein Zugeständnis an seine Lernlust und Wißbegier, aber sogar das strengte sie an, denn sie redeten wie auf Sprachlernkassetten.

„Gehst du gerne ins Museum?"

„Ja."

„Gehst du oft ins Museum?"

„Nein."

„Warum gehst du nicht oft ins Museum, wenn du gehst gerne ins Museum?"

„Ja, warum eigentlich? Darüber habe ich noch nicht nachgedacht. Hm."

Hier zum Beispiel zeigte sich der Kulturunterschied, denn während Roxana diese Frage wahrheitsgemäß zu beantworten suchte, hatte der junge amerikanische Bourgeois nur Smalltalk gemacht. Aber dabei lächelte er die ganze Zeit! So bezaubernd.

Ginge ich öfter ins Museum, hätte ich gewußt, daß dieser Caravaggio genau hier hängt, dachte Roxana.

Amor als Sieger lächelte genauso bezaubernd wie der junge Prinz/das Kerlchen/das bourgeoise Arschloch/der Mann, der ihr die Schrauben lockergedreht hatte, aber was ihr noch mehr auffiel, war die strukturelle Ähnlichkeit mit Dürers *Melencolia I*. Auf beiden Bildern liegen Gegenstände um eine Figur herum, während die Figur selbst ...

"He really liked young boys", sagte Josh,

"well ...", sagte Roxana,

"have you seen his Narcissus *in Rome?"*, fragte der junge Prinz,

"well", hub Roxana wieder an, und da er diesmal nicht brillieren wollte, sondern nur so eine Smalltalk-Bemerkung gemacht hatte (denn die Kunst der Renaissance gehörte nicht zu seinem Forschungsgebiet), und weil sie sich darüber ärgerte, im Nachdenken gestört worden zu sein und es sie baß erstaunte, daß schon wieder von Narziß die Rede war, während sie also eine Sekunde länger schwieg, als in Kleingesprächen

üblich, sagte er und machte jede Gesprächsmöglichkeit zunichte:

„sie sind seine berühmteste Bilder sowieso",

und in ihrem Hirn krachte alles zusammen, als würden dort Crash-Tests unternommen. Da hatte sie nur noch einen Klumpen Lehm im Schädel und fühlte sich schlagartig so erschöpft, daß sie sich gerne hingelegt hätte.

Zwar dachte sie in einem fort an ihn, also IHN, aber sie hatte tatsächlich kein Verlangen nach ihm, also IHM. Ihr Körper nämlich war an ihrem Wahn nicht beteiligt, der reagierte nicht auf das Kerlchen, dem war es egal, daß es sich dabei um einen jungen PRINZEN handelte; für den konnte er sonstwer sein, es kümmerte ihn nicht. Das wurde Roxana erst nach einer Weile bewußt. Am Anfang war es ihr gar nicht aufgefallen, weil sie an diesen exaltierten Zustand nicht mehr gewöhnt war und nicht mehr wußte, was zu einem solchen Wahn alles gehörte. Erst als sie alle ihre einstigen Verliebtheiten systematisch durchging, weil sie hoffte, vielleicht in ihrer Vergangenheit Rat zu finden, wurde ihr das bewußt. Sie erinnerte sich an einen lange zurückliegenden Wahn, der am Beginn ihrer schönen Ratgeberkarriere von einem freien Grafiker ausgelöst worden war. Bei dem war es so gewesen, daß sie einerseits sehr sehr große Lust auf ihn hatte, zugleich aber jenseits beruflicher Dinge nichts mit ihm zu tun haben wollte, weil der ein schlechter Mensch war und dumm dazu. Damals war es ihr Kopf gewesen, der gar nicht an der Sache beteiligt war, sondern weiterhin einwandfrei funktionierte, damals war nur ihr Körper verrückt geworden, indem sich der dumpfest denkbare Trieb ausgerechnet auf diesen speziellen Mann geheftet hatte. Folgerichtig war es mit dem zu gar nichts gekommen. Mit dem war sie nicht einmal Kaffee trinken gegangen, weil sie fürchtete – weil sie wußte, daß der eine geschlechtliche Begegnung ausnützen würde, um später fies zu werden (schlecht von ihr zu reden, Gerüchte in die Welt zu setzen, sie zu nötigen oder gar zu erpressen zu versuchen – was so einem hinterfotzigen Dummkopf halt einfällt), und das wußte sie genau, denn ihre Menschenkenntnis trog sie nie. Trotzdem war sie immer vollkommen aufgeweicht gewesen, wenn sie sein Büro verließ, und hätte sich jedesmal sofort auf die Straße legen und dort zerfließen wollen. Darum wußte sie, wie es sich anfühlt, wenn man nicht einfach scharf auf jemanden ist, sondern wahnsinnig vor Lust.

Mit Josh aber geschah ihr nichts dergleichen. Wenn der zur Tür hereinkam, stellte sie fest, daß er nichts von ihr wollte, und fertig. Das enttäuschte sie, das war alles, und sie konnte gar nicht darüber nachdenken, weil sie sich sofort schwer konzentrieren mußte, um seiner speziellen Form des *incommunicado* folgen zu können. Wenn er dann wieder gegangen war und sie sich halbwegs erholt hatte, wenn sie dann ihre Begegnung Stück für Stück (Minute für Minute) noch einmal durchging, erkannte sie die Momente, in denen ihr Zusammensein eine andere Richtung hätte nehmen, ihre Körper hätten zusammenfinden können, und wußte, daß das nicht geschehen war, weil er es nicht wollte (weil er eigentlich gar nichts wollte außer Keksen und netter Gesellschaft) – und sie gar nicht auf die Idee gekommen war, sein Wollen zu ändern. Und sie hatte keine weichen Knie und wollte sich nicht auf den Boden werfen und dort zerfließen, sondern dachte nur nach wie verrückt. Ihr Hirn arbeitete dann immer an der Belastungsgrenze, ihr Körper aber war völlig ungerührt, dem war das Kerlchen egal; der wollte vielmehr gerne an die frische Luft oder Dehnungsübungen machen oder sich auf dem Sofa einrollen, aber gewiß nicht mit einer anderen Person, welcher auch immer, in engen

Kontakt treten. Und daran erkannte sie, daß sie wahnsinnig geworden war, und zwar nicht auf die glückliche Weise, mit der eine romantische Zweierbeziehung beginnt, sondern auf die unangenehme rauhe Art, die einen in die Klapse bringt, wenn man nicht aufpaßt, zumindest aber in den bestens bekannten Abgrund der Verzweiflung stürzt.

Weil sie sich so zusammenriß. Weil sie so darauf bedacht war, sich nichts anmerken zu lassen. Weil sie streng auf indifferente Körpersprache achtete. Darum war das so. Darum geschah nichts und konnte nichts geschehen. Es war alles nur in ihrem Kopf.

Zwar dachte sie, es sei keine Wiederholung eines früheren Zustands, worin sie sich gerade befand, sondern sie habe sich wirklich verliebt, aber es war ihr völlig klar, daß sie in einen Wahn geraten, daß sie verrückt geworden war. Was den Wahn nicht milderte, der war real. Und vielleicht wurde das Leiden dadurch verschärft, daß sie so genau wußte, wie bescheuert das alles war.

In ihrer Verzweiflung offenbarte sie sich Sophonisbe, die es peinlich berührte, als Roxana ihr gestand, daß sie sich in Josh verliebt hatte. Daran erkannte Sophonisbe, daß ihre Zimmerwirtin in ihren Grundfesten erschüttert war, denn „kann ich mal mit dir reden" hätte sie von jedem in einer vergleichbaren Situation erwartet, nur nicht von dieser Frau, die sie bislang nur sachlich und beherrscht erlebt hatte. Zwar hatte sie deren Gefühlsausbruch sofort bemerkt, aber sie hätte ihn lieber von außen betrachtet, statt in den Wahn einbezogen und zu Mädchengesprächen aufgefordert zu werden. Um abzuwiegeln und damit es nicht allzu vertraulich würde, sagte sie sofort:

„Ja, weil der so schön ist."

„Wie, ‚weil der so schön ist'? Was soll das heißen? Der ist

doch nicht schön", gab Roxana in gereiztem Ton zurück, leicht beleidigt. Sie scherte sich doch nicht um Äußerlichkeiten! „Jung ist er, das ist alles."

„Das ist überhaupt nicht alles. Er ist jung und sieht total gut aus."

„Der sieht doch nicht total gut aus."

„Doch."

„Ist mir bislang noch nicht aufgefallen."

„Soll das heißen, du hast dich in ihn verknallt und weißt gar nicht, wie er aussieht?"

„Jung sieht er halt aus. In seinem Alter sehen doch alle gut aus."

„Meine Fresse", seufzte Sophonisbe, „das ist ja wirklich schlimm. Ich habe dir doch erzählt, daß ich ihn bei dieser Versammlung schöner Menschen kennengelernt habe."

„Das sagst du. Vielleicht hast du dir nur eingebildet, daß dort alle total schön waren, vielleicht hat dir der Jetlag einen Streich gespielt."

„Vielen Dank."

„Vielleicht bist du auch total schön."

„Vielen Dank."

„Du hast auch erzählt, daß dich ein Engel zu dieser Party gebracht hat. Das hört sich schon sehr nach Jetlag an."

„Wie auch immer. Ich bin nicht in ihn verliebt, und ich kann dir versichern, daß er sehr schön ist, es ist geradezu abstoßend, wie schön er ist."

„Wieso sollte das abstoßend sein?"

„Weil ... ach, wie soll ich das erklären? Weil es ihn entmenschlicht, weil es ihn zu einem Ding macht. Er ist so schön wie eine Statue, man kann es nicht fassen, und was hinter diesem schönen Gesicht vorgeht, interessiert keinen. Hinter einem schönen Gesicht lebt man wie in einer Festung, aus der es kein

Entweichen gibt. Wie soll er überhaupt mit Menschen in Kontakt kommen, wenn sie ihn alle bloß anstarren? Er geht mir sehr auf die Nerven, aber er tut mir auch sehr leid. Eben weil er so schön ist. Das Drama besonders gut aussehender Leute ist: man hat sie gerne um sich, sie schmücken das Heim. Mehr will man nicht von ihnen, vor allem interessiert es niemanden, was in ihnen vorgeht, weil jeder denkt, sie müßten es leicht haben – weil sie doch so schön sind, wie es jeder gerne wäre. Sie sind nicht als menschliche Wesen, nicht als Personen, nicht als Individuen gefragt, sondern nur als so etwas Schönes, das man gerne anschaut. Einen schönen Menschen hat man gerne in der Wohnung, er verleiht ihr das gewisse Etwas. Schöne Möbel kann jeder kaufen, den schönen Menschen gibt es nur einmal."

„Und du fandest es doof, daß ich Spiegel doof finde."

„Das Drama des schönen Menschen hat mit Spiegeln nichts zu tun. Es geht ja nicht darum, sich selbst zu sehen, es geht darum, was die anderen sehen. Du hast doch selbst auf den armen Narziß hingewiesen."

„Dann hat's doch mit Spiegeln zu tun. Ohne Spiegel wäre der arme Narziß nicht verreckt."

„Okay. Weil wir gerade beim Verrecken sind: soll ich dir jetzt mal genau erzählen, wie die Geschichte mit dem einstigen Mann meines Lebens ausging?"

„Du willst doch bloß das Thema wechseln."

„Ja, das will ich, und zwar sehr gerne."

„Erzähl mir das ein anderes Mal", sagte Roxana.

Hier ist zu bemerken, daß Roxana sich an ihren eigenen Rat nicht hielt. Dabei hatte sie ihn sogar zweimal gegeben: schon in ihrem allerersten Ratgeber, dem über „Umgangsformen für Stadtbewohner", und in „Über den Umgang mit Betrübten und Verzweifelten" steht er auch:

Trauerfälle

Immer kondolieren, auch wenn man die verstorbene Person gar nicht kannte, auch wenn man die Hinterbliebenen nur wenig kennt.

Kondolenzbriefe helfen, weil die Hinterbliebenen sich dann weniger alleine fühlen, obwohl sie vom Verstorbenen verlassen wurden.

☝ Jeder Todesfall verursacht ein Schuldgefühl (weil man noch lebt). Ein Kondolenzbrief an die Hinterbliebenen löst es auf.

☞ Präsenz zu zeigen, ist das Wichtigste, wenn andere ein Unglück getroffen hat. Man muß nicht die richtigen Worte finden, man muß nur zeigen, daß einem nicht egal ist, was dem anderen widerfahren ist, daß es einen bekümmert.

Notgedrungen tauschte Sophonisbe die Gesprächspartnerin und erzählte nun Alkeste von dem Unfall am Schlesischen Tor.

„Der Mann ist womöglich endlich tot."

„Welcher Mann?"

„Na, welcher wohl? Der, dessen Name nicht genannt sein soll, *obliviscundus.*"

„Wer?"

„Der zu vergessen ist, der vergessen werden muß, vergessen sein soll. Du weißt genau, von wem ich spreche."

„Ach, ***?"

„Genau der. Aber sag seinen Namen nicht, bitte."

„Aber wie soll ich mich denn sonst auf ihn beziehen?"

„Du sollst dich gar nicht auf ihn beziehen, er soll nicht mehr vorkommen! Andererseits ist keine Wortwahl mehr nötig. Er ist ja endlich verreckt."

„Das weißt du nicht."

„Ich hab's mit eigenen Augen gesehen."

„Aber du weißt nicht, wie es weiterging. Es kam doch ein Krankenwagen. Vielleicht ist er nur schwerverletzt, vielleicht hat er's überlebt."

„Du bist wirklich gar nicht poetisch."

„Poesie ist dein Job. Ich bin Anwältin."

„Hätte ich jetzt nicht gedacht. Hab' doch wenigstens ein bißchen Mitleid mit mir!"

„Mit dir? Warum nicht mit ***?"

„Es ist hoffnungslos. Du verstehst gar nichts!"

„Ach, meine Süße, jetzt schaust du aus wie ein böses kleines Mädchen." Alkeste lächelte gerührt.

„Mag sein. Und?"

Im Umgang mit ihrer großen Schwester gelang Sophonisbe keine allumfassende Weisheit & Freundlichkeit, denn das war etwas, das ihr im Umgang mit ihrer großen Schwester sowieso nicht gelingen konnte, weil die sich selbstverständlich nicht vorstellen konnte, daß ihre kleine Schwester sich zu so einem begnadeten Wesen entwickelt haben könnte. Sie kannte sie ja noch von vorher, aus der Zeit, als Sophonisbe ein kleines Mädchen war und von Weisheit & Freundlichkeit nichts wußte und sich auch nicht darum scherte; aber wirklich nicht.

Alkeste lächelte noch immer. So kannte sie ihre Schwester, vielmehr erkannte sie sie wieder, es war seit Jahrzehnten alles gleich geblieben. Auch Sophonisbe wußte das (denn sie verfügte über allumfassende Weisheit & Freundlichkeit), darum fügte sie sich, wechselte wieder einmal das Thema und erzählte etwas ganz anderes. In Wirklichkeit wurde es sowieso erst jetzt interessant. Erst die Vorgeschichte: daß sie Josh in New York auf einer Party kennengelernt hatte, daß Alfs Frau – „du weißt schon, Bedolf, Ziggys großer Bruder, der lebt jetzt in New York" – wegen ihrer ukrainischen Vorfahren ganz begeistert von Josh war, und daß sie (jetzt die eigentliche Geschichte) Josh hier in Berlin wiedertraf, und zwar gleich nach dem Unfall – „ich war ja praktisch auf dem Weg zu meiner Verabredung mit ihm" – und ihn dann mit nach Charlottenburg nahm, damit er Roxana persönlich von Alf grüßen konnte – „ich glaube, die hatten mal was, Roxana spricht schlecht von Alfs Frau" –, jedenfalls habe sie Josh mit nach Charlottenburg genommen, weil sie nicht wußte, was sie mit ihm anfangen sollte, und habe sie miteinander bekanntgemacht, also Josh und Roxana, „und dann ist die komplett durchgedreht".

„Wie, ‚durchgedreht'?"

„Na, wahnsinnig geworden. Erst hat sie das Kerlchen immer angestarrt, aber vorher hat sie sich im Spiegel angeschaut …"

„Wie, ‚sich im Spiegel angeschaut'?"

„Ach so, das habe ich vergessen. Am selben Tag, bevor ich losgegangen bin, hat sie mir erklärt, daß die Welt eine bessere wäre, wenn es keine Spiegel gäbe, weil Spiegel die Geißel der Menschheit seien, und das erste, was sie tut, nachdem sie des Kerlchens ansichtig worden, ist, vor den Spiegel zu rennen und sich die Haare zu richten und die Lippen nachzuziehen. Ist doch irre."

„Warum nennst du den jungen Mann ‚das Kerlchen'?"

„Weil er eins ist. Sogar Roxana nennt ihn so. Aber darum geht's doch gar nicht. Es ist doch irre, daß sie erst sich im Spiegel und dann immerzu das Kerlchen anschaut."

„Na, so irre nun auch nicht."

„Doch. Du kennst sie ja nicht. Es ist irre. Sie ist irre. Völlig verrückt geworden. Komplett durchgeknallt."

„Du mußt es ihm bekanntmachen", sagte Sophonisbe schließlich.

„Was soll das denn heißen?"

„Ja, wenn er gar nicht weiß, daß du was von ihm willst, dann kann er doch – also, dann kann er doch gar nicht wissen, daß du was von ihm willst."

„Was soll das denn bedeuten?" fragte Roxana, „das bedeutet doch gar nichts."

„Ja, das war jetzt nicht gut ausgedrückt, aber wenn du dich totstellst, dann ist es doch genauso wie in der Adoleszenz – also, wie in unserer Adoleszenz. Du erwartest, daß der Mann aktiv wird und dich erwählt. Aber die jungen Männer von heute sind anders. In Filmen zum Beispiel ergreift jetzt immer die Frau die Initiative."

„Ich soll mein Verhalten dem anpassen, womit die Unterhaltungsindustrie mir das Hirn wäscht? Das ist ja wohl nicht dein Ernst."

„Nein, so meine ich das nicht, ich meine …" Tatsächlich wußte sie gar nicht, was sie meinte, aber das machte nichts, weil Roxana das sowieso nicht interessierte. Die wollte nur ihr Leid loswerden, auch wenn, es zu teilen, in diesem Fall nicht bedeutete, es zu halbieren.

„Ich denke in einem fort an den Altersunterschied", sagte Roxana.

„Wie groß ist der genau?"

„Fünfundzwanzig Jahre."

„Ein Vierteljahrhundert! Ja, das ist viel, das stimmt. In einer so langen Zeit werden Reiche gegründet und gehen unter, werden Kriege erklärt, gefochten und beendet, wandert der Weltgeist mehrere Längengrade weiter, erstehen Idole und vergehen wieder, denn die Besten sterben jung und werden Legenden."

„Ich könnte seine Mutter sein."

„Bist du aber nicht."

„Aber er kennt Frauen in meinem Alter höchstens als Freundinnen seiner Mutter!"

„Er kennt solche Frauen auch aus Pornofilmen, dort heißen sie ‚MILF‘.“

„MILF?“

„Mother I'd like to fuck.“

„Mach mich fertig“, sagte Roxana.

„Ich sag's, wie's ist“, sagte Sophonisbe.

„Ja.“

„Ja.“

„Ja, scheiße.“

„Ja.“

Sie starrten sich angespannt an. Roxana war tendenziell wütend, aber auch verzweifelt, sie war völlig durch den Wind. Sophonisbe hingegen war angespannt, weil ihr im Moment nicht präsent war, was für solche Fälle in Rosis Rotem Ratgeber „Über den Umgang mit Verrückten und Wütenden“ geraten wurde. Roxana schien ihr völlig unberechenbar; sie wußte nicht, was als nächstes käme. Sie fing noch einmal von vorne an:

„Du mußt dich ihm erklären.“

„Bist du verrückt?“ schnappte Roxana sofort zurück, „soll ich alles kaputtmachen?“

„Warum denn kaputtmachen?“

„Ja, was wird der denn von mir halten, wenn ich ihm sage, daß ich mich in ihn verknallt habe?“

„Aber du hast dich doch in ihn verknallt, und wenn du's ihm nicht sagst, dann wird gar nichts passieren.“

„Aber ich könnte seine Mutter sein.“

„Aber trotzdem bist du in ihn verknallt.“

Es war alles nicht logisch. Einerseits war sie verknallt und wünschte sich nichts sehnlicher, als mit ihm zusammenzusein, und zwar bis ans Ende ihrer Tage, das leider schon zu einem viel früheren Zeitpunkt zu erwarten war als das Ende seiner

Tage, andererseits war sie in Sorge, er könnte sie für eine komische Alte halten, weil er den Zustand, in dem sie sich befand, doch aller Wahrscheinlichkeit nach nur von Leuten nun seines Alters kannte, wenn überhaupt. Sie bezweifelte, daß er sich schon jemals in einem solchen Zustand befunden hatte, und daß man in jedem Alter in ihn geraten kann, sein ganzes Leben lang, wußte er garantiert nicht. Bis vor kurzem hatte sie das ja selbst nicht gewußt. Was sie aber sicher wußte, war, daß er einer von denen war, die Frauen zuverlässig irre machen, an denen sie zugrundegehen. Immer freundlich und zugewandt und nie ein klares Wort.

„Der ist ein kleiner Schnösel, und du hast dich in seine Jugend verknallt", sagte Sophonisbe.

„Nein, mit seiner Jugend hat das nichts zu tun."

„Doch, denn wenn er nicht so jung wäre, hätte er vermutlich schon ein bißchen Persönlichkeit entwickelt, und dann könnte er dir etwas entgegensetzen, ich meine, dann könnte er dir nicht so perfekt als Projektionsfläche dienen."

„Was soll das heißen, ‚als Projektionsfläche'? Was soll das denn heißen, was meinst du damit?"

„Ich meine damit, daß du nicht ihn meinst, sondern dich, daß du nur deine Wünsche auf ihn projizierst, daß du dich auf ihn projizierst und darum in Wirklichkeit gar nicht ihn siehst, wenn du ihn anschaust, sondern dich. Und darum weißt du nicht einmal, wie er aussieht, wie unfaßbar gut er aussieht, das ist doch unerhört! Und das wäre auch unerhört, wenn du dich nicht in ihn verknallt hättest. In Wirklichkeit hast du dich gar nicht in ihn verknallt, sondern in dich."

Hätte Sophonisbe gewußt, daß Roxana und Alf tatsächlich mal was miteinander gehabt hatten und Roxana noch immer unverhältnismäßig daran laborierte, dann hätte Sophonisbe an dieser Stelle darauf verwiesen, daß Roxana in Wirklichkeit nicht mit dem jungen Prinzen etwas anfangen, sondern nur die Geschichte mit Alf wieder aufnehmen wollte. Denn Alf hatte ihr Josh geschickt, und so war dieser nur dessen Verlängerung, die Verbindung zur einstigen, noch immer nicht vergangenen Liebe.

Da Sophonisbe aber eben nur vermutete, daß da mal was war, und nichts weiter, vor allem nicht wußte, wieviel da noch immer war, konnte sie Roxana in Wirklichkeit wirklich nicht helfen und ihr nichts raten – ihr fehlten die entscheidenden Informationen. Sie konnte nur in Vermutungen stochern.

Wir spulen drei Sekunden zurück.

SOPHONISBE: „IN WIRKLICHKEIT hast du dich gar nicht in ihn verknallt, sondern in dich.“

Roxana: „Und was wäre daran so schlimm?“

„Was daran schlimm wäre? Nichts, im Grund wäre daran gar nichts schlimm. Das Problem ist nur, daß du glaubst, du bräuchtest ihn, um ein ganzer Mensch zu sein. Dabei wärst du mit ihm nicht einmal ein halber Mensch. Du würdest dich auflösen in eine Kerlchenbetreuungseinrichtung, das wäre doch scheußlich! Von ihm kommt doch nichts, er könnte dich nie stützen, er würde dir nicht aufhelfen, wenn du fällst …“

„Bitte, eine Bibelstunde brauche ich jetzt nicht.“

„… du hättest keinen Mann an deiner Seite, sondern ein Spielzeug.“

„Ein Spielzeug!“ Roxana strahlte. „So ist es, genau so ist es. Er ist ein Spielzeug. Gibt es nicht sogar den Ausdruck *toyboy?*“

„Ja, ich glaube, den gibt es, aber ich lese nicht so viele Klatschzeitschriften, genau kann ich es dir nicht sagen.“

„Das hat doch nichts mit Klatsch zu tun!“

„Doch. Jetzt fällt's mir wieder ein: Madonna hat einen *toy-*

boy – oder hatte mal einen; in diesem Zusammenhang ist mir dieser Begriff untergekommen. Ich habe ihn in einem Wartezimmer gelernt."

Roxana überhörte das und fuhr ganz ungerührt fort:

„Und es gibt auch den Ausdruck *loverboy,* stimmt's?"

„Ja, den gibt's auch."

„Gut, dann nennen wir ihn *loverboy.* "

„Das würde dir reichen? Ein *loverboy?*"

„Ja, das würde mir reichen. Aufhelfen kann ich mir alleine, dazu bin ich alt genug. Ich brauche überhaupt keinen Mann an meiner Seite, ich kann alles alleine. Aber ich bräuchte einen Liebhaber. Darum geht's, um sonst nichts."

„Das glaube ich dir keine Sekunde. Außerdem glaube ich nicht, daß der ein guter Liebhaber ist."

„Warum nicht?"

„Weil er sich uns gegenüber asexuell verhält. Er ist immer freundlich, aber es ist kein Leben in ihm drin. Er hat noch nie in irgendeiner Form anzüglich geredet, er macht keine Scherze, die mit geschlechtlichen Dingen zu tun hätten, nichts. Als wäre er schwul und wir darum eh nicht von Interesse. Quatsch, hat nichts mit schwul oder nicht zu tun. Wir sind ihm einfach zu alt, für ihn wären wir höchstens zum Hegen und Pflegen zu gebrauchen. Als Muttis dürfen wir um ihn sein, aber nicht anders."

„Na, warten wir's ab."

„Und ich habe dir gesagt, was MILF bedeutet."

„Ja, hast du."

„Vergiß nicht, daß der mit Pornos aus dem Internet aufgewachsen ist."

„Okay."

„Ich meine das ganz ernst."

„Will sagen?"

„Will sagen, wenn du ihn interessierst, dann nur, weil er gerne einmal etwas tun würde, was er aus Pornos kennt. Du könntest ihm eine Erfahrung verschaffen, mit der er später angeben könnte. Die könnte er auf seiner *to-do*-Liste abhaken. ,Sex mit wesentlich älterer Frau, *check.*'"

„Wie kommst du darauf, daß er sich Pornos anschaut?"

„Mann, Roxana, der ist ein *Millenial!* Ein *digital native!* Früher haben sich picklige Jungs den *Playboy* angeschaut, aber diese Millenials hatten das Internet, die haben sich richtige Pornos angeschaut. Und das habe ich nicht aus einer Klatschzeitschrift gelernt, sondern es steht im Wissenschaftsteil, was das mit den Kindern macht, welche Verheerungen das anrichtet."

„Also, wenn es dazu führte, daß er gerne mit mir vögeln wollte, dann fände ich es in Ordnung."

Sophonisbe starrte sie an.

„Es ist hoffnungslos."

„Du mußt mir das nicht ausreden. Und du mußt dir auch keine Sorgen machen. Zum Beispiel könnte es doch sein, daß auch ich eine *to-do*-Liste habe und gerne den Punkt ,Sex mit wesentlich jüngerem Mann' abhaken will."

„Das glaub' ich dir nicht."

„Was, wenn ich einfach mit einem wesentlich jüngeren Begleiter angeben wollte?"

„Du meinst, statt mit einer teuren Handtasche mit einem jungen Mann angeben?"

„Ja, genau das meine ich."

„Das glaube ich dir auch nicht."

„Stimmt ja auch nicht. In Wirklichkeit will ich weder mit ihm vögeln, noch mit ihm angeben. In Wirklichkeit habe ich mich in ihn verknallt und weiß nicht, warum. In Wirklichkeit bin ich einfach wahnsinnig geworden."

„Ja, das stimmt"

Das war der einzige Moment der Ruhe und Übereinstimmung in ihrem Gespräch. Er währte nur kurz.

„Wahrscheinlich hast du recht mit der Projektionsfläche, aber was wäre denn dagegen einzuwenden?"

„Ich geb's auf", sagte Sophonisbe, seufzend. „Mach, was du willst."

„Das mache ich sowieso."

„Ja, klar, aber sag' nicht, ich hätte dich nicht gewarnt."

Roxana lächelte, weil sie plötzlich an Josh dachte, als wäre der auch in sie verliebt und sie hätten was miteinander, und sich dabei sehr weiblich fühlte, zugleich stark und allen und allem komplett überlegen. Als erstes Sophonisbe, die zu blöd war, die Großartigkeit des jungen Prinzen zu erkennen. Dabei hatte sie ihn doch angeschleppt.

„Ist gut", sagte sie dann und konnte nicht verhindern, wollte eigentlich auch nicht verhindern, daß es herablassend klang, „ich verspreche dir, daß ich nicht sagen werde, du habest mich nicht gewarnt. Vielmehr werde ich alles mit mir selbst ausmachen. Ich kenn's ja nicht anders", und da lächelte sie nicht mehr, sondern sah plötzlich geradezu verhärmt aus, vom Leben gezeichnet. „Mit unglücklichen Liebesgeschichten habe ich nun wirklich Erfahrung."

Das nun sagte sie, als wolle sie erklären, wie sie ihre Ratgeber verfaßte. Daß ihr das leichtfiel, weil sie sich in allen Lebenslagen bestens auskannte und mit allen Zumutungen der Zivilisation vertraut war, Tischmanieren, Umgangsformen, Reiseplanung. Mit unglücklichen Liebesgeschichten also auch. Keine Diskussion nötig.

V

Sophonisbe fand niemanden, der hätte hören wollen, wie ihr Wunsch erfüllt wurde. Alkeste bezweifelte das sowieso, Roxana war nicht in der Lage, sich mit irgendetwas anderem als ihrem Wahn zu beschäftigen, und ihre sonstigen Bekannten und Freunde verstörte die Geschichte zu sehr, um Details erfahren zu wollen, darum fragten sie nicht weiter nach.

Dieser Unfall war wie ein Kometeneinschlag, so plötzlich, so seltsam, so überwältigend … okay, lassen wir das. Solange sie kein Gedicht oder sonstige Verarbeitung vorlegen konnte, war es wirklich nicht interessant. Sie hatte ja nicht einmal ein Video angefertigt, wie sollte ihr da irgendjemand irgendwas glauben. Statt also darauf zu bestehen, daß man ihr zuhöre, verschob sie das unerhörte Ereignis, das sie so erschüttert hatte, in den Hintergrund, ins Unbewußte. Sollte das doch entscheiden, was daraus würde!, ob ein Gedicht oder eine Marotte. Statt in sich hinein, schaute sie aus sich heraus, zum Beispiel zu ihrer Tür, an der es regelmäßig klopfte, weil Josh in seiner Wohlerzogenheit jedesmal in ihr Zimmer kam, um sie zu begrüßen oder sich von ihr zu verabschieden, wenn er Roxana abholte oder mit ihr Kaffee trank, was mindestens zweimal die Woche geschah, also Kaffee Kuchen Konjack oder irgendwelche Ausflüge – Museum, Pfaueninsel, Schloß Glienicke, so Zeug halt. Er folgte allen Vorschlägen und Einladungen, denn er war nicht nur freundlich, sondern auch für Anweisungen dankbar; man mußte ihm nur sagen, was er tun sollte, schon tat er es, und Roxana fiel unablässig etwas ein, was man mal machen könnte, also sie und er gemeinsam. Sie wußte ganz viel, das sie ihm unbedingt zeigen mußte, damit er die Stadt wirklich kennenlerne, das Berlin jenseits von Clubs und Bars, Neukölln und Kreuzberg, fern von Hipness und Jugend, diese Stadt, die ihre Bewohner so doll liebhaben, daß sie vor Rührung weinen möchten, wenn sie nur an sie denken. Weil's dort nämlich so schön ist wie nirgendwo sonst auf der Welt.

Wenn er zum Kaffee kam, saßen sie immer in der Küche, nie in Roxanas schönem großen Wohnzimmer. Sie hatte ihm gesagt, sie wolle Sophonisbe nicht bei der Arbeit stören, aber in Wirklichkeit wollte sie den Altersunterschied überspielen. In seinem Alter und seiner Situation, dachte sie, hat man zumeist noch gar kein Wohnzimmer, sondern sitzt mit Besuch am Küchentisch. Jedesmal jedoch bat sie Sophonisbe irgendwann hinzu, weil er sie zu sehr erschöpfte, und Sophonisbe folgte der Einladung immer gerne und verabschiedete sich dann bald wieder, weil diese Begegnungen auch sie auslaugten. Sie betrachtete sie als eine Art von Recherche, aber es war zuviel Input, *too much information,* und das fing schon mit seinem Äußeren an. Er tat ihr leid, weil er mit diesem Gesicht geschlagen war. Und Roxana tat ihr auch leid. In Wirklichkeit war es immer durch und durch deprimierend, mit diesen beiden in der Küche herumzusitzen, weil sie beide so verkorkst waren – Roxana so verzweifelt selbstbeherrscht, zusammengerissen und wahnsinnig, und Josh, der tat, woran er gewöhnt war und wovon er dachte, es würde von ihm verlangt: freundlich sein und sich anschauen lassen. Fast schämte Sophonisbe sich, in ihrem ersten Gedichtband soviel von der armen Echo gehandelt zu haben, während der arme Narcissus auf dem Waldboden lag und an Auszehrung starb. Das war doch auch ein scheußlicher Tod! Weiter führten ihre mitmenschlichen

Regungen sie nicht, und wie hätte das auch gehen sollen, wenn sie sich zum Beispiel anhören mußte, daß Roxana, wenn sie sich einen Hund zulegen wollte, einen Deutschen Schäferhund wählen würde, was natürlich eine eigenartige Wahl war, wenn man den schlechten Ruf dieser Rasse bedachte, und sie hätte es gerne erklärt, wie Sophonisbe bemerkte. Es war der Anfang einer Geschichte, die aber nicht erzählt wurde, weil Josh offenbar nichts vom Ruf wie Donnerhall des Deutschen Schäferhundes wußte, sondern vielmehr gleich sagte, daß diese auch seine Lieblingshunde seien. „Echt?" fragte es im Chor, und er bestätigte es strahlend, sprach aber nicht weiter. Wie waren sie überhaupt auf Hunde gekommen? Vielleicht hatten sie vom Spazierengehen gesprochen, von ihrem letzten Ausflug in irgendeinen Park. Da könnten sie sich als nächstes zum Beispiel über Eichhörnchen austauschen.

Aus Sophonisbes Notizen

Sich selbst erkennt er nicht, er sieht nur sein Bild. Er sieht, was die anderen sehen, er sieht sich selbst wie ein Bild. Er sieht die schöne Larve, die auch die anderen sehen, er sieht die Maske, ohne zu wissen, was sich dahinter verbirgt.

Sein Innenleben nimmt er zur Kenntnis; er trägt es jeden Tag mit sich herum, aber er weiß nicht, was es soll. Er nimmt es hin. Er ist der schön dekorierte Behälter seines Innenlebens; das reicht den anderen, das reicht auch ihm. Wenn man ihn schüttelte, würde das Zeug, das in ihm herumliegt, klappern. Es schüttelt ihn aber keiner, so nahe kommt ihm niemand. Er hält sich gerade und bleibt für sich.

Ob er was zu sagen hätte, weiß man nicht, denn er sagt's nicht, und die anderen fragen nicht danach, denn wer will schon wissen, was sich hinter der hübschen Larve verbirgt? Am Ende wäre das gar nicht so schön wie dieses Gesicht, und dann wäre das herrliche Bild zerstört. Also wirft er stets nur zurück, was die anderen sagen.

Er ist ein leerer Spiegel, und wenn er selbst in den Spiegel schaut, dann spiegeln sich die Spiegel ins Unendliche, und so schaut er in die weite leere Unendlichkeit, wenn er in den Spiegel schaut. Keinen Anfang gibt es da und kein Ende, nicht einmal Parallelen, die sich schließlich träfen, nur ihn selbst, sein schönes Gesicht, sonst nichts, und sein Leben verläuft parallel zu dem der anderen, seine Lebensbahn trifft sich mit keiner anderen, nicht einmal in der Unendlichkeit.

WEIL WIR GERADE BEI SPIEGELN SIND: Roxana hatte nunmehr ein großes Bedürfnis, sich selbst zu betrachten. Erst hatte sie sich immer deutlich länger als zuvor angeschaut, wenn sie in der Abstellkammer ihre Gesamterscheinung prüfte, bevor sie auf die Straße ging oder Josh klingelte. Sie hatte es ihm zugeschrieben, daß sie so lange vor dem Spiegel stand, denn unfehlbar erhielt sie kurz vor jeder Verabredung Nachricht, er werde sich verspäten. So entstand leere Zeit, und in der zog es sie plötzlich zu den Spiegeln. Erst hatte sie nur, nach vorne gebeugt, leicht verrenkt, vor dem Spiegel im Bad gestanden, von dem sie sich bislang beim Zähneputzen immer abgewandt hatte, um sich nicht sehen zu müssen; mittlerweile hatte sie nicht einmal mehr Hemmungen, sich ausführlich in der Abstellkammer zu betrachten.

Um herauszufinden, wer das war, die sie da sah, schaute sie ihr Gesicht aus allen Entfernungen an – Brustbild, Porträt, Detail –, wie sie es zuletzt in der Pubertät und in den darauf folgenden dunklen Jahren der Adoleszenz getan hatte. Sie versuchte diese junge Frau wiederzufinden, die ihr vor Jahrzehnten aus dem Spiegel entgegengeblickt hatte, und erschrak jedesmal aufs neue, wenn sie feststellte, daß es die in Wirklichkeit nicht mehr gab, daß sie keine junge Frau mehr war, sondern so alt aussah, wie sie wirklich war, statt so jung, wie es gerade in ihr zuging. Und daß sie auch nicht ganz so schön aussah, wie sie sich fühlte. Ihr Äußeres und ihr Inneres wichen deutlich voneinander ab.

In der Parfümerie-Abteilung des KaDeWe ließ sie sich schminken, um festzustellen, daß sie wirklich sehr schön aussah – vielmehr: sehr schön aussehen konnte, wenn restlos alles angewandt wurde, was die Kosmetikindustrie für verzweifelnde Frauen ihres Alters entwickelt hatte, und das war keine Lösung. Es gab Cremes, mit denen man sofort aussah wie lackiert, aber eine Puppe wollte sie nun nicht sein. (Schönheit kommt doch von innen! Aber wo war sie? Warum zeigte sie sich nicht?) Sie überlegte, die Haare zu färben, verwarf diese Idee aber gleich wieder, weil sie damit zu deutlich angezeigt hätte, daß sie vollkommen aus dem Tritt geraten war. Die Haare hätte sie färben müssen, bevor sie ihn kennenlernte, jetzt war es zu spät. Aber bevor sie ihn kennenlernte, war, wieder jung zu sein, nun das letzte gewesen, was sie sich gewünscht hätte. Jugend! Ein andauernder großer Schrecken. Wenn sie sich daran erinnerte, tat Josh auch ihr leid. Der steckte ja noch mittendrin, in diesem Horror.

Sie saß vor dem Spiegel und dachte:

das bin ich
bin ich das wirklich?
das bin doch nicht ich!
wer bin ich eigentlich?

Dann wieder von vorn.

Bis er klingelte und keine Fragen sich mehr stellten, sondern sie dem Glücke sich hingab, in den Spiegel ihres Wahns blicken zu dürfen.

ROXANA HATTE, siehe oben, schon in dem Augenblick, da ihr des jungen Prinzen schöne Larve das erste Mal vor Augen kam, gewußt, daß sie etwas wiederholte, daß es im Grunde nicht echt war, was sie gerade erlebe, und sie hatte auch vom ersten Augenblick an Angst gehabt vor dem, was folgen würde, vor der schweren Depression, in die diese Geschichte, dieser Wahn sie stürzen würde, wenn sich die Dinge so entwickelten wie einst – wenn es zum Äußersten käme, zu einer geschlechtlichen Begegnung mit dem zu Unrecht vergötterten jungen Prinzen. Und Roxana war in Wirklichkeit nicht blöd. Das haben wir schon manches Mal behauptet, nun wird sich erweisen, daß es die Wahrheit ist. Die Wirklichkeit war ihr Wahn, die Wahrheit aber, daß er ihr vollkommen bewußt war und sie darum einen Weg fand, sich aus ihm zu befreien, ihn aufzulösen. Die Wahrheit ist auch, daß sie weniger wegen ihres Liebeswahns verzweifelt war, sondern vielmehr darum, weil sie noch keinen Weg aus ihm heraus gefunden hatte. Doch dann kam eine Mail aus New York, und die zeigte plötzlich einen Ausweg auf, wie sie gleich nach der Lektüre feststellte.

Von: Alf *** [mailto:bedolfo@***.com]
Gesendet: Samstag, 02. Juli 20** 22:13
An: Roxana *** [mailto:roxaro@***.de]
Betreff: we'll meet again!

Hey Roxy, dearest one.

Deborah und ich planen unseren nächsten Besuch in Berlin. Diesmal ist das aber nur eine Zwischenstation, denn wir wollen weiter nach Osten, in die Ukraine, nach Odessa. Ahnenforschung, Deborahs Großeltern kamen von dort.

Wir kommen am 30. Juli in Berlin an, bleiben eine Woche und fahren dann nach L'viv, wo wir unseren Cicerone ☺ treffen. Von dort mit dem Zug nach Odessa.

Bis bald!
Ganz liebe Grüße von Deinem
Bärdolf

Was für ein unangenehm chefchenmäßiger Ton, war Roxanas erster Gedanke. Was für ein Blödmann, ihr zweiter, und das hatte sie tatsächlich noch nie gedacht, obwohl sie schon seit vielen Jahren Gelegenheit dazu gehabt hätte. Dies war der erste Schritt.

Der 30. Juli war in vier Wochen, drei Wochen nach Joshs Abreise, die unabweisbar bevorstand und ihr bis vor wenigen Minuten als das absolute Grauen erschienen war. Man könnte auch sagen, sie erwartete den Weltuntergang.

Das Gästezimmer war von Sophonisbe belegt. Normalerweise hätte sie einen weiteren Gast einfach in ihrem Arbeitszimmer untergebracht, aber für zwei war es dort doch zu eng. Selbst dort zu schlafen und die beiden in ihrem Schlafzimmer unterzubringen, war vollkommen ausgeschlossen, das verstand sich von selbst. Also blieb nur das Wohnzimmer, Berliner Zimmer, Durchgangszimmer, das umgebaut werden könnte, um Bedolf und seine Frau zu beherbergen. Sie bemerkte, daß sie dazu nicht die geringste Lust hatte, und daran erkannte sie, daß sie Bedolf genausowenig wiedersehen wollte wie seine Frau mit ihren ukrainischen Vorfahren. Sich aber auf einen Besuch von Bedolf nicht zu freuen, sondern sich davor zu grausen, war eine neue Erfahrung.

Es blitzte die Idee auf, selbst zu verreisen, Sophonisbe die Sorge um die Wohnung und die Verteilung der Schlafstätten zu überlassen und sich weiter nicht darum zu scheren. Wenn sie abwesend wäre, konnte es ihr egal sein, wer in welchem Bett lag, sie würde es ja nicht erleben.

Sie beantwortete die Mail aus New York, bevor sie diese Idee dem Amt für Bedenkenprüfung hätte vorlegen können.

Von: Roxana *** [mailto:roxaro@***.de]
Gesendet: Samstag, 02. Juli 20** 22:21
An: Alf *** [mailto:bedolfo@***.com]
Betreff: AW:we'll meet again!

Lieber Bedolf,

mir wird hier gerade alles zuviel. Könnte ich vielleicht in
Deine Wohnung, während Du in meiner bist? Sophonisbe
ist da, die wird sich um alles kümmern.

Alles Liebe von Deiner
Roxana

DER ABSCHIED VON JOSH WAR GRAUENVOLL, denn diese letzte Begegnung unterschied sich in nichts von den vorhergehenden. Sie war auf dieselbe Weise anstrengend und von äußerster Belanglosigkeit wie alle vorangegangenen, doch für Roxana die letzte Gelegenheit, den Weltuntergang zu verhindern. Für sie bedeutete diese letzte Begegnung Tod oder Leben, für Josh war alles wie immer.

Zum Abschied sagte er „bye now". Er umarmte sie, und dann war er fort.

Die nächsten drei Wochen verbrachte sie als menschliche Gestalt ohne jede Eigenschaft. Ganz so, wie sie es vorhergesehen hatte. Zugleich schien ihr, sie spiele das nur, weil es eben haargenau das war, was sie erwartet hatte. Sie setzte all ihre Hoffnung in die bevorstehende Reise, deren Vorbereitung erforderte, daß sie das Bett gelegentlich verließ.

Sophonisbe erwies sich als vorbildliche Mitbewohnerin, indem sie nicht in Erscheinung trat. Sie machte keinen Lärm, bekam keinen Besuch und war wundersamerweise nie in der Küche oder im Wohnzimmer, wenn Roxana sich von A nach B bewegte. So daß Roxana ihr tatsächlich wegen der nötigen Absprachen einen Zettel mit der Bitte um ein Treffen hinlegen mußte, und das dauerte dann nur kurz. Über Roxanas inneren Zustand sprachen sie dabei nicht. Das war auch nicht nötig, denn der war für Sophonisbe auch von außen klar zu erkennen. Manchmal schien ihr, sie könne geradeaus durch Roxana hindurchschauen.

Zwar hielt sie sich im Hintergrund, aber es entging ihr nichts. Sie spürte eine Veränderung der Luft, wenn der Grad von Roxanas Verzweiflung sich etwas verschob, und sie wußte auch, daß auch Roxana, genau wie sie selbst, es nicht für echt hielt, was ihr gerade geschah, sondern es, wie sie selbst, eher für großen Schwachsinn hielt, und sie wußte ebenso wie diese, daß es gar nichts nützte, das zu wissen, sondern sie es trotzdem erleiden und im Käfig ihres Wahns hin- und herrasen mußte, um den Ausgang zu finden, wobei sie immerfort an die Gitter knallte. Gerne hätte Sophonisbe darüber geschrieben, aber es ging nicht, sie steckte zu tief drin, die ganze Wohnung war von Wahn und Verzweiflung und der Suche nach einem Ausweg erfüllt. Sie schrieb „Narcissus war auch arm dran" auf ein Blatt Papier, aber weiter kam sie nicht. Sie freute sich auf Roxanas Abreise.

Was aber tat sie dann die ganze Zeit in ihrem Zimmer?

Nun, sie las noch mehr als gewöhnlich, bloß können wir das gar nicht wissen, weil sie die Tür geschlossen hielt. Darum sind wir ehrlich und sagen: wir wissen es nicht, und wenn wir es wüßten, dann sagten wir: hiervon schweigt des Sängers Höflichkeit, und Sophonisbe würde womöglich ergänzen: singen kann ich nämlich selber. Oder vielmehr – nein, sie würde gar nichts sagen, weil sie ja nicht so gern etwas sagte, sondern eben lieber sang. Wie aber das Lied zur Sängerin kommt oder aber der Sänger zum Lied, das ist ein Geheimnis und soll auch eins bleiben. Nur soviel sei verraten: die drei Wochen sind jetzt um, es geht weiter.

IN MANHATTAN HABEN WIR ANGEFANGEN, in Manhattan hören wir wieder auf. In Manhattan hat es angefangen, in Manhattan hört es wieder auf.

DIE WOHNUNG, die Hülle eines fremden Lebens, war von ihren Bewohnern erst am Morgen verlassen worden; daran lag es nicht, daß Roxana sich wie in einem Museum fühlte. Vielmehr war diese Wohnung überfüllt mit einem fremden Leben, von dem sie ausgeschlossen war und das seinen Ursprung darin hatte, daß Bedolf sie verlassen hatte. Sie wollte auf keinen Fall auch nur das Geringste daran verändern. Nur in der Küche und im Bad faßte sie überhaupt Dinge an, die ihr nicht gehörten; ihre eigenen Sachen (Telefon, Sonnenbrille, Stadtplan) legte sie auf den riesigen Eßtisch, die einzige leere horizontale Fläche außerhalb der Küche. Sie wollte mit diesem fremden Leben nichts zu tun haben. Sie brauchte ja nur vorübergehend ein Dach über dem Kopf.

Es waren nicht nur alle Wände mit Deborahs Bildern verhängt, sondern es fanden sich auch überall Fotos von ihr, von Bedolf, von ihnen beiden zusammen. Dazu viel Kleinkram, an dem nichts Besonderes war – Münzen, kleine Steine, ein lädierter Becher aus dicker Keramik –, den man nur schätzte, weil er einen an irgendetwas erinnerte. Es gab kein Foto aus Berlin, aber eins von der berühmten langen Treppe zum Meer hinunter in Odessa. Roxana schaute sich alles genau an, und weil sie so streng darauf achtete, nichts zu berühren, nichts zu verändern, die fremde Ordnung nicht zu stören, ergriff sie bald das Numinose und dieser Ort verwandelte sich in ein Heiligtum. Diese Wohnung war der Schrein des glücklichen Lebens anderer Leute.

Die Wohn- und Schlafräume waren voll von Deborah, das Gästezimmer erst recht; es lehnten mehrere schon aufgezogene und für die Bemalung vorbereitete sowie bereits bemalte Leinwände, für die in den Wohnräumen kein Platz mehr war, an der Wand. Roxana dachte, es sei dies eher eine Abstellkammer denn ein Gästezimmer, aber das stimmte nicht, denn als Abstellkammer diente das einstige Dienstmädchenzimmer neben der Küche (der Raum hatte die Art des Dienstes gewechselt); dort standen Regale voller Farben, Pinsel, Stifte, dort lagen dickes Büttenpapier und Kohlestäbe für dramatische Zeichnungen.

Es war noch heller Nachmittag, als sie ankam. Das Flugzeug war pünktlich gelandet und der Verkehr auf den Straßen zwischen dem Flughafen und der Stadt ruhig geflossen. Die Prüfung durch die Pförtner hatte fast länger gedauert als die Taxifahrt, denn die hatten sie erst weitergelassen, nachdem die auf einem anderen Kontinent weilenden Wohnungsinhaber angerufen worden waren und glaubhaft versichert hatten, daß es sich bei Roxana mit allergrößter Wahrscheinlichkeit um die Person handelte, für die am Morgen der Schlüssel hinterlegt worden war.

An diesem Tag wollte sie das Haus nicht mehr verlassen. Das mußte sie auch nicht, denn Alf Bedolf hatte ihr einen Zettel in die Küche gelegt, auf dem nicht nur das WLAN-Paßwort stand, sondern außerdem, daß sie sich nicht scheuen solle, alles Eßbare, das sie finde, auch wirklich zu essen, und im Kühlschrank stehe nicht nur Milch, sondern auch ihr Abendessen, das müsse sie nur in der Mikrowelle aufwärmen.

Von mehreren Fenstern aus sah sie die Schule, an der Josh vor gar nicht sehr langer Zeit seine Pubertät erlebt hatte. Es war ein roter Backsteinbau ohne Fenster, es gab nur ein paar Schießscharten, und am anderen Ende des Blocks, hinter dem Sportplatz und einer flachen Treppe, wurde das Gelände von einer hohen Mauer von der Außenwelt abgeschlossen. In den Ecken standen zwei riesige Wachtürme.

Dieser Anblick deprimierte sie. Nicht weil er tatsächlich, ganz objektiv betrachtet, deprimierend war, sondern weil sie eine so weite Reise unternommen hatte, um sich ihm auszusetzen.

Wie blöd bin ich eigentlich.

Wie blöd bin ich eigentlich?, fragte und fragte sie sich, und als sie schon bereit war, den Kopf ans Fenster zu schlagen, und zwar so heftig, daß es davon vielleicht kaputtgegangen wäre, fertigte sie statt dessen ein Selfie an, um zu dokumentieren, wie sie aussah, wenn sie blöd war. Wie sie aussah, wenn sie gewahrte, daß sie besonders blöd war. Wie sie aussah, wenn es sie deprimierte, daß sie so besonders blöd war.

Sie stellte sich dazu an das Fenster, von dem aus die beiden Wachtürme gut zu sehen waren, und auf dem Foto lag ihr Gesicht im Dunkeln und diese Türme standen im Hellen. Sie fotografierte sich gleich noch einmal selbst und wählte dafür als Hintergrund Deborahs Bilder, auch ein Quell des Schmerzes (also Deborah, nicht ihre Bilder), weswegen sie das Ergebnis voller Grimm und mit großer Genugtuung betrachtete. So viel Wahrheit auf einmal! Sie war nicht nur besonders blöd, sondern sah außerdem noch furchtbar aus. Das war nun dokumentiert, und plötzlich wußte sie, was sie tun mußte, damit diese Reise ein Erfolg und sie von ihrem Wahn befreit würde. Sie würde an allen Orten, von denen sie aus Sophonisbes Berichten wußte, daß er, also ER einmal dort gewesen war, wenn auch nicht mit ihr, sondern mit Sophonisbe, sie würde einfach an allen diesen Orten Selfies anfertigen, um zu dokumentieren, wie blöd und häßlich sie war. Sie würde den Wahn niederringen, indem sie dokumentierte, wie blöd er war und wie häßlich.

SIE WAR FROH, daß ihre innere Uhr noch auf Berliner Zeit eingestellt war und sie sehr früh am Morgen aufwachte, so daß sie sich auf den Weg machen konnte, bevor Hitze und Feuchtigkeit jede Bewegung zu einer Anstrengung machten und das Hirn im Schädel simmernd zerkochte. Im Internet hatte sie die Adresse von Beyoncé und Jay-Z gefunden, dort war die erste Station ihrer sentimentalen Reise, und daß das Haus ganz anders aussah, als sie es sich nach Sophonisbes Bericht vorgestellt hatte, verbuchte sie unter „dichterische Freiheit". (Sich selbst hätte Sophonisbe solche Ungenauigkeit natürlich nie erlaubt. Und in Wirklichkeit hatte sie Roxana das Haus gar nicht beschrieben, sondern nur die Gegend, in der es lag.)

Roxana fertigte ein Selfie aus Untersicht an; ihr Gesicht war also wieder ganz unten im Bild, und im Hintergrund ragte das Haus herrisch in den Himmel. Darauf ging sie den Pilgerweg von der anderen Seite aus, nämlich von Tribeca nach Nordosten, und durchquerte so die Hölle von SoHo in der entgegengesetzten Richtung zu der vor gar nicht so langer Zeit von einem Engel gewiesenen.

Dabei sah sie Gebäude von verschiedener Größe, aber immer derselben Bauart; die meisten waren in gutem Zustand, manche aber nicht. Sie ging über schmale gepflasterte Straßen und über breite asphaltierte, und sie konnte natürlich klar erkennen, daß SoHo vom Geld komplett verwüstet war, aber darum hätte sie diese Gegend keine Hölle genannt. Sie ergriff sie nicht, es ergriff sie nichts, sie spürte keinen heiligen Schauer, sie spürte seine, also SEINE Gegenwart hier nicht. Was nun auch kein Wunder war, denn er, also ER kam ja auch immer nur zu Besuch hierher, wo es keine Menschen mehr gab, sondern nur noch kaufwütige Zombies. Die *sweat shops* hatten sich in luxuriöse Einzelhandelsgeschäfte verwandelt, hier wurden keine Waren mehr hergestellt, sondern nur noch welche verkauft. Das war das andere Ende der Mehrwerterzeugungskette.

Das Café an der Ecke Houston und Allen Street gab es nicht mehr. Die merkwürdige kleine Baulichkeit war aber nicht abgerissen worden, sondern nur nach einem Umbau noch geschlossen; ein Schild kündigte an, daß man hier demnächst Gyros würde essen können. Eine Döner-Bude, ganz wie daheim.

Dort, daheim war es jetzt schon Mittag vorbei, hier aber noch sehr früh am Tag, und da sie schon zwei Stationen abgegangen war und nur noch eine vor sich hatte, beschloß sie zu rasten, und zwar nicht an einem Ort, den sie mit Bedeutung aufgeladen hatte, sondern an einem, der in Reiseführern stand, weil New York stolz auf ihn war und von dem ihr Sophonisbe auch erzählt hatte. Aber das fiel ihr erst jetzt wieder ein, zuvor hatte sie nicht darauf geachtet, weil dieser Ort nichts mit IHM zu tun hatte, sondern Sophonisbe alleine hierhergekommen war, regelmäßig in Yonah Schimmels Knischbäckerei gesessen hatte. Die lag ein kleines Stück weiter an der Houston Street Richtung Osten und war seit Jahrzehnten, womöglich seit der Gründung nicht verändert worden, weder außen, noch innen, auch das Geschäft selbst hatte sich nicht verändert. Es wurden Knische und Bejgel gebacken und verkauft. Der Mann hinter dem Verkaufstresen sprach mit spanischem Akzent, und der Kaffee, den er ihr abzapfte, war eine altmodische Brühe und billig.

Der Gebrauchtbuchladen an der Crosby Street öffnete um zehn Uhr, und es war erst neun, als sie dort ankam. Sie überlegte, ob sie warten sollte, wie es im Hauseingang neben dem Laden schon mehrere Personen taten, die aber, ihrer Kleidung und ihren Gesichtern nach zu urteilen, wohl eher keine Bücher kaufen und auch nicht an silberfarbenen Laptops arbeiten wollten, sondern etwas zu essen brauchten oder eine ärztliche Untersuchung oder einen Moment der Ruhe. Solches nämlich gewährte dieser Ort den Müden, den Armen, den zusammengekauerten Massen, die sich nach Freiheit sehnten, und das hatte mit Roxanas Sehnsucht nun wirklich nichts zu tun, die war eine andere.

Hier wollte sie kein Selfie machen. Die unglücklichen wehrlosen Gestalten sollten nicht denken, sie würden fotografiert, ihr Elend sollte nicht durch Demütigung noch vergrößert werden.

Sie fotografierte den Laden von außen, wobei sie den Verdammten dieser Erde den Rücken zuwandte, damit die das wirklich nicht mißverstünden. Dann stand sie unschlüssig herum, schaute die Tür des Buchladens an, schaute die Straße hinunter und hinauf. Die Zeit des allmorgendlichen Versprechens war noch nicht zu Ende, und als sie bemerkte, daß sie beäugt wurde, wurde sie ernst und wußte erst recht nicht, was sie tun sollte.

Schließlich setzten ihre Füße sich von selbst in Bewegung, sie gingen zurück zur Houston Street. Sie war froh, daß ihr Körper ihr die Entscheidung abgenommen hatte, und ließ ihn gewähren. Ihre Füße trugen sie im Zickzack Richtung Norden, trugen sie die Bowery hinauf; durchs Ukrainian Village; an dem Haus vorbei, in dessen Tiefen Sophonisbe ein paar Wochen gewohnt hatte; zum Union Square, und als sie den passiert hatte, beruhigte sie sich. Ab hier ging sie etwas langsamer, blieb manchmal stehen, setzte sich zwischendurch auch einmal in einen Coffee shop und kaufte jede halbe Stunde eine kleine Wasserflasche, denn es war nunmehr so warm und feucht geworden, daß sich keiner, der es vermeiden konnte, mehr im Freien aufhielt, sondern längst in einen klimatisierten Raum geflüchtet war. Sie schaute in das eine oder andere Schaufenster hinein, am einen oder anderen Haus hinauf, und gewann Zutrauen zu dieser Stadt. Weil sie ihre Details sah.

Sie ging die ganze Insel hinauf, bis zur fünfundneunzigsten

Straße. Den Rest des Nachmittags verbrachte sie mit Zeitunglesen und legte sich am Abend schon lange, bevor es dunkelte, lange, bevor die Nacht überhaupt zu ahnen war, ins Bett. Sie schlief sofort ein.

AM NÄCHSTEN MORGEN, das war erst ihr dritter Tag in dieser Stadt, erst der zweite Morgen in dieser Wohnung, am nächsten Morgen, an dem sie wieder vor sechs Uhr aufgewacht war, machte sie sich eine große Tasse Tee, mit der sie von der Küche aus ans andere Ende der Wohnung ging, einmal die Tiefe des Gebäudes ganz durchmaß. Sie setzte sich in den Sessel in der Ecke neben den Fenstern. Er stand so, daß man von hier aus praktisch die ganze Wohnung im Blick hatte (hier saß der Hausherr gerne). Auf dem Kaminsims gegenüber lehnte an einem Kerzenhalter ein kleines Foto von Alf Bedolf und Deborah, auf dem sie beide jung waren und lachten. Sie schauten weder in die Kamera, noch sich gegenseitig an, es lachte jeder für sich, aber sie lachten gemeinsam. Jeder ist für sich, aber man lacht gemeinsam. So sieht eine glückliche Ehe aus, dachte sie, und es betrübte sie nicht, daß auf diesem Foto nicht sie neben Bedolf stand, sondern eine andere Frau.

Sie setzte sich in einen anderen Sessel. Der war dem Fenster zugewandt und stand an genau der richtigen Stelle für ein Lichtbad (hier begann Deborah ihre Tage). Von dem aus schaute sie, fünfunddreißig Meter über der Erde, in den Himmel, der immer da war, absolut immer, egal, was auf der Erde vor sich ging. Er war hell und freundlich wie ein kleines Kind. Der Tee war kaum noch lauwarm, als sie ihn schließlich trank, als sie sich schließlich überhaupt wieder rührte, denn sie hatte vollkommen reglos dagesessen, während der Tee in ihren Händen abkühlte. Ihr Körper war so leicht geworden wie die Luft und durchlässig. Der Schmerz war vergangen.

Als wäre nichts gewesen, als hätte sie nicht die letzten Wochen in einer Dauererschütterung verbracht. Alles weg, nur noch ganz normales Sein, Leben, Existenz, nur ein Moment in der Zeitspanne, in der sie am Geschehen auf dieser Erde teilnahm, nichts weiter als ein Moment, den sie deutlich spürte. Ein Moment des Glücks.

Sie lächelte. Das ging ja schnell, dachte sie. Und als nächstes, daß sie hier nicht bleiben wollte.

Hier ist Ground zero eines fremden Glücks, an dem ich nicht teilhabe, hierher gehöre ich nicht.

Ich gehöre nicht hierher, ganz und gar nicht.

Da ihre eigene Wohnung gerade mit dem fremden Glück belegt war, das sonst in dieser Wohnung stattfand, konnte sie nicht nach Berlin zurück, aber in New York bleiben wollte sie auch nicht. Sie hatte hier alles erledigt, was zu erledigen war, vielleicht hatte es auch die Stadt für sie erledigt, wie auch immer, für sie gab es hier nichts mehr zu tun.

Nun würde die Zeit die Wunde heilen müssen, die sich immerhin bereits geschlossen hatte. Sie sehnte sich schon jetzt nach solchen Momenten, in denen sie sich aus irgendeinem Grund an den Wahn der letzten Wochen erinnern und sehr darüber staunen würde, wie er sie gebeutelt hatte; sie sehnte sich nach der Zeit, in der dieser Wahn weit hinten im Erinnerungsapparat herumliegen würde, in einer selten benutzten Schublade, die beim Öffnen knarzte.

Die Zeit konnte sie nicht beschleunigen, aber auf den Raum hatte sie Einfluß, den räumlichen Abstand zu ihrem Wahn, zu Berlin, konnte sie selbst vergrößern, den konnte sie so groß machen, wie es irgend möglich war. Vergrößern und verlängern. Wieder folgte sie ihrem Impuls, statt erst einmal gründlich nachzudenken und diese Idee in alle Einzelheiten und Eventualitäten zu zerlegen. Sie hatte schon einen Flug nach Chicago gebucht und auch ein Hotelzimmer, bevor irgendeine als „Vernunft" getarnte Instanz sie daran hätte hindern können. Und als sie überlegte, welche Flughäfen sie von ORD aus weiter ansteuern könnte, kam es ihr so vor, als sei sie schon unterwegs, als würde sie (vom Sturm vom Paradiese her) schon Richtung Westen geblasen, nach SFO, NRT, PVG, DME, bis sie wieder in TXL ankäme. Vielleicht wäre sie so lange unterwegs, daß sie gar nicht mehr dort, sondern schon in BER landen würde!* Gut, das war eher unwahrscheinlich, aber auch egal. Einmal die Welt umrunden, um sie vom Kopf wieder auf die Füße zu stellen. Von der anderen Seite nach Berlin zurückkommen, um wieder auf den Füßen zu gehen, nicht mehr auf dem Kopf zu stehen.

SOPHONISBE WAR FROH über Roxanas Mail, in der stand, daß sie viel länger fortbleiben würde als geplant. Ihr gefiel Roxanas Idee, in die andere Richtung zu reisen und immer erst vor Ort zu entscheiden, wann es weitergehen solle. Sie wolle sich treiben lassen, hatte Roxana geschrieben. Sophonisbe begrüßte das nicht nur im Prinzip und sowieso, sondern vor allem, weil sie ein dringendes Bedürfnis nach Alleinsein und Ruhe hatte. Natürlich hatte sie sich gefreut, Alf und Deborah wiederzusehen, natürlich war es schön, die Tage mit ihnen zu verbringen und die Abende, aber als die beiden sie im Überschwang der Wiedersehensfreude fragten, ob sie nicht mit in die Ukraine kommen wolle, sagte sie schneller nein, als die Höflichkeit es gestattet hätte, weswegen sie zu Erklärungen genötigt wurde, und da sie wenigstens jetzt höflich sein wollte, sagte sie, sie müsse ihr nächstes Buch auf den Weg bringen. Das war keine gute Antwort, denn nun wurde sie gefragt, was für ein Buch das denn sein würde. Sie mußte sich schnell etwas ausdenken, weil sie nicht sagen wollte, daß ihr Buch über New York, das sie in einer eigens erfundenen Sprache geschrieben hatte, noch nicht fertig war; darüber wollte sie auf keinen Fall sprechen, und nicht einmal das wollte sie sagen. Die Antwort fiel ihr erst in dem Moment ein, als sie den Mund öffnete. Sie sagte, es werde von Spiegeln handeln.

Kaum hatte sie das verkündet, erschien ihr dieses Vorhaben sehr plausibel, und sie konnte sofort den ganzen Plan erläutern. Es werde von Spiegeln handeln, sagte sie also, von Spiegelungen einschließlich Ver-, Vor- und Bespiegelung, von Spiegelgefechten und Spielgefährten, vom Spiegelgefängnis und gefährlichen Spielen, von spiegelnden Gefahren, Spiegelkabinetten und Glatteis. Während sie sprach, machte sie sich Notizen (spiegelte sie ihre Rede in Buchstaben, siegelte sie ihre Idee mit Schrift), um nichts von diesem herrlichen Plan zu vergessen. Denn nie ist ein Plan so makellos wie in dem Moment, da er sich zum ersten Male zeigt, da er so schön und vollkommen vor einem steht wie Narcissus, bevor er sein Spiegelbild (!) sah und daraufhin den kurzen Rest seines ohnehin schon viel zu kurzen Lebens auf dem Bauch liegend verbringen mußte. So schön ist ein neuer Plan! Und darum läßt man sich von ihm zur Verzweiflung treiben und wird verrückt an ihm und an sich selbst: weil der Plan so schön ist, seine Verwirklichung aber stets in weiter Ferne. Man rauft sich die Haare und geißelt sich und vergeht dabei so elend wie der arme Narcissus. Es bleibt nur eine Blume übrig, ein Andenken an den Plan. Oder es bleiben ein paar Steine liegen, wie von der armen Echo, und in der Luft hängt, nie endend, der Nachklang des herrlichen Plans. Einmal in die Welt hinausgerufen, schallt er zurück, verstümmelt zwar, doch die Anmutung seiner Herrlichkeit bleibt, flirrend, schillernd, glitzernd; eine Ahnung davon, wie schön es hätte werden können, nicht nur das, wofür man den Plan gemacht hatte, sondern überhaupt alles – wie schön alles hätte sein können, die ganze Welt, das ganze Leben.

DIE SONNE ist schon hinter den Häusern verschwunden, aber noch nicht untergegangen. Hoch über den Bäumen zieht ein Flugzeug seine Erinnerungsspur. Der Kondensstreifen wird von unten beleuchtet, er ist eine strahlende Bahn über den Himmel. Als wäre dort ein Pfeil geflogen, zu einem unbekannten Ziel.

Anhang

NACHWEISE

Motto: Daniil Charms: *Fälle*. Prosa, Szenen, Dialoge. Herausgegeben und übersetzt von Peter Urban. – Berlin: Friedenauer
Presse 2002. S. 190.

S. 57: *De tels personnages ...* André Gide: Les Faux-Mon-
nayeurs. – In: A. G.: Romans. – Paris: Bibliothèque de la
Pléiade 1958. [Auflage von 1980.] S. 931–1248. S. 1110:

*Solche Figuren sind aus einem lockeren Gewebe geschnit-
ten. Amerika exportiert viele davon; ist aber keineswegs
der einzige Hersteller. Glück, Intelligenz, Schönheit, sie
scheinen alles zu haben, außer einer Seele. [...] Sie fühlen
keine Vergangenheit auf sich lasten und keinen Zwang;
sie kennen keine Regeln, haben keinen Meister und keine
Skrupel; ungebunden, unbefangen, bringen sie den Ro-
mancier zur Verzweiflung, denn ihre Reaktionen sind für
ihn ohne Wert.*

S. 58: *This Be The Verse:* Philip Larkin in: High Windows. –
London: Faber and Faber 1974. S. 30:

THIS BE THE VERSE ·

They fuck you up, your mum and dad.
  They may not mean to, but they do.

They fill you with the faults they had
   And add some extra, just for you.

But they were fucked up in their turn
   By fools in old-style hats and coats,
Who half the time were soppy-stern
   And half at one another's throats.

Man hands on misery to man.
   It deepens like a coastal shelf.
Get out as early as you can,
   And don't have any kids yourself.

S. 130 f.: Publius Ovidius Naso: Metamorphosen. In deutsche Hexameter übertragen und herausgegeben von Erich Rösch. – München: Artemis [12]1990. [Sammlung Tusculum.] Liber III.

   – *Ein Kind, das man damals schon* ... 344–358
   – *Damals war Echo noch Leib* ... 359–361
   – *nimmer ruhender Kummer* ... 396–399
   – *nirgends der Leib.* ... 509 f.

S. 225: Flughafenkürzel:
   – ORD: Chicago O'Hare
   – SFO: San Francisco
   – NRT: Narita (Tokio)
   – PVG: Pudong (Schanghai)
   – DME: Domodedovo (Moskau)
   – TXL: Berlin-Tegel „Otto Lilienthal"
   – BER: Berlin-Brandenburg „Willy Brandt"

Die Transkriptionen sind nicht wissenschaftlich, sondern so, daß man die Wörter und Sätze halbwegs korrekt aussprechen kann. Mit „sh" bezeichne ich ein weiches „sch" (wie französisches „j").

S. 16:

– у меня нет смартфона – *u minja njet smartfona* – ich habe kein Smartphone

– конечно – *kanjeschna* – natürlich, klar, sowieso

– В Нью-Йорке я слышала русский язык на улице каждый день. Вот много людей из России. – *V Nju-Jorkje ja slyschala russkij jasik na ulize kashdije djen. Vot mnoga ljudej is Rossii.* – In New York habe ich die russische Sprache jeden Tag auf der Straße gehört. Es gibt dort viele Leute aus Rußland.

S. 77 f:

– *За встречу* – За встречу – *sa vstretschu* – auf die Begegnung

– *За вечер* – За вечер – *sa vetscher* – auf den Abend

S. 110:

– Зачем мне ваша иллюзия / уже не в Советском Союзе я – *Satschem mnje vascha illjusija / ushe nje v Savjetskam Sajuse ja* – Was soll mir eure Illusion / ich bin nicht mehr in der Sowjetunion

Dreißig Jahre nach ihrer ersten Veröffentlichung im Jahr 1972 erschien in den USA eine Übersetzung ins Englische von Peter Handkes Erzählung „Wunschloses Unglück". Die Einleitung schrieb Jeffrey Eugenides, der seinerzeit in Berlin lebte oder die Stadt gerade wieder verlassen hatte. Er erklärt den Titel so:

The German title of A Sorrow Beyond Dreams is Wunschloses Unglück. It's a play on words. The German idiom, wunschloses Glück, means roughly "more happiness than you could wish for." Handke changes it to mean "more misfortune than you could wish for." *

Meine Übersetzung:

Der deutsche Titel von „A Sorrow Beyond Dreams" ist „Wunschloses Unglück". Es ist ein Wortspiel. Die deutsche Redewendung „wunschloses Glück" bedeutet in etwa: „mehr Glück, als man sich wünschen könnte". Handke ändert das in die Bedeutung „mehr Unglück, als man sich wünschen könnte".

Der deutsche Leser weiß: „wunschloses Unglück" bedeutet etwas anderes. Er weiß auch, daß es die „Redewendung ‚wunschloses Glück'" gar nicht gibt, nur den Ausdruck „wunschlos glücklich", und daß man den in der Regel in ganz banalen Situationen verwendet: „Darf's noch was sein?" fragt die Kellnerin, und man antwortet: „Nein, danke, ich bin wunschlos glücklich."

---

* In: Peter Handke: A Sorrow Beyond Dreams. [Wunschloses Unglück.] Engl. von Ralph Manheim. New York Review Classics, November 2002. S. IX.

Als ich diese Erläuterung von Eugenides zum ersten Mal las, zur Zeit ihres Erscheinens, in einer deutschen Zeitung, dachte ich zum ersten Mal, daß Amerikaner sich offenbar nicht vorstellen können, daß es gute Dinge auch jenseits des Komparativs gibt und daß es Zustände gibt, für die man keinen Komparativ braucht. Weder sind sie besser als andere Zustände, noch sind sie mehr als irgendetwas anderes – sie sind einfach, wie sie sind, und sie sind so, daß man sie sich nicht anders wünscht, daß man sie sich nicht anders wünschen kann.

So glücklich, daß man keine Wünsche hat, ist eigentlich sowieso nichts weiter als eine Beschreibung des Glücks. Glück ist, wenn man ganz bei sich ist und das Wünschen für einen Augenblick aufgehört hat. „Verweile doch, du bist so schön“, wir kennen das.

Vor einiger Zeit erzählte mir ein junger Amerikaner von einer Erzählung von Jorge Luis Borges, die davon handle, daß jemand „Don Quijote“ neu schreiben wolle, aber besser, den Roman dann aber Wort für Wort ganz genauso schreibe, wie er schon existiert. „Pierre Menard, autor del *Quijote*“ ist wirklich eine schöne Erzählung, nur handelt sie von etwas anderem:

Wer insinuierte, Menard habe sein Leben dem Schreiben eines zeitgenössischen *Quijote* gewidmet, beschmutzt die reine Erinnerung an ihn. Er wollte keinen anderen *Quijote* verfassen – das ist leicht –, sondern d e n *Quijote*. Unnötig hinzuzufügen, daß er niemals eine mechanische Transkription des Originals im Sinne hatte; ihn zu kopieren, war nicht sein Vorsatz. Sein bewundernswürdiger Ehrgeiz war vielmehr, einige Seiten hervorzubringen, die – Wort für Wort und Zeile für Zeile – mit denen von Miguel de Cervantes übereinstimmen sollten.*

Er wollte keinen besseren „Don Quijote" schreiben, sondern einen anderen, nämlich einen bewußten. Ein Stück weiter in der Erzählung erklärt Pierre Menard in einem Brief selbst, warum er das tun will:

> „Ich kann mir das Universum ohne Edgar Allan Poes Ausruf
> *Ah, bear in mind, this garden was enchanted!*
> nicht vorstellen oder ohne das *Bateau ivre* oder den *Ancient mariner*, aber ich bin durchaus imstande, es mir ohne den *Quijote* vorzustellen. [...] Der *Quijote* ist ein Zufallsbuch, der *Quijote* ist unnötig. [...] Ich habe die geheimnisvolle Pflicht auf mich genommen, [Cervantes'] spontanes Werk Wort für Wort zu rekonstruieren."**

Und das tut er dann auch, und Borges erklärt die Unterschiede zwischen dem Original von Cervantes und der neuen Fassung von Pierre Menard, wofür er ein Beispiel gibt, dem zu entnehmen ist, daß Pierre Menards Text tatsächlich, „Wort für Wort und Zeile für Zeile" mit Cervantes' identisch ist. Dennoch ist er völlig anders, denn er wurde bewußt so geschrieben. (Warum übrigens Cervantes sich seines Tuns nicht bewußt gewesen

---

* Jorge Luis Borges: Pierre Menard, Autor des *Quijote*. [Pierre Menard, autor del *Quijote*. Dt.] – In: Ders.: Fiktionen. [Ficciones. Dt.] In: Gesammelte Werke. Bd 3/1. Nach der Übersetzung von Karl August Horst bearbeitet von Gisbert Haefs. München, Wien: Carl Hanser Verlag 1981. S. 112–123. S. 117. (Übersetzung von mir verändert, IH.)

** Ebd., S. 118 f. (Übersetzung von mir verändert, IH.)

sein soll, wird nicht erklärt.) Und insgesamt ist diese Erzählung natürlich ein Rätsel, das Borges uns aufgibt und dessen Lösung hier nicht verraten werden kann, weil es keine gibt, vielmehr geht es hier um den unerklärlichen Zauber, das rätselhafte Wesen der Literatur. Dieser Garten ist verzaubert!

Es wäre diese Erzählung nur ein Witz, wenn Borges sich jemanden ausgedacht hätte, der einen besseren „Don Quijote" schreiben will. Dann wäre er nämlich gar kein großer Dichter gewesen, sondern nur ein vermutlich inzwischen vergessener humoristischer Schriftsteller, und mein Gewährsmann hätte sich womöglich gar nicht an diese Erzählung erinnert. Aber er hat sich an sie erinnert, nur eben amerikanisch.

Das ist mein zweites Beispiel für das amerikanische Denken im Komparativ, für die amerikanische Grundannahme des Komparativs. Mein drittes ist die Mode, Mails mit „more soon" zu beenden. Unsereins schickt viele, auch freundliche, herzliche und liebe Grüße oder gleich „alles Liebe", schreibt auch mal „sei umarmt", „ich küsse Dich" und ähnliches, Amerikaner hingegen (vielleicht sind es auch nur New Yorker, aber die sind durchaus auch Amerikaner) schreiben „bald mehr", und auf englisch wird das noch umgedreht: „mehr bald". Was gerade mitgeteilt wurde, reicht also nie, sondern war immer nur ein Vorgeschmack dessen, was noch kommen wird, nämlich das Königreich Gottes, *les contrées à venir*. Und ebenso, wie das nie kommt, wird auch dieses ständige Versprechen von mehr, und zwar schon bald, nie eingelöst.

Ja, vielleicht kommt der endlose Komparativ tatsächlich aus der Erwartung des Königreichs Gottes. *(The kingdom of heaven–coming soon!)* Man lebt bereits in Gottes eigenem Land, wo sowieso schon alles besser, schöner, mehr ist als irgendwo sonst auf der Welt, und außerdem wird alles noch besser, noch schöner, noch mehr werden, und zwar schon bald, wenn nämlich Gott dieses sein eigenes Land zum Königreich erklärt haben wird, und bis dahin kann es nicht mehr lange dauern. Amen.

(Wäre übrigens „Amen" nicht auch eine Möglichkeit, Mails zu beenden? Dann müßte man nicht einmal mehr seinen Namen drunterschreiben und hätte schon wieder zwei Sekunden Lebenszeit gespart.)

Inhaltsverzeichnis